《新青海》月刊
文艺作品集

姚　鹏 —— 编校

兰州大学出版社
LANZHOU UNIVERSITY PRESS

图书在版编目（CIP）数据

家国共情 ：《新青海》月刊文艺作品集 ／ 姚鹏编校.

兰州 ： 兰州大学出版社，2024. 8. -- ISBN 978-7-311

-06693-2

Ⅰ. I216.1

中国国家版本馆 CIP 数据核字第 2024N64R68 号

责任编辑　王曦莹
封面设计　雷们起

书　　名　家国共情:《新青海》月刊文艺作品集
作　　者　姚 鹏 编 校
出版发行　兰州大学出版社　（地址:兰州市天水南路222号　730000）
电　　话　0931-8912613(总编办公室)　0931-8617156(营销中心)
网　　址　http://press.lzu.edu.cn
电子信箱　press@lzu.edu.cn
印　　刷　兰州人民印刷厂
开　　本　710 mm×1020 mm　1/16
印　　张　19.75(插页2)
字　　数　289千
版　　次　2024年8月第1版
印　　次　2024年8月第1次印刷
书　　号　ISBN 978-7-311-06693-2
定　　价　78.00元

（图书若有破损、缺页、掉页,可随时与本社联系）

编校说明

　　《家国共情：〈新青海〉月刊文艺作品集》，主要选取《新青海》月刊中的文学作品，辑录而成。

　　《新青海》月刊是一部在1932年，由青海籍诸学生在南京发起创办的爱国期刊。新青海社成立后，即编辑、出版和发行《新青海》月刊，直至1937年停刊。其宗旨是：探讨研究青海省实况，宣传介绍青海的政治、经济、文化、社会等基本情况，以引起国内爱国志士关注西北边疆尤其是青海，宣传介绍内地新文化、新思想和新潮流，在文化思想上改造青海，激励青人努力建设青海新省。《新青海》月刊不仅在一定程度上对青海近代化的历史进程具有重要的推动作用，还是研究近代地方史十分重要的资料。

　　当时《新青海》月刊的编辑多为在读学生兼任，并且作者群体各异，故收录的文献内容存在较大差异。应该承认，民国年间知识分子的思想和言论生发于特定的时代背景之下，对此，我们应当把他们放到历史时空中去认识，用唯物史观去判别。现将本书的搜集、整理、校勘和编辑加工情况说明如下：

　　第一，《家国共情：〈新青海〉月刊文艺作品集》收录小说、散文、游记、追忆、诗歌等相关文章，大体按发表时间先后为顺序，局部按主题编排。总体遵循"存原复真"的原则，选取最优之底本。为符合现代的阅读习惯，将选文重新排版，由繁体竖排变为简体横排，以便读者阅读。

第二，因时代局限，个别篇目，有所删除。个别地方，或略做删节。

第三，当时期刊编辑、校对、印刷错误较多，正文内容没办法在页下注释，选择在原文中直接校勘，不会影响原文本意。

第四，编辑加工中，原文无误但与现代汉语使用规范存在差异的，尽量保存其原貌，并不加以修改。例如没有修改的几组字为："的""地""得""底"、"唯""惟"、"做""作"、"哪""那"、"在""再"等。没有修改的词有："甚么""莫有""一齐""工夫""辽远""亢旱""战抖""智识""番妇"等。

第五，原文标点符号也一一照录，有明显错误的直接改正。例如有些标点符号在句末有"?!""!?""!!"一起并用，根据原文情景，删除其中一个。

第六，表述语序有明显的方言口语，部分语序颠倒，有些表述为文言文，与现今表述不一致，仍用旧文，如"女士吴""欧西""兵士""事体"等。

第七，人名、地名、民族名称等，基本保持原貌，未做统一处理。与现今通用名差别较大者，则径直改为现行通用写法。

第八，数字、数值，局部统一，个别段落略有调整，得体即可。度量衡单位等，一仍其旧。

第九，纪年单位，正文中没有修改。文末标注写作文章时间，由于作者不同、表述不同，全部统一为公元纪年的年月日。

抗战时期中华民族观念
在西北传播的三重语境

——以《新青海》月刊所载文艺作品为例（代前言）

　　20世纪30年代，日本发动侵华战争，促使中华民族空前团结，中华民族观念不断升华。全国创办了大量宣传抗日的期刊报纸，西北地区创办的期刊报纸数量也较多，中华民族观念通过期刊报纸向西北各民族地区不断传播。仅青海知识青年创办的期刊报纸主要有《青海民国日报》、《新青海》（月刊）、《突崛》（月刊）、《昆仑》（月刊）、《青海青年》（月刊）、《学生抗日专刊》（旬刊）等。在中华民族危机的大历史背景下，青海知识分子创办期刊报纸是应对抗战形势需要的一次文化自觉。青海地区各期刊报纸刊登日本侵华史实及抗日救国的重要新闻报道和通讯，介绍爱国事迹并动员全省人民投入抗战。影响较大的报纸为《青海民国日报》，期刊为《新青海》（月刊）。《新青海》"创刊于1932年10月，停刊于1937年10月，1942年复刊，仅出1期，前后共5卷51期。《新青海》期刊栏目分时事述评（新青论坛）、论著、调查、记述、文艺、通讯、转载、一月来之青海等"①。内容涉及地方历史文化、风俗习惯、社会调查、抗战文艺作品等。目前，学界对《新青海》的研究主要集中于青海教育，期刊的学术价值、史料价值，历

---

　　① 姚鹏：《民国时期青海历史的珍贵史料——骆桂花主编〈《新青海》校勘影印全本〉评介》，《青海民族研究》2020年第1期，第1页。

史文本解读等方面①。对专栏的文艺作品进行研究者较少，《新青海》文艺作品中包括小说、散文、游记等文章50多篇，诗歌39篇。这些文艺作品中，青海地区的知识青年以"我们中国人""我们中华民族"之名，一方面探讨青海实况介绍于国人，另一方面则灌输内地新文化于青海，由此激励、唤醒青海人，进一步促进中华民族观念形成双向互动的传播路径。《新青海》中文艺作品的流布，正是青海地区传播中华民族观念的重要表现，也是青海地区深度融入国家的重要象征，进一步体现了近代中国在世界体系下构建中华民族认同的主要作为。因此，探讨抗战时期青海地区所载文艺作品内容，寻找其文化基础，对民族国家建设、中华民族观念的传播、新时代建设各民族共有精神家园、铸牢中华民族共同体意识有着重要的历史借鉴意义②。

一、宏观语境：王朝国家转向现代民族国家的重要文化记忆

近代中华民族危机的历史大语境包括三个节点：鸦片战争，甲午中日战争，"九一八事变"和"七七事变"。在依次递进的过程中，中华民族观念从清代的酝酿阶段到中华民国成立之后现代中华民族观念的确立与传播、强化与深化，再到

① 赵翔宇：《教育、国民与国家——以〈新青海〉月刊乡村小学教育言论为例》，硕士论文，中央民族大学，2012年；陈辉：《一扇观察近代青海社会的"窗"——〈新青海〉期刊研究》，硕士论文，青海师范大学，2014年；赵小花：《浅观〈新青海〉》，《传播与版权》2014年第4期，第5-6页；崔耀鹏：《〈新青海〉与青海青年抗日救国》，《青海社会科学》2016年第6期，第174-179页；骆桂花、马文利：《历史文本与记忆：〈《新青海》校勘影印全本〉史料价值、特色及其它》，《青藏高原论坛》2020年第1期，第5-7页；杨文炯、刘洋：《〈新青海〉历史文本的解读——扇洞见近现代西北区域史的橱窗》，《青海社会科学》2020年第1期，第181-188页；杨文炯：《边疆人的边疆话语——〈《新青海》校勘影印全本〉的"边疆学"价值》，《中国边疆史地研究》2020年第2期，第159-171页；黄维忠：《〈新青海〉与藏学研究》，《青海民族研究》2020年第3期，第151-157页；骆桂花、姚鹏：《历史与实践：论〈新青海〉月刊与"新青海精神"》，《中国藏学》2020年第4期，第115-121页。

② 杨文炯：《边疆人的边疆话语——〈《新青海》校勘影印全本〉的"边疆学"价值》，《中国边疆史地研究》2020年第2期，第171页。

抗战时期中华民族观念的大普及①。关于中华民族发展历史，费孝通认为："中华民族作为一个自觉的民族实体，是在近百年来中国和西方列强的对抗中出现的，但作为一个自在的民族实体，则是在几千年的历史过程中形成的。"②杜赞奇关于西方现代民族国家论述认为："这个由全球性的民族国家体系所产生的模式与把民族描写为一种统一的古代的实体逐步发展为现代民族国家。"③杜赞奇所言"古代的实体"也就是费孝通所说的"自在的民族实体"，现代民族国家的民族也就是自觉的民族实体。李怀印认为"从帝国到民族国家"这种解读中国现代国家成长的常用范式不能解答现代中国形成的诸多困惑，梳理了中国从18世纪到20世纪所经历的国家转型历程，提出"现代中国的形成，最好被视作不同的历史遗产叠层累加、共同作用的结果"④，为更好认识中华民族的形成提供了不同视角。此理论与范式的讨论是放在具象的中国社会大背景下，放在历史发展的具体事实中。而王朝国家转向现代民族国家重要文化记忆的宏观视角在文学作品中也有直接的表述。

在近代中国，文学一直被看作是实现中华民族观念传播与民族认同的有效路径。"文学与社会时代，文学与民族国家的关系始终是一个老话题，无论是渗透与超越，还是体验与想象，抑或镜像与虚构，都不能截断或否认它们之间的关联"⑤。文学创作的生动素材一般结合社会现实与政治寓件，近代社会巨变下的文学与民族国家紧密联系起来，梁启超便成为运用小说寻求国家自强的第一人。

① 黄兴涛：《重塑中华：近代"中华民族"观念研究》，北京师范大学出版社，2017年，第258页。
② 费孝通：《中华民族多元一体格局》（修订版），中央民族大学出版社，1999年，第3页。
③〔美〕杜赞奇：《从民族国家拯救历史：民族主义话语与口国现代史研究》，王宪明等译，江苏人民出版社，2009年，第220页。
④ 李怀印：《"民族国家"的迷思与现代中国的形成》，《人民论坛》（学术前沿）2022年第2期，第29页。
⑤ 王本朝：《民族国家与抗战文学的现代性问题》，《文艺争鸣》2020年第7期，第20页。

1902年，梁启超创办了《新小说》杂志，在《论小说与群治之关系》一文中指出："欲新一国之民，不可不先新一国之小说。故欲新道德，必新小说；欲新宗教，必新小说；欲新政治，必新小说；欲新风俗，必新小说；欲新学艺，必新小说；乃至欲新人心，欲新人格，必新小说。"①中华民族面临生死存亡的紧要关头，面对民族灾难和忧患，自觉或不自觉地在文学作品中真实地反映了中华民族在屈辱中觉醒的文化历程。由此在社会上形成了"小说救国"的思潮，通过小说"揭露社会的黑暗与腐败，宣传救亡图存思想，进而达到启迪民智、普及教育的目的"②。

20世纪30年代开始的抗日战争，使中国文化发展方向被迫发生改变，回归抗战文学的历史场域，新文化运动及五四时期"西化"倾向的启蒙运动被迫转向了"救亡"为主的"民族本位"文化理念。十四年抗战时期的文艺作品，我们称之为抗战文学或抗战文艺，回溯历史语境，"以第一手的原始报刊和图书资料为依据，就不难发现，九一八事变之前和之后的文学，不论是题材内容还是艺术形式，都有了巨大的转变"③。抗战文学作品并非某些作家一时激愤的感情用事，而是他们身处异地他乡的真实心声。抗战时期中华民族观念达到顶峰，文学也在时代背景的宏观语境中被称之为民族文学，而民族文学不是哪一个民族的文学，而是中华民族的文学。所以，现代中国的民族文学"对内应该反抗传统的封建势力，鼓励上进的青年大众，肃清一切腐旧的、颓废的、消极的思想，建立新道德的标准；对外应该以反帝国主义、反资本主义为原则"④。

《新青海》创刊于全面抗战之后，作为西部边疆人的现代报刊，其中的文艺

---

① 梁启超：《论小说与群治之关系》，《新小说》1902第1期，第24页。

② 王敏：《"小说界革命"与民族国家意识的觉醒》，《江西社会科学》2022年第9期，第87页。

③ 张武军：《十四年抗战史观与中国现代文学三十年阐述框架新议》，《文艺争鸣》2020年第7期，第41页。

④ 曾今可：《民族文学论》，《新时代》1937年第7卷第3期，第8-9页。

作品作为第一手资料在构建近代中华民族认同方面发挥了重要的社会价值。本尼迪克特·安德森在研究近代欧洲民族主义兴起时认为："小说和报纸为重现民族这种想象共同体提供了技术手段。"因为小说和报纸的叙述结构呈现出"一个社会学的有机体遵循时历规定的节奏，穿越同质而空洞的时间的想法，恰恰是民族这一理念的准确类比，因为民族也是被设想成一个在历史中稳定地向下（或向上）运动的坚实的共同体"①。近代中国大量期刊报纸中的文艺作品为唤醒民族精神、形塑中华民族认同、传播中华民族观念、构建现代民族国家发挥了重要作用。

《新青海》的作者大多数是当年就读于南京蒙藏学校的青海籍学生，用文学描述抗战相关的真实心声，体现了抗战文学的时代主旋律，呼唤中华民族精神的崛起，渴望中华民族复兴，"以爱国主义为主导思想，以民族本位为核心价值观，以文学叙事为表达方式，为新文学的后续发展指明了前进方向"②，《新青海》强化了青海本土知识分子对中国传统文化的自觉认同，并激发了爱国意识，增强了人民在历史文化上对民族国家的认同。正如梁启超在20世纪初《新民说》中呼吁："上自道德法律，下至风俗习惯、文学美术，皆有一种独立之精神。祖父传之，子孙继之，然后群乃结，国乃成。斯实民族主义之根抵源泉也。"③可以看出，梁启超通过新文学促进中华民族认同，而抗战文艺作品的时代性和功利性，主要由特定历史情境决定的④。

《新青海》的作者麟生在《亡国之音》一文中有这样的描写，他去已经沦陷的家乡拜访自己的老师，家中在他们交谈的一旁玩着三个小朋友，是师兄弟，高

① 〔美〕本尼迪克特·安德森著：《想象的共同体》，吴叡人译，上海人民出版社，2005年，第23-24页。

② 宋剑华、杨斯月：《"民族本位"与抗战文学的文化构想》，《福建论坛》2021年第5期，第79页。

③ 梁启超：《梁启超全集》（第2册），北京出版社，1999年，第657页。

④ 王本朝：《民族国家与抗战文学的现代性问题》，《文艺争鸣》2020年第7期，第21页。

高兴兴唱起他们白日在学校里唱的那"春天的快乐"的歌，因此又触起老师的伤感，说："麟生，你听听，日本鬼子厉害不厉害，不到两年的工夫，把小学的教科书都给改了，把小孩子唱的歌也都给改了，从前唱的'党歌''黄族歌'，现在一概禁止，只叫儿童唱这种有情无意的'亡国之音'！"①从这些最简单最朴实的文艺作品中，我们可以深切体会到抗战时期民众的民族认同和国家认同。

日映在《欢送回蒙抗日去的同志们》一文中斩钉截铁地阐释了家国危机下中华民族的荣辱与共："血腥充满了禹域，烟火弥漫了神州，那里是抗敌的杀声，那里又是痛苦的呻吟。朋友！这是我们国家的生死关头，这是我们民族存亡的枢纽。""我们的企图不成功，我们也得成仁，我们的失地取不回来，我们也得取义回来。我们为了民族而牺牲，我们为了祖国而流血，这是值得的，很共荣的。""倘若为民族而斗争，为祖国而努力，就是因之而死了，那才是长生，那才是不死，尸体虽然腐了。这样的生为民族死为国家，才是我们的人生使命，这样才算是做了一个所谓万物之灵的人。""本来我们在世界上的任何民族或国家应该要独立，应该要脱离羁绊。在具备相当条件下，正该如此，但以分裂为独立，以背叛为脱离，这实在是不可以的。在今日整个的中华民族里，能不能再分出汉、满……来，可不可以这样分？远一万步说，就是分开了后，能够还单独存在不？若能，那自然是我们所庆幸的。日本与朝鲜就是先例，看吧！如何！中华民族的出路，要从精诚团结的方面去找。"从国家民族生死存亡的关头，到为祖国和中华民族流血牺牲，都是为了民族国家的独立和脱离羁绊。最后，日映将中华民族与汉满蒙回藏等各民族形象地比喻为整体和部分的关系，认为"中华民族是由汉满蒙回藏……合成的，犹如一个人身是由四肢、头脑、腹合成的，一个人体不能缺一部分而完全，中华民族也不能分出去一族而还能存在"②。我们认为这是一个完美又贴合实际、形象又充满哲理的解释，对当今铸牢中华民族共同体意识具有

①麟：《亡国之音》，《新青海》1934年第2卷第7期，第53-54页。
②日映：《欢送回蒙抗日去的同志们》，《新青海》1933年第1卷第8期，第81-83页。

较强的指导意义和现实启发。

二、中观语境：边疆危机时局与开发西北热议

近代以来，内蒙古、新疆、西藏等边疆地区形势越来越严峻。抗战时期，随着日本的步步紧逼，国人的边疆危机意识不断强化。"七七事变"后，国民政府将都城从南京迁往武汉，被日本侵占地区的政府机构、学校、工厂等随之内迁，国民政府开始注意到西南、西北等边疆地区的重要性，倡导"开发西北"。20世纪30年代初，国家将"开发西北"纳入经济建设的整体方案，伴生于边疆危机下短暂的跳跃式的开发思路，使西北地区在各个方面的开发出现一个高潮期。

但西北地区的发展历史与现状大相径庭。西北是中华民族的发祥地，也是中华文明的发祥地，虽然民国以来社会战乱贫困，但是西北在中国的地位仍然十分重要。"西北为我中华民族之发祥地，掌握全国政治、经济、文化之总枢纽者垂两千年。嗣海通以还，政治、经济中心由西北移至东南，此壮阔雄伟之西北，乃被视为边陲地带。民初以来，西北更备受天灾人祸之破坏，民穷财尽，苦不堪言"[1]。经济上来看，西北为"中国未发之宝藏库，开发之，足供我国建设工业之需，凡经济建设之基本条件，我西北兼而有之。倘国人能够放胆前去，一一开发，使之各尽其利，则国家经济从此繁荣必矣，此经济上之重大性……故唯有开发西北，始为我民族谋经济建设的一条新路"[2]。国防上来看，西北开发以后，人口迁移，物产增加，"开发既得，边防准备，也当随之进展。西北的开发，以及西北国防的巩固，更容易完成"[3]。也有人认为西北是国防的中心，"历史上有见识的政治家，对于我国的形势，都推重西北。地理形势可供做持久战，而减少

---

[1] 秦孝仪：《抗战前国家建设史料——西北建设（一）》第88辑，台北中央文物供应社，1981年，第1页。

[2] 赵三纲：《开发西北之重大性》，《新西北》创刊号，1933年第1卷第1期，第5页。

[3] 龚子华：《开发西北与国防》，《正中》1936年第3卷第1期，第71-74页。

敌人侵略的力量。开发西北地下富源，以为军事作战之用"①。在战争的特殊背景下，近代国家的建设，以国防为重心，不唯从经济价值上立论。从以上两点凸显出抗战时期西北地位的重要性，开发西北得到进一步的推进。

抗战时期西部文艺作品以社会和历史为依托，对区域社会有较为真实的描述。包括两方面内容：一是日本侵略中国后，边疆危机视域下的国家政府层面的积极开发西北；一是具体到西北地区的社会状况，文艺作品主要体现地方社会的天灾人祸，表现为军阀统治、土匪问题、烟毒问题、自然灾害等。在开发西北过程中怎样调适社会，文学作品中有较多的记述。

怀瑜在《梦影》一文中有总括性描述："在边僻荒凉的K省里，因为经过连年的荒旱，军阀的搜刮，土匪的猖獗，天灾人祸，重至沓来，社会的基础，已由崩坏而完全糜烂了。在此种情况之下，人民的生活问题日趋于严重化而无法维持，普遍的形成恐慌的恶化状态。此种恶化的状态在时间上已延长了三年之久，在空间上弥漫了全省之广，影响及于临近的省县，同样受到恐怖的燃烧。"②马鹤天认为，开发西北问题，"从前仅少数人呼喊，自政府迁洛以来，始为多数人所注意……何先生所讲者，为开发西北之理论与方法；戴先生所讲者，为西北民生问题与教育问题；张先生所讲者，为西北饥荒与交通；三先生同系由西北归来，故所讲者最为切要……西北各省自民国十七年以来，连年大旱又值兵匪两灾之后，旧有积蓄，搜索净尽，原有财产，半经损毁。于是老弱死于沟壑，壮者散之四方，妇孺蚕诸他省，总计在一千万人以上"③。总结当时社会的大患为"三多"，即兵多、匪多、游民多，主要原因是"官僚资本家的占据掠夺，吸吮压迫，

① 赵简子：《西北与国防》，《边疆》1936年第1卷第1期，第28-30页。
② 怀瑜：《梦影》，《新青海》1933年第1卷第4期，第79-82页。
③ 马鹤天：《西北开发必先解决西北人民的生活饥荒与知识饥荒》，《新亚细亚》1932年第4卷第5期，第9-13页。

以致分配不均，然大半实由于生产不足"①。

面对以上诸种社会问题，怎样开发西北边疆？全国致力于开发西北，各个阶层有不同认识。发展民族精神、充实民族力量、加强民族团结是最重要的方面。刘宗基认为，"中华民族，分子极为复杂，原始分子，至今已不复丮见，各种族具有相互之历史关系，且在同一文化系统之下，对外形成整个民族"。"发展民族精神，促进世界大同，必先充实民族力量、团结民族形成以为前提"②。《新青海》有一篇《敬告服务西北的同志们》的呼吁文章，"当此国家危机四伏之秋，正吾人奋志图存之时。西北的危，即整个国家的危；西北人民的不幸，亦即整个中华民族的不幸，其间绝无鸿沟可分"③。

开发西北与我国经济建设方面。余汉华认为，"欲开发西北，须有一整个的组织，首尾互相呼应，非枝枝节节所能匡事……故欲开发西北，须组织一个规模伟大的'西北建设委员会'，在该委员会的下面，复设立性质和工作不同的六局，就是交通局、牧畜局、屯垦局、矿业局、工业局及文化局等，除六局以外，并设立一个西北建设银行，以为开发资金的调剂之任"④。

开发西部以促进收复失地方面。东北失陷，以西北、西南地区为腹地，开发西部地区丰富资源，为收复东北做长远打算。"西北之隐忧，余自九一八东北不守，便矢志许身为国，思所以救亡之道，去岁作唤起国人督促政府及收复东北抨击国联等国内外宣传运动，以期有补于事实，转念收复东北，非长期抵抗不足以取胜，欲长期抵抗，又非开发西北富源不为功，因于最短期内作西北之行，以为国人开发边陲之创"⑤。

① 马鹤天：《开发西北是解决中国社会民生问题的根本方法》，《新亚细亚》1930年第1卷第1期，第37页。

② 刘宗基：《开发青海与中国前途》，《新青海》1932年第1卷第1期，第52页。

③ 岚汀：《敬告服务西北的同志们》，《新青海》1934年第2卷第6期，第2页。

④ 余汉华：《西北富源开发与我国之经济建设》，《新亚细亚》1932年第4卷第5期，第24页。

⑤ 沈逸千：《往西北去》，《时代》1932年第3卷第7期，第13页。

抗日战争时期，中华民族的观念在不断上升。从战略角度看，西北地区和西南地区都是抗战大后方，蒋介石在《开发西北的方针》一文中认为"西南是抗战根据地，西北是建国根据地"[①]。可以看出，抗战时期国民政府对西北的定位，西北是中华民族的摇篮，在政治、国防、经济、文化等各方面都需要开发，社会精英的呼吁在各种文学作品中也有体现，进而促进地方社会的中华民族认同。

三、微观语境："救亡"与"认同"主题下的中华民族

微观语境放到青海社会全体民众的民族认同和国家认同方面，具体从青海的"内""外"双重性重要战略地位进行论述，"自英人强占片马以后，西藏几为英国的外府，英人称青海为外藏，也想把青海当作西藏一样的看待。青海外接西藏，内连川甘，西藏一亡，青海失所屏障。近年英人把基督圣经，译作蒙藏文字，在青海各寺宣传，且于附近汉地城镇，设立蒙番福音堂，招待蒙藏人民。其意即欲亡藏之后，再行吞青"[②]。所以，从西线的青藏高原来看，英国将青海划于侵略西藏的战略范围。又"青海踞陇蜀的上游，拊西藏的肩背。山川雄阜，发育充富，位置的重要，有控制全国之势，物产的丰饶，实占西北各省的第一位……青海可耕之地，约占青海全面积之半。矿产森木，遍地皆是；皮毛药材，更为特产。以利而论，非开发不可；以形势而论，更要整理，以固西北的边防"[③]。在抗战期间，青海又是国民政府开发西北支援全国的重要据点。所以，青海的重要性体现得更为明显。

青海学子创办期刊，在开发西北的舆论之下，尤其受当时"主流舆论界对西北边疆地区'野蛮''落后''未开化''边僻鄙陋'等污名化的解读"[④]。韶舞专

---

① 蒋介石：《开发西北的方针》，《中央周刊》1943年第5卷27期，第1页。
② 韶舞：《青海开发之重要》，《新生命》1928年第1卷第9期，第97页。
③ 韶舞：《青海开发之重要》，《新生命》1928年第1卷第9期，第97页。
④ 杨文炯：《边疆人的边疆话语——〈《新青海》校勘影印全本〉的"边疆学"价值》，《中国边疆史地研究》2020年第2期，第164页。

文论述了开发青海的重要性，由于没有实地考察，仅为想象中的青海，描述如下："他们现在还是过的猨猨狂狂的畜牧生活，帐幕兽支，以御风雨；膻肉赂浆，以充饥渴，哪里还知道垦辟良田、利用水利呢？什么采矿殖林，什么整理交通，更是没有这种知识，兴发事业。所以青海的文化，与原始时代无殊，土地二百十万方里的富饶之区，依然还是一片荒地。"①由于青海本土知识分子对省情非常熟悉，对西北边疆危机的感同身受、责任心促使他们需要提出更好的开发青海计划。虽然当时的青海风气闭塞、文化落后，但是主流知识分子也注意到青海能够发挥的作用。唐启宇先生对《新青海》的题词可以看出青海地位的重要性，"青海质朴之气，苟有导而用之者，必能左提藏右挈蒙，以助成中华民国各民族间之团结，边疆文化之发展"②。周曙山对于《新青海》的希望同样可见一瞥："因此余颇希望《新青海》务本此旨，努力勿懈，必求中央与地方之消息能畅达灵通，内地与边疆之文化能沟通调和，推而至于教育、经济等事，俱能平均发达。夫如是则今后新青海之建设，固有希望，即如我国家欲巩固其边防，将使西北各省，不为东三省之续，亦有赖于此！"③

青海地处边疆，如何建设新青海，首先，需要加强各民族的融洽团结，"我五大民族，分布与中华民国全境，各民族间应休戚与共。须知边地人民所受的痛苦，就是我们自身的痛苦，凡属中国国民，必须一致团结，绝对不容有种族地域等的界限存在，而且更要者同一救国主义之下，来求进步，已达共存共荣的目的"④。其次，树立新青海精神，"融洽各族间的感情，一个地方能否充分发展，全在该地人民能否同心合力，努力公私事业，才能使各民族在精神上感情上融合成一片，造成捍卫边方的基本精神"⑤。有了中华民族的大团结，有了地方社会

① 韶舞：《青海开发之重要》，《新生命》1928年第1卷第9期，第97页。
② 启宇：《唐启宇先生题词》，《新青海》1932年第1卷第1期，第9页。
③ 周曙山：《对于新青海之希望》，《新青海》1932年第1卷第1期，第12页。
④ 杨生霖：《对于到边疆去的我见》，《新青海》1932年第1卷第1期，第49页。
⑤ 岚汀：《如何建设新青海》，《新青海》1932年第1卷第1期，第52页。

的小团结，形成全社会的有机团结，青海社会的发展才得以进一步体现。

发展农业、建设农村、实行屯垦等是地方社会的一大重任。农业方面，面对帝国主义的侵略，将开发青海放在全国的视域下来说，由于青海地大物博、土壤肥沃，精诚培植、种植各种农作物，开发青海可以救济国贫解决民食。"中国人民中，百分之七十五以上是农民，同时他们的生产量，竟占全国总生产百分之九十以上。这样众多的农民，这样大的生产百分数，假使不从农业上入手，则中华民族的复兴，根本没有希望"①。新村建设方面，青海通过提倡新村建设，作为复兴中华民族的基础，"以整个的国家来说，边疆的开发和新村的建设，是国家求生存的唯一出路。从我们青海的各民众来说，青海省内新村的建设，也是我们唯一的出路"②。青海实行屯垦，历史上民屯与兵屯互有消长，今以屯兵垦田开发青海。所以，要谋国家振兴，在边疆地区要发展农业，建设新农村，青海也一样。

关于开发青海与中国之出路，需要发展民族资本主义，巩固西北防御战线，充实民族力量。怎样充实民族力量？其一，确立对外形成中华民族的整体性。"中华民族，分子极为复杂，原始分子，至今已不复再见，各种族具有相互之历史关系，且在同一文化系统之下，对外形成整个民族"③。其二，确立中华民族共同体意识。"此外又需于民族共同意识之确立者，中国幅员广阔，交通梗滞，各地人民互多隔阂，尤以边地人民与内地互生歧视之心，此念不除，中华民族之前途，难得光荣之发展，青海为蒙藏汉回交处之区，尚先开发青海，使与内地相融洽，则蒙藏人民之感情，亦可次第联络，中华民族之共同意识，亦不难造成也"④。其三，发展中华民族精神。"我国以汉满蒙回藏五大种族组合而成，欲充实民族力量，必先使五大种族为坚固之团结"。"发展民族精神，促进世界大同，

① 岚汀：《如何建设新青海》，《新青海》1932年第1卷第1期，第49页。
② 岚汀：《如何建设新青海》，《新青海》1932年第1卷第1期，第57页。
③ 刘宗基：《开发青海与中国前途》，《新青海》1932年第1卷第1期，第64页。
④ 刘宗基：《开发青海与中国前途》，《新青海》1932年第1卷第1期，第60页。

必先充实民族力量，团结民族形成为前提"①。其四，做好中华民族的团结。"青海汉回蒙藏杂处，在宗教、语言、风俗、习惯既合于蒙藏，政治、经济、文化之设施，复与内地渐接近，以之而为蒙藏之交融带，必可收全功于无形，先其易而后其难，此自然之道也。然欲青海民族之有此力量，肩此重任，则当先求其青海之开发，青海若开发，蒙藏渐向化，然后扶之不逮，劝之以共济，大中华民族，即此可以团结，民族力量，由之而得充实，基础已固，再向大同之途迈进，此中华民族之唯一出路，亦历史进化之重心也"②。

青海西藏不能脱离中国的领土，历史上已有明确的铁证告诉了我们这一事实。民国时期发生的青藏纠纷，"则纯为地方与地方间之事件，绝不能明目张胆以敌国行为对待任何一方面，应由中央政府协同有关系的地方当局，以不劳民伤财，不轻诉武力，纯以真诚的和平方法，促成各族间之融洽与团结，如此则外患虽可忧，亦绝不能如东三省之所遭受者，遭受于青海，因为民族意识的团结，倍蓰于炮弹之力量啊！"③正是青海各民族的中华民族意识，使得更加团结。1932年国民会议期间，青海二十九旗国民会议代表阿福寿、官保加作为青海代表，由于路途远隔，未去京参加会议，拟定了"开发青海意见八条"，祈予蒙委会转呈国民会议，兹录该修文如下："（一）改善二十九旗王公制度，实现五族平等原则。（二）筹设青海蒙藏专校及蒙藏文化促进会，俾得提高蒙藏民族智识，促进地方文化。（三）增设省府调查详确之三民等各新县治，俾便积极经理。（四）修整青海内部交通以重建设基础。（五）实行移民屯垦发展青海农业。〔六〕调查内部矿产，开辟天然富源。（七）设立各旗小学，实行普及教育。（八）选派代表驻京以明中央政情。"④由此可知，青海各民族知识分子的心声，犹如岚汀在《敬告

---

① 刘宗基：《开发青海与中国前途》，《新青海》1932年第1卷第1期，第52页。
② 刘宗基：《开发青海与中国前途》，《新青海》1932年第1卷第1期，第53页。
③ 岚汀：《敬告青海青年》，《新青海》1932年第1卷第1期，第64页。
④ 阿福寿、官保加：《青代表拟定开发青海意见八条》，《绥远蒙文半月刊》1932年第45期，第4页。

青海青年》一文的呼吁："做一个二十世纪的人，尤其是二十世纪的青年，消极的行为，死板的心理，是一种耻辱、罪恶，也是根本不应有的陋习。黄浦滩隆隆的炮声，惊不醒国人的迷梦；东三省三千万被压迫同胞的呼声，逗不起国人的同情，命运之神支配了我们的国家，宣布了我们的死刑。然而，长白山下鸭绿江畔数十万忠勇果敢的义士，枵腹驰骋，与野兽斗，他们为了数千年祖国的文化，先人遗留下的可爱国土，竟不惜牺牲珍贵的头颅，洒遍热烈的赤血，以争国家的地位，民族的生存。这才配称现代的青年，这种精神，这种毅志，才能表现吾中华民族伟大和平不屈不挠的大无畏精神。"[1]这样，进一步地体现出青海各民族青年的国家认同和民族精神。

王德威在《想象中国的方法》中写道："小说是现代中国文学最重要的一种文类。"因此，"比起历史政治论述中的中国，小说所反映的中国或许更真切实在些"[2]。南京蒙藏学校青海籍学生毕业聚餐，郭惠天在欢送会上发表了《送别的话》一文，对开发青海要谋中华民族团结的现实有非常中肯的解说："在我们边疆，尤其青海，一切都闹着饥荒，当然一是人的问题，二是财的问题。对第一项问题谁说你们自身，就不是解决的途径；对第二个问题，'中央'也算尽了供给的能事，因此我们预定，你们的前途，是顺利的，你们的收获，正也是无可限量的。对个人、国家、社会，以至整个的民族，我们都应当热烈的庆贺着！"并对开发青海有具体的建议：一是要有共同精神。"我们的家乡，我们的国家，现在都处于极危难的时候，我们再不谋整个民族的团结，决不足以挽此厄运。"所以边疆上的许多青年，在边疆做事，最需要的就是团体的力量。二是勿求舒适与刻苦耐劳。"假是想舒适，你就不要说，你是青年，你是受相当教育的中国近代青年，以往东南到边疆去的人，不上几天，都跑回来，是什么原因？边疆是一块荒土，正待吾人的开辟，讲享受，正不知与内地相差有若干万年，所以爱享受不爱

---

① 岚汀：《敬告青海青年》，《新青海》1932年第1卷第1期，第75页。
② 王德威：《想象中国的方法》，三联书店，1998年，第1页。

做事业的人，现在我们还是请他不要去的好。"三是励进学问。要为社会做事，需要充分发展求智之精神，筑成高深学问的基础，才能完成我们伟大的开发西北边疆的使命。四是努力事业。唯有以诚恳的心思、忠实的态度，不避艰险、不计利害地牺牲一切享受，去向前推进与奋斗。以忠孝、仁爱、信义、和平为德教，树立礼义廉耻之人格，为人谋福利，为社会谋福利，为国家谋福利，为民族谋福利。学生们清醒地认识到："现在做事，谈救国，绝不是爱高调就可以作成功的，就是利己主义的人，也应常想到'皮之不存，毛将焉附'的警惕语。个人是民族的一员，民族的生命当然包括了个人的生命；民族的存亡，当然也就决定了个人生命的荣枯。假如我们的民族亡了，我们再有本领、再努力也是无济于事。今日国土日蹙，强邻压境，瓜分之惨剧，业已开始；共管之局势，业已成熟，我们若不再挽救民族、救己图存的途上努力，我们只有准备灭亡，那时自己的一切，也化为乌有，甚至我们的生命，也就无法保存了，再想找一条目前困难的局面，也就找不到了。试看东北的同学，就连写一封家信，也要受过严密的检查和限制，这是如何要叫我们伤心的事。"[1]青海各民族群众只有将个人与国家打成一片，谋其利益，始有存立于世的余地。

综上可知，抗战时期青海地方社会内部的"救亡图存""中华民族认同""国家认同"等思想深入人心，体现于知识分子论述青海在抗战时期的地位，开发建设新青海与中国的前途命运，发展青海农业、建设农村、实行屯垦等各方面的历史书写中。尤其报刊中的文学专栏，能够更加真实地通过文学作品展现中华民族所遭受的一切，唤起社会的中华民族观念。

四、结语

中华民族观念在西北传播的三重语境——宏观、中观、微观，从国家、西北、青海的视角进行分析，虽然中华民族观念从抗日战争开始，看似单向度从东

---

[1] 郭惠天：《送别的话》，《新青海》1934年第2卷第7期，第46-53页。

北影响到全国又波及西北，但正是各地中华民族意识的强化普及，共同汇聚成为真正的中华民族意识。从"民族自在"走向"民族自觉"的过程中，报刊发挥了唤醒和形塑民族认同的重要作用，尤其是《新青海》等大量由西部知识分子自己创办的报刊，"它们作为边疆人的话语在国难当头的民族危机语境下，字里行间不断表述的'我们中国人''我们中华民族''五族共和'等重要的时代话语对唤起边疆人的民族自觉与国家认同起到了极大催生作用，这一从边疆—地方性立场所表达的中华民族认同话语更有价值和意义，它与中心区域的中华民族构建的国家话语形成互惠合力，成为铸就近代中华民族共同体的重要向心力"①，也为近代中国在世界体系下构建中华民族的认同发挥了重要凝聚作用。

姚　鹏

2023 年 4 月 12 日

---

① 杨文炯：《边疆人的边疆话语——〈《新青海》校勘影印全本〉的"边疆学"价值》，《中国边疆史地研究》2020 年第 2 期，第 164 页。

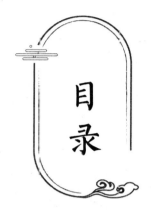

目录

游记、追忆篇 ——

诗歌篇 ——

后 记　　/ 288

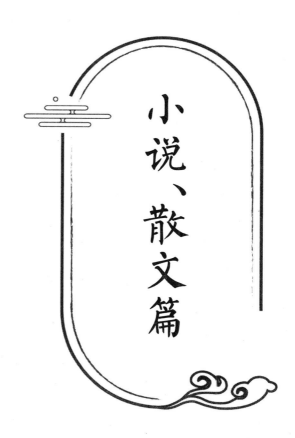

小说、散文篇

奔云

/ 文剪秋

一片云，又过了。

云是仍然一片一片的过，而这宇宙之蔚蓝的颜色，和无极的景象，仍旧莫有变动。不过他的东边，一些片云，一层一层的积得厚了；而西边，仍然有许多云，一片一片的追踵前进，直向东边。

在他们这些追踵前进的前锋上看来，不过只有一两片，或更多的几片。而极目的一看他的尾后，则片片的云，重重叠叠的积得深深沉沉，无涯可极了。可见后来者正多。而在前边已飞过去了的那些云，虽然在数量上已至不可思议，但对于那些尚屯在后面的，或西面的量上看来，并未减得分毫。这大约他们是从有根源和能生变的宇宙中来，或从泄之不尽蕴藏无量的宇宙中出来。

对于如此的盛光，能不令人赞叹！

那些已飞往东去的最前锋者，是否已入了另一个宇宙？

是否还入了更荣耀的宇宙？不知，不知。

我想，他们一定有一个奇异而美满的希望。不然，他何须从无极的西方来，又经过这无量距离的空间，不怕劳苦的一路往前进呢？我想，他们一定有一个奇异而美满的希望。或者，他们现在已入了所希望的幸福的宇宙，达到目的了！

回头看那西方的极处，深雾雾，黑沉沉；尤其那西极的下方，那阴森的气，着实可怕。这些片云，本来从那阴森可怕的无底洞天中出来。大约那阴森可怕的无底洞天，或者是他们受了九难十磨的痛苦宇宙；因他们忍无可忍，所以他们如脱兔的逃出来。不然，他们从那里溜出来的时候，何须那样快呢！

他们是在苦恼的煎熬中觉悟了的！所以他们逃出来，升高，便一直往前不歇的前进。他们是被痛苦激发了的！所以他们如此的勇敢。

幸福的宇宙，他们知道吧！

我不知什么人传了天外的好消息。我不知为什么他们对他们的这点信念持的如此坚决。大约这幸福的宇宙，他们曾阅历过，所以一忆起，便无疑的狂奔。或者那苦恼的宇宙的煎熬他们忍受不了，便一切不许的贸然逃出来，冲锋的前进。

但，总之，他们已逃出来了，已前进了。他们的逃出与前进，不管有莫有有价值的意义，但前进总是已成了事实。

我在这里想想，思思。不知他们要去的到底是什么宇宙？是这样的？那样的？或者是一个想不到的奇妙宇宙？奇怪！

或者他们是瞎奔，是抱着空喜欢的瞎奔。但，不管他是瞎奔，总之脱却了苦恼煎熬的宇宙。

是！虽然莫有更愉快的宇宙可奔，但到了这个宇宙，也就好了；因为这虽然不是极乐的境界，而亦不是苦恼煎熬的冶炉。

《新青海》第一卷创刊号，1932年10月，第59-60页。

奔涛

/ 宋积琏

在凄凉的深夜，皓月当空，照在清亮小河的中间，如同白昼似的，两岸的杨柳，都倒竖在河的当中，树上鸣蝉也正在那里唱着他们自由之歌，幸福之夜如何的快乐，世界上再没有比他们自由和美满的了。那源源不断的小河是不住的流，明亮如洗的月光，已经渐渐消沉下去，可怕黑暗的夜里，似乎多少恶鬼的样子，那种杀威预先令人感觉一种可畏的景象，究竟为什么要如此的恐惧？也真是一个重大的疑问，树上的鸣蝉到了那时，也只得静悄悄的安稳下去，再也不敢作声。惟有严厉的西北风呼呼吹来，那树上的鸦雀，已由忍受之中而不能再往下忍受，于是从安静里而又哀鸣起来，不住"死呀！死呀！"的苦叫，它们的命是不能自保，只有喘息于这种束缚之下、压迫之下、摧残之下的一途，此时他感觉到这冷酷的人寰，终在他们的住所下，实无力向那恶环境去奋斗！乃由失望而至于绝望的地位，再无心另觅出路了。

一片白色的小河，赤隐隐的生了波浪，好似带着怒容向前的奔腾，两岸的石崖只是他的锁轮，束缚他的整个自由，剥夺有为的生命，他怎样的不平如何的怒吼，百折不回的往那石壁上直撞，他是不怕石崖的威力，不惧他有多大的坚固，还有一切的一切，已完全不管，世界上的许多，都是令他怀疑，毫不相信，觉悟了非有本身的热血，自己的头颅，不能得到美满的自由。脱离了压迫的桎梏，虽然受了莫大的创痛、莫大的牺牲，面对于自己的目的，一点都不改变，他以为牺牲失败是在所必有的，故仍意志坚决的前去，源源不断的奋斗，以长时间的抵抗，究竟那坚硬的石崖，确已被侵蚀和软化了。二尺多宽的小河，拥挤不堪似的向一个拳头大的窟窿尽量流着，在他似乎得到一种美满的自由，即表现出来的快乐声浪，哈哈的笑声，更洋溢于四周，把树上的雀儿，由沉睡之中而又惊醒了。但是那条小河还没流到三步远，又被人作无理的长堤，将向汪洋大海的平坦道路，完全隔绝了，怒的他不住的在堤里旋转，战兢兢的抖着，再不能继续奋斗下去。此处也就是他的葬身之地，他回想人类真是万恶，真是自然界的摧残着，人知所谓人就如彼而已，为什么每日都供给他们饮料，他们还不给我们自由呢？如果我们施行总罢工，绝不供给他们饮料，他们能够生存吗？他不说知恩报恩，倒反以无理的长堤来阻挠我们自由，依恃威权来压迫我们，这真是没有公理了！他恨恨不平的向着长堤不住的撞，但是总得不到他的目的，他的愤怒越发的增高，即是受了许多打击，许多牺牲，还不灰心，而他的奋斗与精神与力量，实在已呈精疲力竭的现象了。那水面上的浪花还是一隐一现的向长堤做最后的挣扎，可是他的力量虽小敌不过牢不可破的长堤，却唤起弱者的同情，站在先锋的虽然失败，后起的仍然继续大不畏的精神，照样的流着，毫不退缩。那堤里的水时时往上增高，非理的阻碍物似乎亦将又要被打破了，不意经营长堤的人儿，他更加倍的将堤增高，千方百计的使他坚固。无论如何不使河的水流到外边，但是阻抗力愈大，堤内水也愈多，反抗的力量更趋于不可遏止的形式了。

山谷间的严风，不断的吹，霎时那光亮的天空，忽然都变成可惊可怖的景象。堤内的水已与堤成平行式，跃跃欲出，惟独缺少一个导缝隙线，看那黑暗的世界，蕴蓄着许多的虎豹在隐匿之中一起杀来，雷声隆隆惊天动地，响的那雨翻江倒海似的流下来了。二尺的小河，竟如滚滚长江，滔滔的尼罗河，多大的长堤，多大的威权，也不能阻止他们了，已达到自由的目的和平坦的道路，被束缚的溪水，你们不求自由，甘受强者的压迫吗？不要任人们在你们身上航行，在你们身上沐浴。你们只要把头去冲，把血去撞，把全身的力量去冲，以全灵魂抵挡去冲。崖巍的高山是可以冲断的，无理的长堤也是可以冲决的，太阳是炎热的只能蒸损你们的皮肤，冰霜是严烈的但不能冻结你们的肺腑，太平洋的高歌正欢迎一切猛进的流水，流罢！流罢！后进的正在引领望着你们，大海虽远，亦终有流到的一日，那空中的云雾弥漫，不是你们猛进的时机，爆发的胜利，也在此次你们的一举了。

《新青海》第一卷第二期，1932年12月，第71-72页。

冷血

/ 影

　　他含了一支香烟，手里还拿了一本半开的也许是恋爱哲学的圣书吧，躺在寝室里的沙发上沉思着。他的视线一会儿盯着书，一会儿又呆望着自己口中喷出的浓烟；脸上的神情，时而现出像得到胜利的喜容，有时却像有什么事犹豫不决的样子；忽地把书抛在旁边的桌上，立起来在屋子里兜圈儿踱着方步，背着手，心里在想：

　　"同学们真幼稚，说了几句冠冕堂皇的门面话，把他们都给说信了，一个X校学生抗日救国会之会长头衔，毫不费力的弄到了手，真是得来全不费工夫。这时代还是投机的好，什么抗日、什么救国，先来出两天风头，借此快乐两天再说，上次乘了请愿的机会，总算把南京逛了一趟……"

　　"募捐队在昨天前天，真是太辛苦了，捐来的钱有那么多，捐册上还有许多是'无名氏'，这岂非大好机会？花了他妈的三十五元，能有谁来还干涉我？只要手腕放灵活。"

　　"昨天募捐队回来的当儿，看看他们真可怜，尤其是女同学们，累得腰痛腿酸筋疲力尽的，像女士吴真有些不能支持的样子，看她那样儿实在乏困之极，去慰她'太辛苦'时，她还说：'在冰天雪地里为了国家民族的生存而枵腹裸体的奋斗着杀敌的义勇军才辛苦呢！我们正应该为了援助他们而辛苦些，只要与国家民族做些有利的事，不要说辛苦了身体，就是牺牲了性命，那也值得……'她实在还是天真烂漫的带着孩子气，什么事也不懂得，真可笑！有数十万大兵的陆海空军副司令，还是不抵抗的去了大好河山，几个送死鬼义勇军，能成什么事？其实他们另有真正的目的在，谁也不愿白白的去送命，他们何尝就是为了国家……现在的时候，还是有一天乐一天，说不定日本人的炸弹，在什么时候下来送了终。女士吴这孩子真可爱，明天先以会长的名义委她做本会的秘书，痛痛快快的玩上两天了再说，什么亡国！什么灭种！反正是当老百姓的，其实做了外国的人民，还不像我们这老大的中国糟糕……"

"这些钱到底用些好？不用好呢？不用吧！给她的大衣又拿什么去做？家里的钱到如今又不汇来，天气一天一天的冷了，她的破大衣穿着怪不好看。她自己虽没表示要，但给她缝一件新大衣，她对我不是更喜欢了么？那就我的目的也不是快达到了，还是在这援助义勇军的捐款里用些怕什么，就是有人查究，那也没大关系，只要把'无名氏'们，多勾去几个，那还有何破绽给他们可寻？就是等几天家款汇到了，填补上去也未尝不可……对，就在这捐款里用些去给她做大衣，没看电影也好几星期了……虽说是同学们捐来的公款，但现存在我会长的手里，用去些还有谁知道。现在世界上的人那个有良心？有的是，不过是些大傻瓜罢了！若是人真有良心的话，日本人也不侵略我们的国家！工学院的王先生，真使人要喷饭，明明白白的挨了几天饿——谁敢保险他没吃些——还以为是为国难而绝食，以促醒国人云云，到现在国难仍然是国难而不已，把王先生就是饿死了也不行。正当青春的这一阶段里，若不及时行乐，那不是虚此一生么？在这短短的几十年内，何必……"

他想到这里，自觉得高兴，以为是参透了人生之禅，另燃了一支香烟吸着，便跑到学生抗日救国会办公室里去，查看捐册再有多少'无名氏'。他忙忙的只翻了不多页，X校的号房老王跑进来找他，说是邮件电报是给他的，他急接过来："哦，还没有翻"，又跑去在事务处找了一本电码来自己译出，上面只有很简单的几个字是：

"云儿汝母病危速归文示。"

"这怎么办呢"？他不自禁的说出了这句话，把电报塞在衣袋里，回头无意识的走转寝室来，脑海里盘算着回家的问题："回去吧？他们又没汇分文来作路费，并且明天是星期日，恰好去找她逛逛，下星期又要举行月考，这怎样好办呢？不回去吧？又是父亲拍来的电报，母亲的病想必很重，其实她老人家是长病，年老人……怕不至……吧？下星期的月考也不大要紧，过期了补考，或临时开夜车带小抄，也可马虎过去，就是路费现有……也不成问题，就是……她……究竟怎么办呢？回去看看久别的父母也很好，只是……何况母亲又有病……"

"梁先生接电话"，电话室里的校工老张在屋子外喊。

"是那里的?"

"像是女士的声音。"

他马上跑出了寝室到电话室里去，拿起了耳机：

"Hello！你是哪一位？哦！是你吗……好，你好么？没有事怪无……是的，很寂寞……今天明星大剧院新换了片子，是胡蝶主演的《啼笑因缘》，你能不能和我在今晚上又看？……有事？不去么？……那也好……几点钟？……太早了吧！……哦！对了，我一早就到那里去敬候……好说好说……没关系……祝你晚安！……再见再见。"

挂上了耳机，低着头一边在想，一边在走，回到寝室里的他，真是像热锅上的蚂蚁，坐立不安的，香烟是一支又一支的吸着。这时候的书本自然不能引诱他的目光上射去，而死般静寂的夜幕，已迁了大地，日出而作的人们，大多都入了黑甜乡，各自去找他们自己的快乐。在床上的他，特别在这一夜里，不能够安然入寝，翻来覆去的，总想着："不回家吧，母亲的重病！父亲电催要我回去，回去吧，已答应了她，明天上XX公园去。当时托故不答应就对了，明天好搭车回家去，但怎好不答应呢?"

一时他的心灵上被"慈母""爱人""抗日""救国""公款""考试""援助义军""委女秘书"……这些事刺激着不得安眠，最后还是爱人在良心上战败了一切而独得了胜利，决定不回家去，只写封信问问母亲，先去和她玩一天再说，这才昏昏的睡了一刻。天亮了起来忙忙的给家中写信，略胃:

"来电敬悉，本拟于今晨搭车返家，惟既乏路费，又无空暇，加以月考将届，不能不预备功课，儿在本校抗日救国会，又任会长一职，每日事务繁忙，近又捐款援助义勇军，势难返家，母病想系复发，休养几日自能精神复原，寒假期内儿当早归，以奉晨昏……"

又急急写了封皮，打算以快信寄去，然后再去盥漱刮脸烫发，试光了皮鞋，披了大衣，在同学们为援助义勇军而捐来的钱里，取了几张几元的钞票，出了校门，顺便跑到邮局去。但今天是星期日，早十时邮局才能开门，这时刚有八点多，心急的要去会她，不能在这里久等，信也不快寄了，贴了五分邮票，投在街头邮筒里，跳上了黄包车，只叫车夫向XX公园快跑。在车上他回想，她今天如何这早约我去。只恨这车夫拉的太慢，而车夫的汗已湿透了薄薄的衣裤，力也尽了，腿也酸了，才跑到公园门口。他只抓了几个铜板，抛给了车夫，跳下了车，一直跑进了公园。到X亭上时，他的她已亭亭玉立在那里等他，他跑到跟前嘴里连说:"对不起，累得你久候"，腰已鞠下九十度的躬去了。她半娇半嗔的嫌他:"来的怎么这样晚，我已来多时了，在这里等你"，接着又在安慰他:"这几天你太辛苦了，听说贵校同学的抗日救国工作很紧张，亏得有你的热心领导……"他握住了她的纤手，靠近了身子，便说:"那有什么关系，只恨不能到前线上去杀敌，在后方我们更应该做些事，来援助杀敌的同胞，今天本来很早的要到此先候你，但为了写一封信给家中所以来迟了些，还是请你原谅。这是昨天家父来的电报，要我回去的"，随手在衣袋里拿出了电报给她看，"同时家款也汇来了，今天可以给你做一件大衣奉赠，请你不客气的希望接受"，他接着说。她问:"那么，回去不？这电是几时来的？""我已寄信去了，说明不能回家，母亲大概是以前的不关紧的旧病，安息两天就好的，电报昨天午后接到的。""昨晚打电话时怎不告许我？你究竟为什么不回去看看你的母亲？"她的声色有些厉了，等他把不回去的原因说出来时，她已把手中拿的电报摔在地下，恨恨的望了他一眼，愤愤的转身往外走："我还以为你是……谁稀罕你给人做大衣……连慈母还不理……何况……我……冷血……真瞎了眼！悔……"她头也不回的离他出了公园。这是一个霹雳，X亭栏旁震住了这位"热心于抗日救国"工作的青年，呆呆的凝望着倩影的消失。

《新青海》第一卷第三期，1933年1月，第85-88页。

梦影

/ 怀瑜

（一）

温和的春风吹苏了干枯的宇宙，十九年的严冬已经是过去了。二十年的光阴，正开始向前急流着。时间的飞奔，是那样的迅速而无情啊！

S自考入F学校以后，就和外边的一切消息隔绝了，从此他只是埋头去研究他的学识，锻炼他的体魄。在F学校里的一切都有一定的规程。无论起居饮食行动均以严格的纪律维系着。他，为着自己的前途，和未来的胜利，当然只有严格的约束自己，努力提升他本身的能力和学识。因为在S的心目中，以为一个新时代的青年，应该站在时代潮流的前边去呼号、呐喊！为着人类的幸福，个人的一切都是空虚渺小的，就如沧海之一粟。然而要达到全人类幸福的目的，那么，你必须有负起沉重责任的力量。

S因为深深地感觉到个人能力的薄弱，学识的浅陋，所以他毅然决然的离开了温柔和蔼的故乡，开始过他异地漂泊的生涯。在一个清明的春天里，他进了F学校，现在，已经是三个星期了。

在桃花时节的天气里。那悠悠的和风，融融的阳光，和一切欣欣向荣的草本，最足以使青春时代的人们怀无限的感慨和叹息。特别是一般志壮气盛的青年，益感觉人生过程消逝的速快。

是一个休假的日子吧！S一人悄悄的走过了广漠的操场，踏进了F学校的校园，对对的蝴蝶盘桓于他的头顶，柔媚的春风从他身上掠过，紫金山碧青的春色遥遥在目。他坐在一株垂杨树下，盈盈地弱枝东西摇动着，在他脚下的青草被春风细雨救醒了，拼命的向上挣扎，仿佛表示他生命的奋斗力量，在他眼前的一切，似乎象征着胜利的微笑。然而，他想：他青春的黄金时代已经是消逝了，青春的桃色美梦随春风而幻灭了。像一朵残了的芍药，从此再不能恢复他青春的天真和美丽。S这样想，呆呆地，沉默着，因为在沉默与寂静之下，蹲伏着一切的幻想和追忆。此刻，他的回忆的心房已经敲破了，已往的伤痕和梦影，像银幕一般的拉开了。

K省的省城正靠着黄河的右岸，巍巍雄壮的陇山环绕着，形成了军事政治上的中心地位。出了省城的城门——特别是西门——就看见无数鹤胸鸠面、褴褛憔悴的难民互相拥挤着、啜泣着、哀叫着，一种凄切的声音和疲惫的影状，使人目不忍睹、耳不忍闻，那已经撒手人间的人们东倒西卧着，任狗食蝇蚋，风吹日晒。还有一息尚存无力行走的，一阵一阵颤动着，表示其生命的将终。他们究竟犯了什么罪过？天知道：他们是最忠顺不过的弱者，他们遭遇着这样的不幸，是他们生命里注定的吗？这一幕人类的惨剧，究竟谁为之主角？究竟为什么有如此不幸的事发生？那是不能再说了。

一些杀人如戏的强暴阶级，经过了长期的猖獗，气焰一天胜似一天，断断的逼进了K省的省城，于是所谓军事政治中心的K省，便处于四面楚歌之中。粮道的断绝，和兵力之薄弱，使人心慌恐，风声鹤唳，一夕数惊。算是这样的度过了一月天气，因为援军已到，才把恐怖的局面渐渐安静下去。

在各县遭遇祸乱而幸未被屠的人民，虽然家产房屋完全付之一炬了，然而，那残余的幸运者们，毕竟在"求生"的最大目的上，不得不作最后的挣扎。这一个省城，便成为难民麇集的场所。其实，省城何尝是一个安乐可靠的佳境？在米珠薪桂的状况下，赤手空拳的千万灾民，除了大自然赐予的无尽量的空气外，究竟拿什么营养他们的残余生命？然而，他们只懂着"宁可饿死，别叫杀死"的悲惨希望。因为那寒闪闪的屠刀，是如何使人心碎胆裂啊！

时局的紧张是如此，环境的险恶更叫人寒栗。年轻的S，在这种情况下，肄业于K省的中学，他的前途，正如在夜虚沉沉惊涛骇浪中漂纵的一双断棹的孤舟，无边无涯的茫茫苦海中，随时可以使他的生命随之沉沦。他的家庭，在匪氛弥漫之中毫无消息，他想到他慈爱的父母、天真的弟弟，和一切使他悬念的人们，不知是否侥幸的留在人间？或是含冤而永别世纪？这种不可逆料的事情，谁能够断定呢？

热血鼎沸，壮志激昂的S，想到这些地方，在他那一对精神美奕奕的目眶中不禁流下数点热泪。他在万分悲痛中，只有吁叹伤嗟。什么是"前途"！"学业"！唉！那是什么呀，那都是空虚的幌子吧？

桃杏艳红、山青水碧的二月，他是进了K省的中学了。如今转眼及年。秋风秋雨，摧残了炎夏的花草。他每天期望着母亲给他的音信和一切所需的物品。那一条横跨黄河的铁桥上，他时常倚栏遥望着。然而，那不能留停的夕阳，竟无情的没落了。黄昏中，他一人失望的孤寂的归到学校里。

> 滔滔汹涌的湟流，
>
> 滚滚地
>
> 从故乡流来，
>
> 可是，您曾否带来
>
> 母亲的泪滴？
>
> 长空的寒雁，
>
> 阵阵地
>
> 从故乡飞来，

可是，您曾否带着

弟弟们的音信？

漂淫的孤舟，

隐约中

从故乡里来，

可是，曾否带着

母亲给家的糖饼？

河流不息的奔入大海，

寒雁渐渐的飞向天涯，

漂淫的孤舟轻轻地消逝于云外，

一切，都在黄昏中惹藏了形骸，

只有，孤零的游子，

依旧在唏嘘，徘徊。

　　这是某天S从失望归来的时候顺口叹息的几句真挚的话句，他在悲哀的时候，还想镇定下去。因为他知道，还有许多的事业要他去作，他的身体的好坏，可以断定他前途的光明与黑暗。所以他虽然有无限的痛症梗于胸中，但为未来的一切计，他也时常自己安慰自己的心灵。

　　沉闷的时局，依旧是扑朔迷离。然而，时间的巨轮又轮转到严冬的天气。凛冽的溯风，又挟着纷纷的雪花。塞上弥漫着连月不开的愁云，一种凄惨萧瑟的境况，使人神伤而无极。久无音信的故乡，这时候他已经得到许多的消息，劫后的家庭虽然深蒙巨大的损害，然而在万分不幸之中使他可以稍一安慰的，就是他慈爱的父母、天真的弟弟很平稳的度过了那可怕的巨变。这是多么幸运啊！

　　S的求智欲，在失望中又热烈的燃烧起来，他知道在家庭遭遇了这样的不幸以后，自己不忍心再要家庭的供给。他觉得一个有为的青年，应该冲破一切的困难，向前去迈进！

一个晴明的天气里，他，S踏入了K省所谓的革命之学校，于是他把中学生的生活轻轻地抛弃了。尔后，他专心研究社会政治一类的学识，并且他觉得那时候的他，已经不是为自己而生存，在他的眉头上仿佛增加了深重压力。他拼命支撑着！挣扎奋斗着！

《新青海》第一卷第四期，1933年2月，第79-82页。

（二）

在边僻荒凉的K省里，因为经过连年的荒旱，军队的搜刮，土匪的猖獗，天灾人祸，重至沓来，社会的基础，已由崩坏而完全糜烂了。在此种情况之下，人民的生活问题日趋于严重化而无法维持，普遍的形成恐慌的恶化状态。此种恶化的状态在时间上已延长了三年之久，在空间上弥漫了全省之广，影响及于临近的省县，同样受到恐怖的燃烧。

K省的省城，因为四周环境的恶劣，一天一天的趋于衰落萧条。商业的停顿，物价的奇涨，生活程度之高，已达于极点，金融的枯竭与紊乱，更无法补救。各机关虽然勉强的撑持着门面，而中小学校已宣告关门了。因为军事的紧张，军费的来源已告断绝，势逼着，把全省的教育经费强行充作军费，穷苦的教育机关，十分之一的经费直欠到七八月之久。他们一方面闹着面包问题的恐慌，同时更不忍将此惨淡经营下之局面，贸然弃之以去，空守着那萧条而寂寞的学校，只是苟延残喘着。在学生方面，因为家庭普遍的遭了剧烈的变乱，为生计所迫，辗转四散，谁也不能顾着谁了。青年的学生，失了家庭的凭依，环境的逼迫渐渐地脱离了学校，在生活问题极度迫切之下，或趋附于军阀政客肘腋之下，或铤而走入绿林之窝，或竟抑郁而沉闷自杀，这种悲痛而凄惨的事情，在K省已形成普遍的不足为奇的事情了。

事情的转变是循环着，"新陈代谢"的状态中递嬗着，一治一乱，造成中国历史上兴衰的阶段。同样，世外桃源的K省，如今是"满目疮痍"的景象。如果站在所谓革命者之立场而言，那么这是革命过程中不能避免的一种暂时"变态"啊！事实上，这种"变态"已成为长久的"常态"了。在不久的两年前，热烈的革命空气，弥漫着K省。然而，又不久，这有时间性的过度的紧张，随着K省人民奄奄的生命而减退其怒潮；不待说，这显然象征着革命的幌子在民众的眼前，已全部暴露其假面具。另一方面，那"挂羊头而卖狗肉"的军阀政客，不能掩蔽其丑态而终于露出真形来。可是，在现实环境中，明白的暴露着，一切的事情多半是彼此"利用"着，以达到其目的的。聪明的军阀政客们，其所施之伎俩，在此"利用"之方针下，不消说更来得奇巧了。他们为伪装其本身之罪恶，便利用这手无寸铁而惯作吹擂的人们作为他们的先驱，一切的是非罪恶都让他们去负担，在此刻所谓的"革命"，在民众已由失望而绝望而厌弃，赤裸裸地已全部暴露了骗人的不兑现的虚伪的面具。

数年间情势之突变，真有不堪回首之感了。

从某门前环绕一圈，悄悄的经过了中山大街，出了城外，在成群结队的难民的包围和灰尘的飞扬中，转过了K省第一师校的门口，一个广漠的操场和新用天蓝色油涂的校屋，立刻呈现在眼前。当夕阳欲坠的当儿，有许多的丘八和一些学生们，熙熙攘攘的作着各种运动，像天晚的鸦雀，闹着夕阳的斜晖。

S一人悄悄地穿过了操场，进了校门，无精打采的躺在洁白的床铺上，昏昏地呆想着，断断续续地吁嗟叹息着。许多的友伴们都以为他是有了病，只是轻轻地安慰。其实，健壮的S何尝真有病，在他的心坎里却贮满了无限的悲伤，新仇旧恨，不断的云涌出来，一幕黯然的幢影，仿佛呈现在眼前。

父亲的头发已经灰白，他带着憔悴的面庞，呈着微微的笑容。然而，这微笑却含着无限的凄惨。

"S！我们都以为你是不在人世了，因为前几个月的变乱中，听到许多关于你的消息，说你已经投笔从戎，已经在疆场上作了牺牲者……你母亲听到这种骇人的消息，曾经昏晕过几次。可是，始终没有接到确切的音信，在半信半疑之中，为要真实明白你的下落，叫我来这儿打听。唉！为爹爹妈妈的人，想起千里求学的孤儿，是如何的焦灼，尤其是在这疾风暴雨的世纪中……"父亲一方面说，一方面流着泪，握着S的手，抚摸着S的头发，继续的说：

"……你现在已经考入了官费的学校。那么，你就安心去求学，母亲知道你现在的情形，她一定会不再远念的。但是，你还是一个年轻无经验的青年，在异地没有父母的提携、亲朋的扶助，一切的事情都要你自己珍重，为着你自己的前途和父母的期望，你应该特别去努力。"

"爹爹，人生的聚散，犹如天际的浮云，谁能够逆料？当我听到故乡化为灰烬的消息时，一切的一切都似乎沉入失望的深渊里，焦灼的心灵在日夜燃烧着。然而，环境的恶劣，终于使我在这里苟延残喘的蹲伏着。虽然在这个学校里不发生其他的问题，但在遥想起倚门远望的妈妈，和那残破的桑园的刹那间，心灵的颤动，怎安心去求自己的学识呢？"S这样地说，倒在父亲的怀里，唏嘘着，拿衣服襟去揉着眼眶。

"儿！一切的事情用不着你悲愁和担心，变后的家冠虽然不堪修整，但在这无可奈何的现状下，只好一天一天的向前度过，度过的都是幸福啊！只要你继续着爹爹的遗志的话，我们便无所谓的'什么'了！你青春的时光不可虚度过去！你不可消磨你青年的勇气！"

……

在一个幽暗的旅馆里，黄昏中。悄悄地在黑影模糊中消逝了两个人——他们各自分飞了。只有几点疏疏的黄灯，依旧隐现在黑夜中。

（三）

当省执委会的命令发表后，眼巴巴地，那一年来朝夕相聚的同志，受过主义之洗礼的同学们，各自整就了行装，准备去尝试他们的勇气。的确，在他们何尝不知道K省环境的恶劣与复杂，敌人的包围你如何去突破？遍地的茫茫荆棘你如何去斩断？重重的陷阱你如何去渡过？而且，你如何去领导那可怜而愚庸的痛苦民众走上"自救"的途径？如何使革命的主义浸透他们的心田？这复杂而困难的问题，从前在书本里也曾深刻的玩索过，在会议场中也曾热烈的辩论过。现在，便让他们实地去"干"了。啊！"干"！这是何等的值得青年人们的崇拜呀！

时常他们这样说，在极复杂而险恶的环境中，正是有为的青年们奋斗的战场，因为在那里有奇形怪状的妖魔在张牙舞爪的跳着舞，有五花八门、形形色色的话剧在排演着。你的生命，在你的能力"能否"应付当前一切之问题之下而决定，随环境的侵凌而宣告屈服、妥协、堕落、沉沦吧，那是懦弱无能的表现。他们对于现实的恶劣，并未觉得若何的可怕，只是相信自己，自己满腔热血和勇气，纯真的心田和坚决的意志，相信可以战胜一切。的确，没有经过社会渲染的青年，时常怀着这种的抱负和情绪。转眼间，那些健儿们已经踏上了征途，从此劳燕分飞各走西东了。当他们临风挥别之际，各自默默地呆笑着，一轮残秋的夕阳斜挂在陇峰之巅，飒飒的寒风吹荡着片片的黄叶，萧索的声音倍增了无限的悲壮。

"一颗赤诚心，反正要得掏了去，满腔鲜碧血，迟早总该喷出来。"

去吧！去吧！祝你们征途顺利！祝你们凯旋归来！在歌声激昂中，那英威的健儿们已扬长远去了。只见辘辘的车轮碾起了半空的黄尘，夕阳已尽沉落了。

"啊！他日若能相逢，夕阳影里一征鞭。"

在一间空阔的屋子里，黄昏的烛光半明半暗的闪动着。靠窗帘的一条书桌上，堆积着零乱的书籍。四个人悄悄地围着暖炉，各自的目光注射着炉旁迸裂的火星。沉默中，S的话突然击破了四周寂静的空气。

"瞧，这也不必过于顾虑了。在这支离破碎的情况下，一切都由那不可逆料的厄酷的'命运'吧！我不能畏缩寒栗，只有埋头奋斗。成败利害，此刻也用不着计议了。我决定要在明天起程，虽然闻得风声不好，但也不能长久延误我的征期。其实，如果出了省城的四门，在匪氛的弥漫中，绝对的安全，在任何地方都是梦想不到的，只好看看自己的机运罢了……"

"……与其在这寂寥沉闷的省城里待着，不如到那各县去尝试尝试社会的滋味；与其在这里无声无息的厮混，倒不如毅然决然地去和那敌人拼命。S！你知道，生来就是钢颈铁背的青年，怎去作'屈膝下贱''弄巧卖俏'的把戏？当然的，在这连带的关系之下，你要保持你青年的纯真和光明，你要摒开一切的羁绊，你应轻轻淡淡地飘向他处，虽然要得尝试那酸甜苦辣的滋味。然而，那是伟大的成功的象征，我祝你革命的精神进步，我更希望莫变更你现在的心肠。去吧！不要留恋！S！"

"瞧，一切的愁苦推不动我的心志，一切的劳怨撼不动我的勇气。可是，在我们这一次的阔别后，茫茫的人世又将如何的幻变？'后会有期'这一句推忆的安慰，在我已发生了无限的疑惑，怕是'相逢只在梦魂间'吧？这些，至少给我们以许多的感慨和伤心啊！"

人是情感所支配的动物。在S的心中以为除了真挚、纯洁、热烈的情感而外，宇宙便是一个残酷冷淡的地窖，人类就是一个刻薄狡诈的魔徒。的确，相处很久的他们，瞧得老诚而滑稽，显得文雅而诚挚，难得活泼而精干。在彼此之间只有"诚"的维系和和悦的表现。如果在一转瞬之间各自西东，分飞千里，当然是有一种不可形容的难过充满在胸怀。然而事实的催逼，毕竟是严重的不可避免。在昨天，S出发的命令是发表了。那平日热闹而人声杂沓的屋子里，在此刻忽然悄悄的沉静下去，昏昏的烛光惨然地映在窗帘上，显出模糊的四个黑影，懦懦的摆动着。中天的一轮黄月，点点地透进了窗帘，益加他们的恻恻和感触。

塞上的寒云弥漫着幽暗的山峰，漠漠苍灰的烟雾，和暗淡的太阳，飒飒的寒风，使人亦觉寂寥与枯燥。

S 的行装很简单,几件随身应有的零碎,和一些零乱的书籍而外,就是清风两袖的他自己。朋友们替他雇了一匹马,在朝暾俯瞰的时光里,他踏上了遥遥的征途。从此,那滚滚东去的黄流,白云盖顶的兰山,和嚣嚣杂沓的城市,一切渐渐地、渐渐地在人眼里消逝了。嘚嘚的马蹄,翻起了的黄尘,他幻想着以往的幢影,只是默默的望着天空里漂浮的流云,和飞来飞去的寒鸦。

啊!你无枝依栖的寒鸦,

"你从那儿飞来?

你又想往那儿飞去?"

若大的长空,

那里是你的归宿?

《新青海》第一卷第五期,1933 年 3 月,第 97—101 页。

(四)

前方的消息,终是沉寂得像死一般,是胜利还是失败,在交通不便的 K 省的人民们,如同处在十八层泥犁中的罪囚,什么都听不到。

因为在 K 省当局的极端高压政策之下,极尽愚民之能事,不但有关于政治和时局的书报,一概不能发放外,就是那些关于研究学术的杂志,也在严厉查禁之例。至于军事方面的电报新闻,那更是非 K 省人民所梦想到的。所以在 K 省,把过去一年多长时的书报,偶一从书店里买得一本来,如同获得什么珠玉似的珍奇;而且把数月前的事情,都认作最缺的新闻资料。因为如此,才可以使一般人们愚笨的像猪一样;更因为如此,那些军阀政官们才可以为所欲为、横肆无忌了。只可怜那愚蠢的人民,在此种淫威之下,纵牺牲身家性命,亦莫敢违抗。就是那些少数智识阶层,一方面环境阴恶,终日沉闷在寂落的大沙漠里;同时,受军阀的监视，在势逼利诱、恫吓威胁之下，非走侥幸逞能之途，即入吹牛拍马之门，狼狈为奸，在他们势力范围之内，一切的事情谁能过问呢？这情形，是数年来K省特有的现象。自然，这现象只有随军阀的势力而高涨蔓延，仿佛成了不以为奇的事情了。

然而事实上已经证明：世上的事情只要在任何地方一度的表现，任凭统治者有天大的本领，那一双手毕竟遮盖不住中天的太阳。当然，前方的失败是在事实上已经千真万确了，任你后方上怎样自吹自擂的虚张声势，那只有特别使旁观者的唾骂和耻笑。譬如那街头巷尾，红绿的纸上写着胜利的大字，报纸上用特号字标示着前方军进展的情形，以常情论：K省的人民，听到这种消息，应如何的欢欣鼓舞啊！但，事情每每不与人愿相合的，最奇怪的就是那些标语传单，经过一夜之后，就杳无踪影了。由此可以证明K省人民对于他们的统治者厌恨痛恶的程度了。所以反宣传就以反面的事实去推测，那才得知确切的消息，这实在是K省人民们从经验中得来的教训啊！

本来，他们对于K省老早就想放弃的，因为K省的金钱已完全吸收到他们的私囊里去了，K省的壮丁已多数拉到前方战壕里去了，牛马车辆已完全被他们强拉走了，剩下的只是搬移不动的千里无人烟的穷地皮，还有满山遍野的枯骨和死尸，辗转沟壑的老弱与灾黎。的确，这些东西他们实在无所留恋抚惜的。所以他们的巨头们时常这样说："我们不再永远的受穷了，弟兄们干吧！那江南，豪华的江南，那儿有西方的巴黎，那儿有喝不完的酒酱，吃不完的珍馐……"要根本的说起来，民国十七年统一的局面，就是在这个动因上破坏了的。其实，他们何尝真正的穷，他们何尝受过一次穷！在人兽相食、人互相食的K省里，他们何尝缺少过一次的酒肉！当他们放弃K省东去的时候，自书记以至科长厅长主席，自班长以至师长军长，谁没有满载而归？那满载的，除了K省人民的血汗脂膏和性命以外，再还有什么呢？

经过几度天灾人祸的K省人民，他们的流离死亡是命运的注定吗？虽然他们的旧统治者土崩瓦解了，而他们的痛苦却在无人管理之下日益加重了。他们望着东方刚现出的曙光，引颈的遥遥切盼着，那热泪，希望的热泪已经干了，但他们的负救者终是远隔天涯。如果他们忘记这数千年来的祖国的话，怕中国的版图上又缺少一块呢。其实这不怪他们的愚昧和越轨，他们的政府究竟对他们尽到那一份责任了？他们是不是中国的国民？K省算不算中国版图的一部分？什么是命运？那是给弱者的铁链！

（五）

头上深深的一刀，浑身有七处伤痕，血模糊了面颊，胸前微微的颤动着，那一双眼帘有时候约略的睁开一点，但不久仍紧紧地闭着，两个人用一个木板抬着，一直走到城外来……

三年前的一幕惨剧又萦回于S的脑海中，这是永远不能忘记的一页伤痕。M手里提着一个长约五尺的铁棍，从他屋子里走到檐前廊下时，一轮惨淡的黄月正透过院前槐树的孔里，凄然地照在他们的身上。这时候虽是初夏的天气，在西北却不比江南那样的炎热，一阵凉风从槐树枝间吹过，仿佛带来了初秋的凉意，M不禁的抖然寒栗着。

"S！情形虽然不好，但我们应该镇静些。听说土匪今夜在我们C城东北约六十里的黑石坟地方，前天破了A城，财物是抢空了，房屋拿火烧了，人，已经杀了大半了，怕半夜要到我们这里来……"M说着，望着S和H的脸，他们两人的态度虽然镇静着，但从他们胸襟上突突颤动的一起一伏的张弛，就知道他们的心上已有沉重的东西压着了，何况他们的脸不像平常那样红润，渐渐地苍白起来。

"这是没有办法的，城里才有五百军队；你知道这还不就是变相的土匪吗？那几个民团像刚从黄土里拉出来的死人一样，怕连枪都不会放。至于C城的人民，平时烧香拜佛是当然不会贻误厥职的，要来守城的话，恐怕还先得要默祷神人来保佑才行……唉！全省的外军都全数开走了，这的确没办法，不过我们自己先镇静些，尽我们应尽的职责，万一不测的话，那各人只好看各人的命运吧！虽然命运是不能预知的……"S说着蹲在一个石头旁边，磨着他刚从朋友处借来的一柄马刀，"M，你们两人是从远方来到这儿的。这城无论如何是守不住的，万一城破的话，那一切都完了，你知道这次来的土匪是十八年被X部队打败的，他们今日来攻C城，是专为报仇的，那湟源、镇番、凉州……城破后鸡犬不留的惨剧，你也会知道吧？所以我的主张，你们两个人今晚出城最好了，我们是有家眷的，死也就在这城里……"H很诚恳的对M和S说。

"笑话，我们都是同事，这一条饭桶，更有什么可惜处？今天上午开城防会议时，把我们分派到南城去督守，现在天黑了，我们就到城上去，看如何的动静？反正我们死也该在一处啊！"S的话把他们当时的一切顾虑都打破了，于是他们三个人的脚步轻轻地踏出了C城县党部的门口。

（六）

疏疏的寒星，淡淡的新月，照着守城的人们的身上；他们静悄悄的在城垛后蹲伏着，各人很小心的紧握着守城的武器，只是望着城外银灰色月光里的动静。辽阔的天空，漫漫的长夜，这良好的时光，如果在野外茫茫的疆场里，披星戴月，饮风宿露的枕戈夜宿，那是如何的悲壮啊！但而今却悄悄地伏在被人包围的C城里，这情形又是使人何等的难受呢？S想到这里又不禁怅然。城内的电灯仍自昏昏地照着，间有从小巷人家里透出一点似豆的红灯，也不过一闪一闪地，仿佛奄奄将息的样子。从那很小的一点光亮里，还可以隐约的看见人影的移动。除了城头上来往巡梭的巡查队，脚步声和武器的摩擦声而外，小犬也一声不叫，一切遇在悄静的状态中；然而，这沉静中却含有恐惧和悲惨的成分，仿佛大灾难要即刻到来，直使人一阵一阵的战栗。

S和他的两个同志M、H一天没有吃什么东西，各人拿着自己守城的武器。虽然这武器是那样的粗笨，但在K省的C城，算是守城不可或缺的东西，尤其是拿在他们三个人的手里来作守城的工具，更是破天荒第一次的光荣试验。他们是没有经过什么危险的青年，只有满腔的热血与纯挚的心志，那杀贼的本领实在一点都没有。因为自己知道见危而逃是一种可耻的被人笑骂的事情，似乎自己不应该在这儿示弱，至于武器的好坏，那成了第二层的顾虑了。

在C城的南区一带，就是他们三个人督守的区域。南城的外面是一个小小的河流，水清而浅，不能为天然的阻障，人马随处可以涉渡。城南公园正靠南城之外，园中的花木正在盛开的时候，明碧的池面上平铺着蓬蓬的莲叶，荷花虽然没有开，那绿色的景致足使人悦目，但这明媚秀丽的地方，在这时候连什么都看不见，花榭木栏，冷清清地别有一番寂寞和凄凉。他们偶一望着这美丽的盛地，又不胜沧桑之感。不知最近的一瞬间，这山河又将如何的变迁呢？当他们三人来往巡梭着，在某一瞬间相值时，彼此就很担心的告诉各人所知道的情形。他们以为在城上，可以将"居高临下"的战术上之利，如果贼人攀登上来时，很容易的一刀或是一棍就可以杀下去的，无论如何，至少总可以守得住四五天。万一城破的话，那也没有什么了不得处，也不过一死而已，何况在K省，死！它是太容易了，人们的命实在不若一只狗和猪的命永久，只要是拼，那些土匪的手里，千百人里很难侥幸活过一二啊！

在半夜的急风吹打着招展的树叶，中天的新月仍然在孤冷的照着，那茫茫的虚杳的月光中，似有贼探的潜伏，终于没有什么动静，是月影的移动呢，还是在他们自己心理上的潜疑呢？然而，这一夜，风鹤频惊的一夜，算来平安的过去了。

（七）

C城的周围约有二十余里，北山和皇城形成了C城的天然屏藩，在平常，那北山上有玉泉馆之盛，古寺苍松，景色幽丽。从北山上俯瞰C城，宛如在眼底，据一般有军事经验的人们时常这样说："要保守C城，先要保守北上和皇城。"当土匪未来之先，他们何尝不知道这种情况，而他们终于闭城自守的原因，实在是出于无可奈何了。这种不得已而勉强据守的事情，当然是千万分的侥幸的；何况C城的兵力物质与地势，处处是在于被动的劣势，而C城的几位什么城防委员尽都是快要没埋土里的老秀才，烟袋和八股文章上的工夫，的确非一般少年人所能追及万一；然而要叫他们指挥全城的人民来守C城，那未免太不适宜了，然而C城的一切事情，要不仰他们的鼻息，实在根本无法进行，更何况那"神灵默佑"的四个大字，在C城人民的脑海中已经是根深蒂固、牢不可破。但所谓神的默佑者，那是何等愚昧而可怜啊！怕神灵给他们的是只有一个"梦幻"中的"安慰"吧！

东山上吐出了破晓的曙光，黑暗渐被朝暾的威力扫除了，天气虽然很晴明，那初夏的急风紧紧的吹着，刮起一卷一卷的黄尘，遮蔽着半空，初升的旭日昏昏地，像暮秋的太阳一样。

城楼上虚插着几杆旗帜，被风刮着摇摇欲倒，守城的人们有来来往往的，有闭眼打盹的，那疲惫的声色，那凄凉的情形，那恐怖的状态……

一阵惊恐和扰攘，城头上的人们立刻紧张起来，急急地把身体缩小下去。

"S！你看！那不是土匪吗？那不是土匪吗？啊！来了！不知有多少呢？……"M紧张的声音把S从倦困中惊醒，那皇城和北山的土匪如潮一般涌来，肥壮的战马踏起满山的尘埃，飘荡的旗帜招展着腾腾的杀气，有背着长枪的，有持长矛的，也有挂着大刀、负着铁棒的，他们不是穿着红绿色的大褂，就是绿林的束装，狂呼一阵，高歌一阵，叫骂一阵。这情形，在S片刻的想象中好像在什么演义小说中看见过似的，然而那是什么？这又是什么？理想和今日的事实，恰恰的相合了。回头他那些守城的人们，虽然静悄悄地仍在期待着双方的接触，但那不可形容的声色，一阵一阵的在紧张着、颤动着，若大难的将来，好像世纪的崩裂就在刹那的一瞬间了。

约莫一个时辰，从城头上显然看见北山和皇城上的土匪在开始动作了，渐渐地窜到C城的附近，另一部分由南城一带包来，于是C城的四面简直是水泄不通了。这时候城上的枪声、土炮声、炸弹声，在四面密密地震动着，但城外的土匪悄悄地一枪都不发，只是连续不断的往城垠窜来。天知道，C城上轰轰的大炮是威力上的震骇，它只用来作欢迎的礼炮，以徒手与机关枪拼命的K省的土匪，不是拿洪大的声音所能震骇而远遁的，只要他不被一弹打倒的话，他拿一把刀或是一个长矛，要和你来拼命的。所以在城上的武器的效力不能使他们接近。那么，只有他们爬到城头上来时或可以迎头打击。然而，这种办法已经是迟了。而且土匪们仿佛说："那老家伙是我们不怕的！"

情形一刻一刻的紧急在东城一带，我们的守兵渐渐支持不住了。当那土匪的枪声紧密时，城内的哭声和城上城外的杀声遥相呼应着，地上的血泊刀影与天上烈烈的太阳相映成赤红的色素，城外的土匪越来越多，越攻越猛了。那些守兵和民团渐渐的零落稀散了，已经战死和负伤的人不是僵卧在城头上，便是嚎啕的呼唤着。忽然一阵紧密干脆的枪声，那东城角上的守兵立刻溃奔了，数十个持刀的土匪很凶恶的上了城来，一杆红绿色的大旗如飞一般的在东城角上悬了起来。接着土匪如怒潮一般的扒上城来，一阵阵把那些守城的军队和民团，乱砍乱杀，有断头折臂的，有破腹漏肠的，也有坠城而死的。没有一个时辰，C城已完全被土匪占领了，城内的杀声笑声震动山岳，一时烈火奔腾黑烟横空，于是C城就在血泊火焰杀声笑声中毁灭，那几世豪华、风流秀丽的C城破灭的一幕，从此就在历史上留下了永世不能涤洗的伤痕了。

当那万人惊奔混乱逃命的时候，S、M和H他们三个人也夹在人群马空里奔跑着，各自逃避性命，后面的土匪紧紧地追杀着，那呼声、哭声、枪声、刀声，越发猛烈了。忽然"啪"的一声，S看见H已应声僵卧在地上，几十个凶恶的土匪，把那些不能走动的妇人孩子，一刀一个，一刀一个似切西瓜一般的宰割着。S心上一酸，回头又不见了M。这时候他心里一切的希望完全毁灭了，他知道C城是他生命的归宿处，他在极疲惫的一刻，从大街上跑进一条小巷里。天知道：

四面都是土匪，正在追杀着这一城不幸的弱者，城门紧紧地闭着，任你插翅也飞不脱虎口，眼看他左右的人已渐渐杀完了，城头上飞来的枪弹在他的前后打起了火星，他心上一酸，昏倒在血泊中。

（八）

在一间空阔的卧室里，呈在眼里的都是零乱的书籍和灰尘，那粉白的墙壁上织着纵横的蛛丝，天花板上新穿的几个大洞，黑黝黝的望着怪使人害怕，从破了的穿孔里透进来一线的阳光，那也只是一点一点的照在书桌上。室内没有别的陈设，一个旧沙发和两座靠椅，一个油漆的书桌靠在窗前，那一切零乱萧条的气象，使人越感到变后的凄凉和恐怖。

他躺在沙发上默默地呆望着窗前残了的一株蔷薇，枯叶纷纷地狼藉在地上，使他触动了内心的感悟，他望着他自己作的一张"毁灭"的图画，他又不禁潸然泪下，在此刻他的脑海里奔驰着往日的幢影和残痕，犹如电影一般的忽现忽灭着。

"先生，刚从城里抬出来了一个受伤的人，现在在外面路上，好像是M先生啊！头上深深的一刀，浑身有七处伤痕，现在还没有死呢！"N家的大孩子急促的在向S说。

"……啊！是……是M先生！在那里？"S的浑身突然紧张起来。当他跑到M的身旁时，他满眶的热泪像水银一般的流下来，他抱着气息奄奄的他的同志、他的患难的朋友M，他禁不住心中的悲哀的狂奔，他想不到M竟有如此的下落，而且更想不到自己仍残喘的活在鬼域魍魉的人世。一切的国仇家恨纷纷的驰骋于他的心上，他只是呜咽啜泣着，他看见M头上血流模糊的一道深深的刀口，他又看见M腿部和腋下的七个伤痕，他心上似针刺一般的难受，然而他终于忍往了一切的悲哀，把他送到一个偏僻的人家里去……

时代的铁轮不断的推动着，把青春的美丽送到黄土里去了。人们这一个不可叵测的宇宙里也不过迷迷离离的推动着自己的生命流动而已。

什么是幸福？什么是痛苦？你自己觉得是幸福快乐，在血泊火焰中焦灼了你的生命、你的躯壳，也始终是幸福的快乐的事情啊！

人生毕竟是一场幻梦！

过去的幻梦值不得去追寻，因为那已经是似流星一般的过去了。未来的梦境究竟是怎样——是甜蜜抑是辛酸，那也只好在未来的梦中去尝试，只有在这极短促的人生的梦里，去探讨你梦中的幸福与快乐吧！

在现在，S才明白了自己从前的糊涂，他觉得在现在的社会里只有虚假、污浊、阴险、毒恶……一切的罪恶！什么是革命！那都是新时代的升官发财的招牌。他把他已往的纯真的童心深深地埋葬在大自然的美丽中，他今后的生命仍然在不可推知的幻梦中流荡着，流荡着期待自然的毁灭。（完）

《新青海》第一卷第九期，1933年9月，第59-65页。

感怀

——秋月两度回首成空

/ 兰

她是多么神秘而纯洁的东西呀！

无论什么人，只要看见了莹晶皎洁的月，在他的灵魂上，总会有一种深刻的感触。同时他的感触，他认识明月的程度，是随环境而不同的。纵欲欢乐的人看见了她，只能感到她的美丽、光明、皎洁，愈增其欢兴；但当她照射到疲卧沙场之战士的心灵上，立刻会使他们感到一种无名的凄惨；而一般思家的游子看见了她，也会感到一种怅惘，为他们写照的"举头望明月，低头思故乡"之诗句，也会下意识的冲出口来。尤其特别的，当她被一般多情感的诗人遇见时，又有一种特异风韵。如韩昌黎"一生明月今夜多"的豪兴语，青莲居士"举杯邀明月，对影成三人"的磊落语，会使人见了发愁，也会使人感兴。不待说现在的一般摩登青年，携着他们的情人，静默的散步到照彻大地的月下时，自然会使他们的爱苗助长十倍。啊！月啊！你是如何的神秘！当快乐的人遇见你，愈增其快乐，你也竟会十分卖俏的光明起来；灰心愁思的人遇见了你时，倍增忧闷，自然你也竟会伴着他静悄悄地暗为伤神！现在不谈他了，且述我回忆中的明月。

初秋天气，微雨初霁的晚上，凉风掠过耳鬓，特别的觉着快慰。因为一月来的酷暑，几乎将人作了蒸汽飞去。

维提议夜游燕子矶。太阳收拾了最后的一半，天气也格外凉爽了，我们开始拔草前进，看见一缕缕的纸灰不断的在田亩中飞扬，才知道是废历七月十五"月到十五发明光"。在一般人的情感上，总觉着十五的月有她的特别微妙处。大概也许是庆赏她的"圆圆"吧！

燕子矶到了，"死不得"的警牌也看见了。太阳不忍剧使大地感到黑暗的闷苦，放出一缕红光，辉映着天边的淡云，好似褶皱了的红绸，射到江面上，江面也蒙上了一副红纱，微风吹动时，涌现出无数荡漾的红波，叫人欣赏。月从东边跃出，衬着暮云，竟披了一层素纱，半隐半现的向天空腾移。

"人生得意须尽欢，莫使金樽空对月"。真的，半年来奔波南北，酸楚的泪常向肚里流，遇此美境，虽谈不到"得意尽欢"。但却不能辜负明月啊！

维袖着的酒杯，开始在各人的唇边移动了，仰卧在横陈直铺的岩石上，把应该说的话，不必要谈的故事，都陈在前面，权当作下酒的点心。月儿渐渐高了，素纱褪去，光艳皎洁，谁说她不是"出浴的太真"！这时候，一缕婉转幽妙的笛声，随着三五妙龄女郎的芳踪，送荡到微醺的耳鼓里，各个的心弦上，都感触了一种无名的紧张。啊！明月！美人！

回来的时候，已经十点钟了。沉静的夜里，只能听到微弱的松涛，狂歌的虫声。雨捉了不少的萤火虫，放在酒瓶里，他以为在瓶外看它的荧光，更为有趣，但被酒淹死了。

"中秋节"到了，各个人的心理上，都蒙上了一种特别的感触！想到家乡自制的月饼，便联想到家乡的中秋佳节和明月。本来中秋佳节，就是来玩赏这个中秋的佳月。机械式的生活，过得太沉闷了，既然有了这机会，就该舒展心意，倾吐心中的一切积郁。这一次还特别兴奋，或许在他童真的心灵上，感到了某种的空虚，发泄出来的反应吧！

本想重游燕子矶，再度饱赏"江水浸月"的胜境，因为时间不允我们的请求，终于在质朴雅素的大礼堂前，席地环坐，欣赏我们期望中的佳月。大概是九点钟吧！诚恳的乡下人，巧俏的村姑娘，都来看我们喝酒。他们不说话，只望着我们发出一种惊奇似的笑声。酒的熏腾，抖起了维的旧病，想逗着旁边的小姑娘玩，但她并没有理会，一跳一跳的在草场上消逝了。维没有觉得她已经走了，还在那里呼"来！来！来！"，大家一阵哄笑声，连附近树上的蝉声惊止了。

这时月仍然蒙着一身素纱——有时遮了半面来窥视，但当她整个儿出现在人们面前时，总带着一种惨浩凄切的景象。似的，也许她不忍再睹这破碎的山河，沉醉的人民，她的这种惨凄，或许是从东北被压迫同胞中带来的。

月啊！去年你在我们面前时，是如何的皎洁晶莹！然而今年啊！半壁河山，虽依然得到你的光顾，但已不是昨年的景物，昨年的你啊！

"'美人半遮面'，羞怯的月啊"，维还醉卧在酒瓶旁，口里慢腾腾的哼着，似不胜其感慨者。这时候大地格外沉静，死寂寂的紫金山，愈觉得崇高森严。

两睹秋月，秋月未曾少减昔日可爱的光明，但不留情的时光，流水似的过去，燕子矶上的徘徊，草地上的酩酊大醉，烟云似的在脑后掠去。武装的寒，归农的星，只留了共处一室的影子在我们的印象里。

一九三二年十月五日于晓庄

《新青海》第一卷第四期，1933年2月，第83-84页。

悲哀

/ 宇民

　　深蓝色的天空，嵌着无数稠密而闪烁的小星，水晶似的月亮，射出她温和的光芒，由茂林的隙处射在地上好像筛眼一般，夜莺在唱着谐歌，晚风送出阵阵不断的花香，这时候隐约的哭声，放散在静寂的空气中，突破了夜的幽默。

　　夜渐渐的深了！如泣如诉的虫声，也好像不愿再对着不理会它们的人们诉说一腔心事，而停止了唧唧的哀鸣，这是一个怎样死寂而令人几乎窒息的深夜啊！可是那哭声，却一阵紧似一阵，伤感！凄惨！死寂！阴森！可怕！这一切的一切，是多么令人伤怀的凄闻！

　　在一间破坏不堪的斗室中，一盏红如豆的煤油灯，放射出凄怆的光芒，朦胧的映在靠近右壁的床上，一件破棉被和几套乞丐未必贪求的破衣裳乱堆在床上，前面一张书桌，几本零乱无序的书呆板的卧着，右边有个用泥制的小锅炉和一堆煮饭用的薪，此外什么陈设也没有。一位面色肌黄泪眶盈盈的青年，呆呆的坐在桌子左边的凳上，左手撑着他沉重的头颅，右手拿着一个透湿的手巾不住的揩他酸楚的眼泪。

　　他是S大学的学生，他的故乡在猿猱狐狸僻处的边陲的C省，家境是十分穷困，本来在他的境遇和他父母生产的力量，没有供给他受教育的机会，因为他生得聪颖且求学意志又非常坚决，所以他的父母抱着无限的热望，为着"扬名显亲""争光耀祖"挣扎着供给他聪明的儿子到数千里外的 N 城去受一般所谓的高等教育。

那年匪首某领了万余残忍凶狠的小匪，攻城略地，焚火奸淫，所过庐舍为虚，所据鸡犬不闻，把整个的 C 省全境，笼罩于绿色的恐怖下。H 城失陷，他的父母被匪惨杀的消息刺入他的耳鼓以后，他顿时发狂了。他现在整个的心灵，填满了懊丧、悲伤，伟大的志向和希望都成了幻影，正在燃烧着生命的火焰被泪的重力消除了，形成了他无限的悲哀和感伤。现在他没有勇气战胜环境，没有方法报他"不共戴天"的仇，惟有在夜深人静的时候，泪珠便是他唯一的安慰者。

将到了破晓鸡鸣的时候，朦胧的雾气悬在半空，依稀地只看见疏星几点，吐着一息奄奄的微光，昏昏欲绝的月亮，也是有气无力的，把大地上的一切，都染上了一层死灰色。那斗室中煤油灯的红光凄惨暗淡下去，椅子似乎不能支持他的身体，他开始把身子从椅子上溜了下去，率性的躺在地上，眼眶里的泪珠仍不住的流下来。

早晨太阳放出温和的光芒，射到他那流泪的脸上。他才从地上爬着起来，占据了他整个心灵的凄凉、怅惘、痛苦、悲哀，随着戕弱的生命，就这样延长下去。

《新青海》第一卷第五期，1933 年 3 月，第 95-96 页。

H城的一幕
——X同学的死

/ 御

　　H城的风水，不知是那一样的不对，被王铁阴阳八卦算出来活该要闹兵灾的，这是小百姓们命中注定的劫数，怎样也化解不开的。所以那矮而且阔的，不晓天文而欲深通地理的"军事大家"鬼使神差的"替天行道"，全部认定H城是他们侵略的唯一的军事要冲，为实行"大陆政策"必争的地，每逢定得一个名目来嚷着战役的时候，总是先派来一师丘八们强硬占领H城。

　　X同学是个性情刚强不肯受耻辱的人家，富有勇敢热心的青年。他在H城的中学三年级肄业，他的父亲是在某军中占有上级军官的重要职务，在过去因国内军阀的战争，被对方掳去杀死。在他家里只有他和他的老母亲及女仆，他的老母因为他父亲死的太凄惨太可怜的缘故，因此悲痛过甚，以致精神受伤，时常得着精神麻木的慢性病症，身体多不大自由，有时念起旧事来，常使精神错乱，不省人事。X同学为母亲病症的沉重，多不能完全离开她到学校专心求学，只得实行早上到校上课，晚上回家的便通办法。

　　他的这学校里特别组织的学生军，专为顺应学生间性情的所适以发展他们军事的天才；学校当局为提倡学生军的精神和学校的光荣起见，对于这队学生军特别打扮得和丘八一样——灰色制服和深红的武装带，显然是一小模范队伍。X同学为继承父亲的精神和替父亲报仇起见，他的志愿因此趋向于军事的途径上，便也加入在学生军里了。他为内心的兴趣和为父复仇的所迫，对于学生军的一切的步骤和方法，觉得比任何人起劲。他那直而且高的身体，实在是军人的本色，他精神的活泼和动作的精巧淋漓，在这队里实在是凤毛麟角，在学校当局的眼里也瞧定了他的成绩的确是出人头地。因此，把他由队员一步升到队长的职务，他自得了队长的职务以后，认为职责重大，丝毫没有放弃和怠惰的心思，每日出操他当然不缺席，就是有任何重大的私事时，更是鼓着勇气去操作，绝不愿怠弃职务。学校当局认他这种勇敢热烈不屈不挠的精神，特别奖励他。同时同学们也赞美他，鼓励他的努力，说他将来一定能在军事上有不可预料的光荣和历史，能为国家民族效力，能为人民谋利益，且能为本校学生军的前途争荣。他被学校当局和同学们的赞美和鼓励所兴奋，格外向前努力，当率队员到野外作实际练习，在他们来往的路途上他们所表现的精神，足足可以引起了一般人的注目。在街上常有人说某中学校学生军如何有精神的美调，说他将来是如何样的有成绩有可望的青年，并且与他有关系的人常到他母亲面前去说儿子怎样的努力，怎样的有本领。他母亲为了别人这番的赞美和称扬，她的病势便减少了三四分，她的态度上虽然没有表示什么意思，但在她心境上确增加了说不出来的快感，她的脑海里常这样的想——儿子的父亲死的太无人道了，太凄惨了，现在我也不回忆，不抱恶感了，等我儿子将来一定为父亲复仇出气，这时的她，唯一的希望是她儿子将来的成功。

　　H城失陷的那天，X同学照例的到学校里去上课，课后他依然的尽他的责任——学生军出操。当他正在操作得力的时候，大街上的炮火声大大的振动起来，但他们确有天真的色彩，全不顾虑，依然的动作。在旁边参观的同学，且带着笑红的脸儿，好像赞美他们动作的敏捷，在细微的声音中，确有说X同学是这样的有本领的青年，真有勇敢热烈的精神。他们——学生军为着同学的暗里称善和赞美的表示，他们愈奋发起精神，不料时间已到，在振作的精神上减少了一番的勇气，默默然的休操了。他们学校当局为维持学校镇静局面起见，特别牌示"……本校一律照常上课"云云，全校同学也就默默然的无声，各自做各自的工作去了。X同学忽然想起老母亲在家，在街上的日军这样的横行，实在担心，他又在脑子里打了一个转儿："我家居于小暗巷里，想日军不到的吧！"他又怕在街上若遇上日军引起意外的惨，X同学的家本来走大街所费的时间比较走小巷要少。他想起家在暗巷内，日军一定不会马上就去这个念头一拿定，便从暗小而且污卑的巷中鬼使神差的偷偷的到家。

X同学的母亲早已经被恶消息——炮声，吓得不省人事了，他没有到家以前，她不停的向女仆问问儿子来了没有的消息，有时她大声的哭叫她儿子的名字，一叫到她儿子的时候，脸上发灰白色，有时呈现青黑色的面孔，直声呼着："我的儿啊，你……现在你的命……咳……"X同学则走进母亲身边，他母亲在沉迷而微小的眼光中看到儿子的武装的精神照在她的面前，她很惊奇的说："儿呀！你怎样了，你看大街上的……你知道家中有谁在……"这时X同学的面孔上说不出来的难过，只呆呆的看他母亲的病势忽而紧急、忽而平静，酸楚的泪，珍珠似的滴在他母亲的被褥上，他一声不响的静待在他母亲身边，这惨痛的热泪不但使他母亲的心上起了一种难受的痛苦和悲哀，连在旁边的女仆也感动的苦泪不由的从小小的眼角中滴了下来。

次日X同学因学校仍然上课的规定，不得不到校应付上课，他默默的到母亲身边，"母亲，今天我离开你三个钟头到学校去请假就回来，请你不要悬心，街上很放心的，母亲"。这时他的母亲只说了几个"唉！唉！儿呀！你不要忘记你……"他母亲却说不出别的话来了，X同学深恐学校严惩，又因职务所在——学生军，又恐队员灰心丧气，就默默无声的辞了母亲先到学校里去请假。他开步刚走到大门外，忽然有声音在后面叫，他回头看时，女仆对他说："现在已到了十一点半了，你吃过饭再去吧！"他为着学校校规和职务之前进，又为着母亲病势和恶声音的逼迫，假若吃了饭去，不但引起母亲的误会，并且误了学校的规则，他就急忙的对女仆说："回来……"这时他忽然想起学校上课时间是八点钟，现在已经到了十点多，想走远路——小巷，可以免去日军的侮辱，但误迟了上课的时间；走近路——大街，可顾及到时间，但要受日军的欺侮，他一面走，一面想，有我这样的精神和装饰，他日军就不敢侮辱我吧！他踌躇一会，才拿定了主义，很急促而吊胆的从大街的沿边快奔。他过了一条正街，没有什么动静，这时他的心境，似乎带了几分镇定的样子，很自然的向前走。他过了这条正街，转弯又到一条人烟比较稠密、市面繁华的一条街时，的确远远的看见不少军队，他以为是中国的保安队，很放心的向前走，只走上半里远的地方，却不是他所料的，乃是他所惧怕的日军在那里扣着黄包车夫横行侮辱。他没有到跟前，就被他的服装引起了日军格外的注目了，他想转回向后跑，然而日军早蹲在他的周围扭着了，口中恶恨恨的对他辱骂："你是作什么的？你大概是中国军队的密探，来探我们的消息，太……竟！"那明亮而且尖锐的刀在他耳目边闪摆，三八式的杀人利器，已在他身后，七卡……七卡的连响；X同学为自己性情的暴烈和勇敢热烈的心思，很强硬的对日军乱骂："日本倭奴，你们来强占土地，横杀人民，世界上竟有此不讲公理的人类，我……敢和你……死……一战！"这时他的面上已表示他那热烈忠勇、刚强不挠的精神，他不停的对日军愤恨的乱骂，却不知他的这种热烈勇敢的意志精神和他的武装的态度断送了他的命！他那热烈勇敢的精神，就牺牲于这一刹那间，日军解决了他的性命以后，仍然去向车夫们侮辱！

　　X同学的母亲，从那时候——X同学离开——精神已入于沉迷不醒的状态中，有时自言自语的乱叫儿子，一阵儿呼吸断绝，一阵儿说："儿呀！你为什么还不回来，你母亲对你怎样……儿呀！现在你想你父亲……你父亲的仇……待谁报……我的儿……"有时向女仆问什么时候，女仆为着减去她对儿子的悬心起见，常对答："老母亲，现刚过一点多，儿子他到时候就来的，你别要悬念，现在街上什么事情没有了，很平静的……请你安心吧！"女仆一面对答，一面将门闭上，以免外边的炮声很明显的传入病人的耳中。女仆刚说完，街上的炮声越响越大，时间也不早了，女仆心里已觉得今天怕出了不幸的事，心里像刀子割了的一般，万分难受，在门口上踱进踱出的瞧 X 同学回来的消息。时光又渐入了暗色，屋子里暗得快要点灯，但 X 同学还不见回来，女仆为着屋子黑暗起来，又怕病人发叫他儿子，实在着急，不得已跑出街头上看看，只见日军侮辱行人、乱杀乱掳的表现，却不见 X 同学的踪影。女仆心中暗暗的起了一种惊骇的心境——怕被日军杀……她又不得不到家里去，她只得偷偷的在门上等候和听屋子里病人的动静。这时候屋子里黑暗无光，鸦雀无声，她想病人怕被一安慰便得安心了，她默默的到屋里用小灯看一看消息，那老母早已入了长梦，永远的入了长梦了，她为她儿子而死了！

《新青海》第一卷第六、七期合刊，1933 年 7 月，第 62-65 页。

欢送回蒙抗日去的同志们

/ 日映

　　血腥充满了禹域，烟火弥漫了神州，那里是抗敌的杀声，那里又是痛苦的呻吟。朋友！这是我们国家的生死关头，这是我们民族存亡的枢纽。为了良心的驱使、事实的需要、环境的逼迫、情感的冲动，不能够再使我们血还沸腾的青年，很安逸的住在这乐园里过醉梦的生活，毅然的回蒙去抗日，这是我们多么庆幸的事呀！

　　好！你们先出发，我们跟着就来，去干吧！跑到抗敌的最前线，深入民众的最下层，努力！那种的工作才有意义，在那里做成的事业才值得纪念。"日本的松冈洋右出席国联的当儿，他的母亲赠以小刀一柄，说是得不到胜利了不要回来。这是她站在大和民族的立场上，以宇宙间至大的母爱说的话。"我的朋友们，在你们到民族战争的火线上去的当儿，不能像松岗的母亲般的拿刀子奉赠，只告诉你们两句话，请牢牢的记着就是了。我们为了我们的目的，总要"鞠躬尽瘁，死而后已"。我们的企图不成功，我们也得成仁，我们的失地取不回来，我们也得取义回来。我们为了民族而牺牲，我们为了祖国而流血，这是值得的，很共荣的。其实泰山没多重，在晓庄遗留下几座巍峨的铜像，给子孙后人们瞻仰。"哦！这几位是民族英雄，国家的救星。"

　　我们镇定了心神，以冷静的头脑来仔细的想想。我们究竟为什么要"生"，人生的目的到底在那里？既有了生，又为什么要死？请看看，这大地上这许多各式各样的生，与没生有什么不同？悄悄的生活着，然后悄悄的死了，与草木的枯黄有什么两样？要知道草木还有一年一度的复发！人呢？这无聊的生和悄悄的死还有什么意义！与其无意义的生死，莫若根本不生。何必在宇宙间作一个无用的消耗物！我恨那投黄浦江落燕子矶的弱者（不管死的原因如何，他总是弱者），又可恨那为私利的该死鬼。他们死了真是活该，不要说轻于鸿毛，就简直没有分量。倘若为民族而斗争，为祖国而努力，就是因之而死了，那才是长生，那才是不死，尸体虽然腐了。这样的生为民族死为国家，才是我们的人生使命，这样才算是做了一个所谓万物之灵的人。

请看看跳舞场上电影院里，充满了的也不都是和我们一样的青年么？他们何尝不知道国难严重到这种地步，他们也照样会说我们的土地被占了，我们的同胞在如何受苦。但回头来看，他们做的什么勾当，丧心病狂，毫无心肝！醉生梦死，自促灭亡！像这种人的生，我们真为着害羞担忧，那里还够得上人。其实蚂蚁、蜜蜂还都知道爱他们的群，保护他们的同类，维持他们同种生命的延长而使之不致消灭。还有一般"血的热度太高"而又冷冷的青年，在过去的时间里，也算得是爱国的呱呱叫，爱国的演说未尝不激昂慷慨，爱国的文章未尝不淋漓悲壮。而今呢，我不忍说，心痛的很，微利的惑，却做了日奴的警犬，来危害自己的祖国。他们还唱着什么独立呀脱离呀的高调，算了吧，请免开尊口，说话也得对起自己的祖宗。快去向后转，少给先人脸上贴屎。

本来我们在世界上的任何民族或国家应该要独立，应该要脱离羁绊。在具备相当条件下，正该如此，但以分裂为独立，以背叛为脱离，这实在是不可以的。在今日整个的中华民族里，能不能再分出汉、满……来，可不可以这样分？远一万步说，就是分开了后，能够还单独存在不？若能，那自然是我们所庆幸的。日本与朝鲜就是先例，看吧！如何！中华民族的出路，要从精诚团结的方面去找。若分化了谁也独立不成，与其给帝国主义做奴隶，莫如在平等的精义下共谋生存。我们一致为国家努力着，还怕国的不保，极力防御着，盗贼还要时时来侵略，我们还敢三心二意的不挽救这危亡的中华民族么？中华民族是由汉满蒙回藏……合成的，犹如一个人身是由四肢、头脑、腹合成的，一个人体不能缺一部分而完全，中华民族也不能分出去一族而还能存在。你看世界有些很小的民族和国家，不是都趋同于合并么？苏联就是一个联合一百九十余种民族之国家，我们那能再把合拢的分散，朋友！这是请你们在作宣传时应特别注意的。

义勇军，这差不多是中华民族灵魂的表现。自从"九一八"以来，义勇军给了我们不少的教训，自然义勇军的枪口是对外的，但时时切记着所谓义勇军者，"义""勇"军的也，义勇是站在民族国家观念上的，并不是为了一两个人的地盘而来杀自己的同胞的。义勇军是我们老百姓爱戴，所以义勇军也不能作出不义不勇的事来，抗日的义勇军是全国人民作后盾的，为国家争生存为民族争光荣的义勇军，也决不肯作挂羊头卖狗肉的事来。义勇军不是那个军阀的爪牙，也不是为一两个丧心病狂者争私利的工具。收复失地的前趋责任是义勇军负，而援助义勇军的责是全国老百姓负的。朋友！去吧！作义勇的军，做义勇的事。义勇的结果是有价值的。你们只是往前干，不必后虑，你们在前线去杀，我们在后方跟着就来。朋友！这样的机会是千载难逢的，我不是常说么，我们何幸而生于现在的中国，这是我们青年大出风头的时候。功成了！民族国家自然得以永久适存于世界，而我们个人的结论也可想而知了。就是万一不幸而失败，除了自己的身殉外，还有什么损失，反正人是迟早要死的，给民族国家尽了忠，总比活一百二十岁了像草黄般死去的好。我们御仇敌而死了，这是很占便宜的。只要我们保持住民族的精神，国家说不定到一个时候恢复了起来。这在中外古今的历史上可以找到不少的例子，现在我们最怕的是失了这救国的机会，那真是英雄无用武之地，我们的才能施展不开了。所以，这时候我们要努力，杀死一个日本人，那就不亏本，多杀更好，杀了日本人，然后被杀，那也算得过账。我们杀日本人并不是我们不人道、没理性、残忍，但你看我们不杀日本人，日本人就要杀我们。致其不抵抗而被其杀，不如奋斗而死，其实我们的出路就在奋斗中去找。

　　在这你们将要出发的当儿，我却说了这些死呀杀呀的不吉祥的话。但现在的抗日工作很明显的报着没必死的决心得不到最后的胜利，所以也无须乎忌讳了，现在只有虔诚的预祝你们早日成功。去吧！同志们！往前干，你们前行，我们后到，不要怕！割了头，只要碗大的创疤，廿年后仍然是这样一个有作敢为的英俊青年。我们救国家救民族的目的达不到，那我们要生生世世子子孙孙继续着要和仇敌拼命。现在学业的抛弃没什么可惜，迟早我们终是为民族为国家努力的。请来！浮这一大白，去多杀几个贼。大家欢呼吧！中华民族万岁！朋友！加油呀！后会有期！

二月六日于南京晓庄

《新青海》第一卷第八期，1933年8月，第81-83页。

水灾中的一幕

/心

昨夜的暴风激起了河中的怒涛，一带破旧不堪的矮堤那里挡得他们的撞击呢！奔腾澎湃的狂浪像战胜的军队直向绿荫围绕的那座城冲击了过来。

"啊哟！不好了，天呀！怎样？我的爱人？"

一个穿西服的少年伴着一个形影姗姗的女子，斜伏在山丘上的一座中西合璧庄严嵯峨的楼栏里。他俩正在甜蜜谈话中，偶一回首，望见滚滚的河水卷着竹篱茅舍，掀天覆地的奔向前来，他——少年——不自主的叫声"不好了，天呀……"面色登时惨白，手足战栗不已。

"不要紧，我们的屋基很高，快给我……的父亲打电话，马上有办法的，不至于……"她战抖着一把拉了少年就跑，一失足砰咚咚从楼梯上滚掉下来。她不慌理他，一口气跑到电话处，拿起听筒，对了号码接着就喊：

"喂！你是那里，省政府么？快请主席来……"

"是呀！主席和几位厅长正在打牌哩，你是韩小姐吗？等一等。"

"喂！月兰！你有什么事……"

"不管我们了吗？爹爹！堤决了，快……"

她听得父亲的口气，急得哭了，也不待他爹爹的回话，放下听筒，跑到二层楼上，看见一家人手忙足乱，不知如何是好。她又跑到三楼，遇见蹶三倒四的他——少年——二人复到楼栏边俯瞰大地，已经残败零落，不成样儿了。但见园圃屋宇，凡属低矮、破旧、脆弱的一切无不卷入旋涡，人们的求救声、嚎啕声、怨天怨地声，以及一切不能成声的依恋、烦恼、忧惧、痛苦、悲哀都沉葬于死的水中。在水底里含冤的灵魂，吐出满腔愤恨，激起更加汹涌的怒潮，咆哮不宁，像煞要拖彼天涯，使与地平。不一刻，繁华市镇，顿成泽国，苍郁老树，只有枝叶儿漂荡在水面，昨夜还在那儿啭歌喉。美丽的花楼月榭也成了阳侯的宅地，仅有几座高立云表的大洋楼，尚能在波涛汹涌中危立着，可是洋楼的抵抗力愈强，波涛的来势愈觉凶猛。幽美的小丘已被它们包围，浪花进上窗棂，虽然达不到楼上，可是骇浪侵入，在栏杆前已经站立不住了。

"哎呀？怎样呢？为何还不来？"他——少年——十分恐惧的说，"你看那不是吗？"她急促的叫出，好像哥伦布发现了新大陆。他回头一看，果然汽笛几声，一道滚滚黑烟冲开了滔滔白浪，从远处驶向前来，一会儿，接着就是许多救生船，一个个靠近了高大的洋房。

"好了！我们终归有救了，那般穷鬼活该要死！"此时，狂风仍然在啸，怒涛仍然在叫，阴云密布的天空，透不出一线光明，宇宙已经昏暗了，脆嫩的万物，只是任凭他们的摧残！

一九三二年九月五日于金陵

《新青海》第一卷第九期，1933 年 9 月，第 57-58 页。

从东北归来

/ 袁应麟

　　我回家的途径，是取道于渤海塘沽奔营口的航线。八月十六日午后二时，在塘沽码头，登了新泰号的轮船，当日未能解维，便在船中住一宿。翌日晨八时，乘着潮水的澎湃，遂开绽东行，经过一昼夜的工夫，到达营口肇兴码头。营口我是第一次来，在地理环境上，以及风俗人情各方面，都不大熟谙，但是在我心中想，这是到了东北故乡了！登岸以后，倍受那般丧心病狂不知死的汉奸检查与盘诘，幸而我答覆的圆满，没有被他看出破绽来，算是放了过去。当我和别离开已经二年的东北相见的时候，又复得领略着故乡的风味，心中十分的高兴。故乡的风味是特别的好，到客栈里住的房屋，非常的称心如意。吃的饭菜，滋味也非常的适口。精神上所感觉到的，形体上所享受到的，一切一切，都使我满意而舒服，比吃了人参果还痛快得多。在这种情潮之下，我的心也不听我的支配了，我的身也不随我的运用了，不知不觉拂衣而起奋袖低昂的欢喜起来，信步走到楼门的外边，凭着栏杆，四下远眺，看见街上的来往行人，都觉得很是亲爱，恨不能各个人都握握手。远远的来了几个戴铜帽子的日本兵，持着枪耀武扬威的走来。啊！东北是被日本占了！这现在已经到了虎穴里面来啦！于是这一派欢喜的情绪，顿然失掉，变成一种悲愤的情操，很懊丧的走了回去，坐在室内，非常的凄怆！非常的痛心！而且又非常的激烈！眼角中不禁的流下几点酸心泪。

归心似箭，恨不能缩地翔天，当日晚就乘南满路的急行车北上。日本车我是坐过许多次的，车中的秩序非常的严，两个人一个座位，那是固定的条例，同时也不许人在车中来往乱窜。我上车之后，车中已是半满，我便找到一个中国人的跟前，通融坐下。在我旁边有几个日本青年，大概是学生？手里拿着书，书面上写的是俱乐部啦、爱的教育啦等字样，扬眉吐气，而且还表现着很傲慢很骄矜的洋洋不睬的样子，各个人躺在一张座位上看。随后又进来十几个中国的老农夫，身上穿的衣服，非常的褴褛，有的人在旁处都挤着坐下，最后还有两个没找到坐的地方，便想和那躺着的日本学生通融座，日本学生也没回答，狠狠的把老农夫踢了两脚！老农夫大气也没敢出，只是退后几步，就在中间的走道上，垂头丧气的站着！车开了，检票的人又来了，看见这两个老农夫在当中站着，正阻碍来往的交通，便认为他是破坏车中的秩序，不容分说，举手就是几掌，把老农夫打的耳面赤红，便带走了。这种不讲理，不讲人道的行为，在日本的小学生检票员身上，都充分的表现出来，至于日本军人的野蛮横暴更可想而知了。

在车中过了两昼的生活，只是痴呆呆的坐着睡眠，饿了就买两块日本糕充充饥，就是不睡眠的时候，也是瞑目而坐，到了车站也不敢往外瞅，同时也是不肯向外瞅，因为一看见沦亡的河山，城郭如故，而景物全非，便联想到"九一八"凶暴的日军炮轰沈阳的印象，心中万分的难过！同时又恐怕犯了嫌疑被害死，所以只是装聋装傻。上车后第三天的下午二时，便到了哈尔滨，下车后又受日本军严厉的检查，才放过去。当日呼海路没有车，我就在道外正阳街口，找了一个客栈住下，当我要上街的时候，管栈的（即茶房）对我说："先生你老要到上号去，可千万要留心啊！"我很惊疑的问，留什么心呢？管栈的低声说："上号有一个日本兵营，凡是中国人从那兵营门前过，必须向兵营敬礼，如果不敬礼，便捉住，欢喜了就使之跪太阳，不欢喜了就刺死！这种事情，每天都有，所以我告诉你老留心。"我听了之后，默默无一言，也没再往下问，心中不住的惴栗和痛恨！我到街上想要重领略领略哈尔滨的风光，看一看我三年前读书的学校，也都住的日本兵，门前高高的堆着沙袋，架着铁丝网，我也没敢再往前走，便回店中休息了。

次日早晨起来，也没有吃早饭，便雇了一只三板子（小舟）过江，抵岸后呼海路的车快开了，赶紧的买了一张车票上车。在车中遇着一个"满洲国"的军人（即中国人），他是在新京（长春）当差，因不堪日本压迫，请假返里。他说："新京的'满洲国'军队，时常和日本兵冲突，判出去的很多。日本对于'满洲国'的军人，或政界的要人，稍有疑窦者，就在晚间用电电死！载出郊外掩埋。头道沟的东南，有一个方圆数里的大坑，乃人民用土的地方，现在不许人再去挖土，里面埋的死尸，已经快满了！都是军政界的人物。此外日本建筑新京，所招集的工人，也都受日本的监视，当出入的时候，也必得给日本兵鞠躬。有一个年过半百的老叟，初次到里面作工，因为他平日不谙礼节，出门忘了鞠躬，就被它刺死！日本对于中国人，上自官吏，下至平民，压迫的无微不至，比朝鲜还厉害几倍！并且一天加紧一天，真是不叫人活着呀！所以我辞职回家。"车中的人听了这番话，都怒恨满胸的，不住的嗟叹！咳！我呢？恨不能抓到日本兵，咬它几口，才解我心头之恨！午后一时，车抵绥化站，我便下车了。绥化是我们的邻县，我常来过的，从前是非常的繁盛，但是现在却不是那样了！街上的商店，三分之二都倒闭，最热闹的十字街，已经成了阴风惨黯的战场，纵横堆着沙袋，掘着战壕，架着电网，情形十分的严重。这种故乡，使我看了之后，不但不快乐，反生了很恶劣的感想，这也是触物伤心的作用吧！

我的家是在望奎，绥化距望奎不到百里，因为交通不便，又兼乘的是大马车，直直走了十天才到。路上的土匪如毛，三里路一伙，五里路一群，一路行来，不晓遇着有多少，幸而有兵保护，所以没遭抢劫。到了望奎以后，米贵如珠，薪昂如桂，一般民众，不论贫富，多半是仓无隔日粟，灶无二日薪，或以蔬菜为食，或以豆饼充饥，人人都是形容枯黄，现着饥饿的颜色。为什么会至于这样子呢？就是因为所有的食粮，都被义勇军作了给养，所有的田禾，都给义勇军秣马，又加上日本的无情飞机，到处轰炸，所以弄得民不聊生！谚云："兵灾匪祸之余，必有凶年。"真是应了这句话了。我在家中不到一礼拜，亲朋故旧都知道我是从"中央"回去的学生，便纷纷的来询问内地的消息。我生怕被那般无耻的汉奸知道了，把我拿到"太上县长日本大老爷"的跟前去送礼献媚，因此再也没敢逗留，遂登程南返。来去一月有余，隐姓埋名，算是回到南京，得和我这般亲爱的学友，重相聚首，真觉得特别高兴。抱歉！我没有带来一点可意的土物送给大家，只是把这一点片断的事实写出来，举以相赠吧。但是这种礼物，不是糖果，也不是饼干，是一种很酸很苦的东西，希望大家吃了之后，要有一个深刻的反省就是了。

《新青海》第一卷第十期，1933年10月，第160-162页。

伤心痕

/ 莲三

民国二十年，予求学来京，途经陇上，在行舆中目睹西北灾情，为之心酸垂泣，然迨入辉煌之首都，目经五光十色之眩扰，遂将已注之情景，置于脑后者年余。前夕夜静月朗，登北极阁，远眺夜色，不禁触景感慨，动遐荒之思，归而拟哀江南曲一套，以志西北民生之苦况焉。

漠漠平原云边道，寻步摇，故乡重到。村村留废墉，狐兔任营巢，远见那营垒绕绕，旗飘着夕阳道。

饥黎盈郊，左植（注）长林皮多剥。烈日炎炎，三峡清风几时逃，美畦良田尽荒草，瑶草琪花多半焦，谁灌浇，牧儿任作畜羊坡。

横白骨，饿莩寝道；涂碧血，匪过惨戮。破土垣瓦片多，残红墙被焚烧。桃源竟成雀苻所，行旅裹足居民逃；只有那荒烟野草！

看那堤柳楼阁，破窗摅风，燕雀争巢。触目伤心，当日乐会，何处笙箫。罢戏剧，佳节不闹；皆叹息，人生无聊。浮云飘飘，曲水渺渺。垂丝柳有些鸟语，舞锦台那个人瞧。

曾到那龙尾山，蓬莱岛，旧宴宾，无一个，时俗恬澹游人少。冷清清的碧柳池潭，映着孤亭寂照。

行经那故园门外不敢重敲，惟恐是人惊犬叫。曾怕那县吏临到，更怕的土匪来扰；壮者逾墙老者藏，妇孺唏嘘苦难告。

昔闻得秦陇道上击壤歌，湟中鼓腹乐逍遥，谁知道云散冰消。眼看他受天灾，眼看他遍地焦，眼看他匪蹒跚。这琉璃碧世界，刹那成灰屑。将三十年之治乱看破，那桃源境难避秦，三陇地哀鸿多，雍州塞逐鹿所。山川焕绮处，旧景难找。始信这兴乱干戈，物竞与天择，优胜劣败在自操。

（注）清时左宗棠平乱至西北，途植杨柳，东自长安，西至玉门关。左氏诗句中云"春风杨柳树，迎到玉门关"。

《新青海》第一卷第十一期，1933年11月，第70页。

三个小傀儡的自述

/ 袁应麟

　　我登了中东路火车之后，但闻长笛一声，黑烟簇簇，轧轧征车出发于平路了，窗外的车轮声愈行愈急，愈转愈速，我的心亦被那飞转的铁轮牵动，不住的回旋。瞑目坐在车中的我，有时想起学校里同学相处的情形，有时想起二年前在沈阳读书的情形，并联想到柳条沟炸弹爆发，日本的大炮弹，从我们住的屋顶上乱飞的情形；有时想起三年前没有失掉东北时我的家庭，又有时臆度到东北沦亡后我的家庭。这许许多多，综错复杂的往事，都一件一件的，浮现于我的脑海中，使我的心绪乱如麻团，不知从那里说起，也不知从那里想起，真所谓："百感交集，万念齐发。"这是我看见白山黑水，涂满了肝脑，洒遍了热血后的感触，也就是丧乱状态刺激下的一种反应。车行正快的时候，窗外的车轮辘辘，车中的人语嘈杂，使我也不胜其听。忽而一派很高又很接近的音，送入我的耳壳中，启目相视，是一位峨伪冠、拖伪绅，穿着"伪满洲国"黄呢号刊的一个伪官，和我说话。我冷眼一看，非常的惊诧！以为是日本兵检查呢。因为我的心目中，时时刻刻没有忘掉日本那种恶印象的缘故。后来定睛细看，是个中国人，于是我便和他接谈。他是一个失意的伪军官，带着满腹怨气，含着满腔牢骚，我和他谈了许多闲话，引起了他的醋海生波，酸气勃发，他便说道："'满洲国'是不可靠的，我从前投降的时候，给我高官厚禄，我以一个小小的排长，一跃而为营长，我以为这是终身的安乐窝了，不承想现在竟大为不然日本小鬼。对于'满洲国'的大官，杀的杀，砍的砍！对于小官，则撤的撤，换的换。同时把'满洲国'的军队，变成警察，也都渐渐的缩编。因为这个缘故，被裁的小官，和那编余的大兵，都无路可走，时常和日本小鬼冲突，在城里开起火来，老百姓也跟着倒霉，受了些无情的涂炭。若不然就全队拉出去，仍旧干那义勇军的老营生。如此种种事情，差不多隔不上几天，就有一次，不但使一般小官不得安，就是老百姓，也是一日数惊，甚至于都废寝忘食的找安静地方去躲避。我从前带的弟兄们，现在已经编遣殆尽，剩下无多的人数，又编归旁人统率，因此我也就没有事干，所以我现在仍旧要回黑龙江，去找我从前的老伙计们，（义勇军）参加去干！"说到这里，他现出一种赧然愧色，带着很激烈的气势，他便不往下说了。我看他这种表示和举动，傀儡的迷梦已经度过，现在是醒悟了！所以我又从旁鼓励他一翻，赞许他几句，说他是能屈能伸的大丈夫，同时把日本的阴谋，和中国国内的种种情形，稍微对他讲了一点，他愈现出觉悟的样子。我本想和他再深刻的谈一谈，但见车门一开，进来两个日本兵，因此我们的话也就终止。

两日后的早晨，我过了松花江，上了呼海路的火车，到了呼兰车站的时候，有一位年约半百，须发斑白的老叟，穿着长袍马褂，头戴着黑呢礼帽，后边还跟着一个提东西的人，走进车中，便在我的对面坐下。我旅中一人，非常的孤单寂寞，有时候想找一个人谈谈话，以解心中的忧烦。于是我便和他搭言，知道他是一个被撤职的公安局长，他也是怨气满胸，恨闷不已！想要找一个机会，发泄发泄他的愤恨，述说日本的阴毒！表白他自己的心地！谈了几句话，便把他的酸性勾起，他说道："'满洲国'是不能长久的，日本组织'满洲国'的用心，现在已经被我看破，它不是为满洲而组织'满洲国'，是为日本而组织的'满洲国'。"当日本兵刚到呼兰的时候，把军政各界，都用一种笼络政策安抚得帖帖实实，所以无论军队，或行政机关，均维持原状，仅仅加入两个日本指导员罢了，现在则异然也。第八团缩编之后，又缩编保安队，因此惹起了保安队和日本兵的冲突，南门外一战，日本兵死了很多，保安队也死了不少，剩下的保安队，也都窜山去了。公安局没有办法维持，因此我也被撤，险些没把我置之死地。我从前受日本小鬼的愚弄，以为它真正扶助满洲独立呢，到现在它的真面目已全然暴露，开始实行它的武力压迫政策，我才知道受小鬼的欺骗，从今以后我再也不想做这官迷的恶梦了！愿意回到田园里去做农夫，使我能够投闲置散，以敬余年，就知足了。我听了他这番话，先头是积极的亲满媚日，现在被撤，一变而为消极的排满惧日，真是使我可恨而又可怜！我也没加可否，用鼻孔哼了几声，随便又应付他几句闲话，算是揭过去。但是我们听他这话以后，至少能够证明日本组织"满洲国"，是为劫夺东北之第一步手段，更为确实。

　　我到家后的第四天，亲戚请我吃饭，席间作陪的，有一位军队中的司务长，年方二十许，很俊秀的一个青年。我和他谈起在军队中作事的情形，他良久没有出言，耳红面赤，惭愧得无地容身的样子。后来他说道："咳！我们从降到'满洲国'以来，无论是官长，还是兵卒，都渐渐的被日本淘汰掉了，就是不被淘汰的，也是整天在日本监视之下，丝毫不得自由。我是一个二十世纪的青年，我的血犹没有凉，我的头也没有昏，那能够丧心病狂，作日本的牛马呢！不但我个人是这样，就是队里边的弟兄，也大多数是这样，不过现在因为生活问题，没法解决，不能不敷衍着混几元钱度命罢了。我是山东人，本打算回到家乡去，就是因为路费的限制，没能随愿。我想再混上两个月，积得路费的时候，一定要脱离开这种虎穴，回到家乡去，就凭我这个年龄，卖苦力担大粪，也算一个，何况还不至于那样子呢！那该多么自由啊！"我听了他这些话，看他那种态度，实在不是一个堕落的青年，是很有可为的！同时他还很有良心和热血，并且他又在中学里读过书，所以他这种主张，我便极力的赞佩他，又指示他许多脱身的方法，以及青年救家救国应有的精神和志节，他也很诚恳的接受。席散后他又把我让到他的屋中坐了许久，才告辞而出。

　　我们听到这三个小傀儡自述，在前两个人的话中，可以看出"满洲国"是不健全、不稳固的，同时也可以晓得日本对东北所施的假面具和毒政策。在第三人的话中，可以知道，投满的军队，军心并未尽死，并未忘掉中国。如果收复东北，只要有力对付日本，所谓"满洲国"的势力，不扫自平，而被压迫下的投降军队，也一定能揭竿而起作为内应。因为这几个人的话，可以作我们的殷鉴，可以给我们一个很好的反响，可以给我们收复东北很好的一个希望。所以把它写出来，给大家看看，有志收复东北的人们，一定要喜欢看的吧！

《新青海》第一卷第十一期，1933年11月，第70-73页。

伤感

/宇民

　　是暑假放后的第五天罢！那赤红色的太阳，高挂在天空，射出它那酷烈的光辉。迷蒙蒙的烟雾，轻轻的笼罩了，四野的远山近水，空中有几片薄云，但却悄悄的不动，只把大地点缀得黄灰惨淡。那些在稻田内工作紧张的农夫们，身上的汗如豆粒般的滚着，但是他们仍一刻不停的在赤日炎炎下活动着他的两个膀子。我们这些"丘九"，不仅没有这种精力和烈日奋斗，且坐在阴凉室内挥扇谈笑，尚觉着生活干燥空虚，于是"看电影去"口号，便会运用而生。

　　下午二点钟的光景，我们买好了电影票，进了 X 大戏院，首入我们眼帘的便是"今天开映健美之路"之八字，我们各个人的心上都感到十分的愉快，尤其是富有情感的我君，他今天更觉得特别有趣。

　　开演的时间到了，高扬的声音压下观众的拍掌鼓噪，电灯将熄，银幕照例放出过宣传广告后，健美之路之本事，接着一幕一幕的继续下去。韵声和飞飞是这幕剧扮演的主角，韵声为着爱飞飞，尽管受他父母的责备，同时飞飞为了爱韵声，也吃了不少的苦头。原来韵声的父母，已给韵声与黄家定婚，当然韵声有了意外之行动自会使他的父母着急，并且韵声提出退婚，反对不自由的婚姻，坚决表决不迁就作买卖中的交易品，这给他父母的为难，就是不好对黄家说退婚的话。

　　韵声和飞飞的爱，一天一天的更近了，同情与感激，倾慕与共鸣，牵动了他和她的情丝，燃烧起青春之火，彼此是走上爱的途径，他们结成了终身的侣伴。这段过去表演到银幕上的动境变化，处处能激起D君的同情与心坎上的共鸣作用，有时使他愤，有时使他悲，有时使他自悔自懊。因为D君暂归于经历和银幕上的韵声，处同一的情境。韵声经过了奋斗，走上了"健美之路"，而D君虽然亦经了努力的奋斗，而终究屈服于他"父母之命媒妁之言"支配之下了。D君想到那红唇、笑窝，那曲线美，尤其那一双如秋水如灿星一般的醉人的眼睛，不知她更受谁的爱，再想到"同床异梦"，顿时在他的心理上起一个大的变化。所以银幕上的表情，幽合到他的心坎上时，他或作缄默或情不自禁大声叫好，到银幕上已现出"完"的大字，他似乎还有恋恋不走的情绪。因为在这很短的时间，他做了一翻沉痛的回忆，最后他还说看得很满意。唉！在这"满意"二字下，实不知藏着多少的眼泪。

我们出X电影院以后，已经是五点光景，阳光西斜，晚风轻柔，我们在归途中，C君把他的结婚经过的事实和今天电影上表现的一切，又对照的说了一遍，他却谈的津津有味的啊！

《新青海》第一卷第十二期，1933年12月，第88-89页。

写给家乡的小朋友们

/心

在风雨潇潇中送别的时候，我心上是如何难受！我相聚多年的小朋友！我们又天各一方的远别了！回想数年内同小朋友们甜蜜的生活，使我一分感伤而抱歉，自愧没有高深的学问，充分的贡献给小朋友们，所以决心的远离求学，免得自误人。

炎炎的酷暑中每天专门而继续的前进，道路一天天的远了，酷热也与道路同增了。虽然异乡的景物，可资征人的玩赏，而风尘劳苦，也够使人难堪！

从西宁起身是骑骡子，每天晨兴即发，月入始止，只能行路六七十里，甚叹交通的不便。这从西宁到兰州的路，平淡无奇，只有过老鸦峡四五十里青山崇时，水声激荡，颇能引人快意。行七日抵兰州，兰州是甘肃的省会，是中山先生实业计划中，指定的全国铁路中心点。北枕黄河，皋兰山如屏南障，形势雄状，市面比西宁繁华。在兰逗留一日，便乘筏作水上的行了，我们所乘的筏子，是用羊皮袋联络而成的，仅载九人，两人划桨，比较运载羊毛货物的大牛皮筏轻便得多，但因面积太小，只许你静坐僵卧，不得站立散步，因此行动不得自由，这是多么困苦！在第一日的路程中，便经过了最危险的大峡和小峡。大峡两面都是怪石嶙峋的高山，水势浚急，岩石凸凹，有煮人锅、月亮石、骆驼石、铁照壁、过阴床……诸险。而以煮人锅、过阴床为最，幸皆平安渡过，这一天约行二百余里。以后经过五径峡、红山峡、黑山峡、黑洞洞峡等，其中险要甚多，有龙王床、白马浪、观音崖、九姊妹、三弟兄、五雷漩等，皮筏漂泊在涛澜漩浪中，好几次险些儿覆没了！想起来实在危险得很！两天到了中卫，临河一个小城，市面冷落。从兰州到中卫一路都是高山石峡，黄河绕山穿石，奔流而下，水势汹涌，其猛不可当。一到中卫，地势平坦，浩然开朗，时值仲夏，两岸稻田连阡，白鹭孤舞其间，稻禾长得碧油油的极其好看。中卫玩了一天，复鼓棹前行，经宁安堡、金积堡、武中堡等地，到了宁夏。

宁夏城距黄河四十里，北临贺兰山，城池险要，水田万顷，所谓"黄河百害，惟富宁夏"的话，的确不错。兰州、靖远、中卫、银川一带，鸦片满田畴，听说无论贫富，平均每家有一副烟灯，人们吃得面黄肌瘦，萎靡不振，想起民族前途，实在伤心已极！昨年庄稼很好，可是交通阻塞，无处运销，因此酿成"丰收成灾""谷贱伤农"的畸形悲状，加以军队甚多，负担浩大，人民困苦，已达极度。自宁夏前进，河道转向东北，经石嘴子、磴口，复转向东，已经到那荒凉千里、杳无人烟的河套了。塞外风物较内地又大不相同，芜野荒草，荆棘纵横，土阜小丘，垒垒如墓，山阿沙丘的中，常有一二村落，皆以畜牧为生，住的是蒙古包，吃的是黄米粥，和青海的吃糌粑、羊肉的游牧生活比较，略有差异。到磴口以下，水势平坦，筏子昼夜可行，只两天一夜便到五原，道过昭君墓，追忆昭君生前风流韵事及其出塞悲剧，不禁为之怃然！

五原以下就到包头，包头为平绥路终点，城市建筑在山坡上，城外十分荒凉，城内有些新式洋楼，市面倒也热闹。次日搭车，墨烟缭绕，一日千里，经过归绥、大同、张家口，至八达岭，层峦叠嶂，长城蜿蜒，古木交柯，仄磴深沟，绵延数十里，大名鼎鼎的发明家詹天佑先生铁像，伟立道旁，山洞如瓮，仅容一车，诚一夫当关、万夫难越的险道！

从包头坐火车，两天一夜，便到北平西直门，所横于眼界的是古氏伟大城池，我不禁想起古代帝王的尊严。北平街道十分齐整，人物俊秀，车马杂还，我们寓于前门西河沿，每日纵情游览这故都的胜景。北平有名的胜景实多，最著名的如山海公园、博物园、故宫、颐和园、西山等，足迹殆遍了。历代帝王搜刮民间财物，造成一人一家享乐的宫殿，琼楼玉宇，金碧辉煌，人世的不平，莫此为甚！

在北平游玩六日搭北宁车到商业辐辏的天津，天津是中国西北及华北各省的经济中心，从前青海的羊毛由此出口，在国际贸易上占重要地位。现在呢，强敌压境，华北动摇，外受世界经济恐慌，毛价惨跌；内被官府苛捐杂税的摧残，成本高涨，因此与西北财富攸关的羊毛事业，便到一蹶不振的地步，西北经济更因此而穷枯了！

在天津游览三日搭英国利生轮船，住于通舱，票价八元饭钱在内，人连货物拥挤在一起，臭气熏熏，如入鲍鱼之市。官舱虽然很风凉，可是票价昂贵，我们那能问津呢！起锭后，镖轮急转，乘风破浪，航行海上了。当轮船出大沽口到渤海的时候，碧色连天，骇浪翻涌，壮志雄心，为之一振。回忆前乘皮筏，心惊胆战的漂泊在黄河上的情况，好像由原始时代的人，一跃而进化到二十世纪了。渡过渤海就到黄海，海风时起，波浪起伏如山，船身颠仆，浪花打上舱顶，令人头晕目眩，同伴中精神不好的人，呕吐狼藉，连饭不能吃。船舱里闷人不堪，我每天跑到舱顶上去散步，只见汪洋一片，后不见来程，前不知去向。这时候，我深深的感觉到人生的真谛，突然忆起哥德（Goethe）的一首诗，情不自己的歌声朗咏起来了：

生潮中，业浪里，
淘上复淘下，
浮来又浮去！
生而死，死而葬，
一个永恒的大洋，

一个连续的波浪，

一个有光辉的生长，

我架起时辰的机杼，

替神性制造生动的衣裳。

我一面咏诗，一面胡思乱想，烟雾渺茫中，经过了烟台、威海卫，这四处地方岛屿相望，船舶密集，在东方的商业军事上已占有极重要的地位。可是在这儿飘扬着的多半是外国旗帜。那时我几疑脱离中国地图，置身外洋了。如此繁华重要的地方，名目上虽为我国领土，实际上却成为了外人逐鹿的场地，这是如何可恨的事！从天津搭船，航行五日，渡渤黄二海，经过大江口，入黄浦江，过吴淞口，才到一二八枪烟弹雨后的上海了。

上海是中国长江流域各省经济中心，也是东亚大商埠之一，洋楼高矗，马路阔平，汽车电车往来如织，社会情形，正是"五花八门"叫你无从描写。不过地方愈繁华，生活程度亦愈高，贫富阶级也就悬殊起来了。富人住洋楼，乘汽车，吃大菜，今日跳舞，明天看电影，一衣千金，一食百金，实在过的是神们生活。一般无业穷民，没事可作，只得流为抓手绑匪。所以上海可说是"人世天国"，也可说是"人间地狱"，人的立场不同，对于上海的观察和认识也自有异。我未到上海以前，很想多住几天，玩个痛快，可是不知为什么缘故，到了上海，仅在三大公司、大世界等处，玩了一玩，便觉闷得要命，次早即搭京沪车到南京。学校开课日期尚未确定，这几天邀游古迹名胜，江南的风景，已经饱尝破腹了。

南京是中国第一大城，周六十里，在地理上历史上都占重要地位，相传三国时的东吴，五代时的宋齐梁陈及明等六朝，建都于此，迄今又有"六朝金粉地"的称。龙盘虎踞，形势雄壮，扬子江横贯城北，紫金山巍立城东，南有雨花台（明方孝孺埋骨之所），北有狮子山，城内有清凉山，皆为军事上的要地。中山陵墓在紫金山腰，尚未完全竣功，现在落成的建筑，已经大有可观。殿内墙壁多以大理石砌成，中有各国赠送银制花圈及总理石像，升堂入室，顿觉庄严。后湖在城北又名玄武湖，夏天荷芙满湖，画船荡漾其间，十分有趣。附近台城为侯景困死梁武帝的地方，鸡鸣寺与台城为邻，梁武帝曾设身学佛于此。明故宫城之东南隅，旧时凤阙龙楼连霄汉，玉树琼枝作烟萝，自洪杨之乱后，荡焉无存。现在都成了荒芜田园，十分冷落，其一部分利用为飞机场了。秦淮流入城内，西岸有亭榭楼阁和街市商场，夏日游人乘画舫游泳，笙歌相闻，热闹无比。如紫霞洞、林古寺、莫愁湖、北极阁、清凉山等，都是风景幽雅、颇饶清趣的地方。每天傍晚我跑到清凉山上散步，飞机翱翔在天空，好像蜻蜓在舞蹈；火车驰骋于铁道，好像长蛇在觅食，遥望大江滚滚向东流去，那时我的胸襟是如何展拓啊！

暮登清凉览大川，
烟满西山霞满天。
雾锁西海家万里，
浪迹江淮路八千。

这几句话是我当时的写真，现在回忆起来，还有些壮意。南京是没有电车的，新式马路仅有四五条，一切物质建筑较之平、津、上海，还在幼稚时代，可是最近国府要人们，主张"以建设求统一"的声浪很高，南京市的自来水工程已经完成了，高大的洋房一个个建起来了，马路工程非常紧涨，这样努力建设，我想不过一年半载，南京的物质建设，不难驾乎上海之上。可是我们一出城门，乡村里的一切建设，都和边僻的西北没有异样，所谓"以建设求统一"原来是仅对城市而言，"复兴农村"那不过是骗人的话。

小朋友们！好好努力吧！前途的光明要我们自己去追求，世界上最可怜的人，莫过于无知无识、昏昏而生、草草而死的人。古人说："读万卷书，不如行万里路。"这句话虽未必尽然，但是我们的学问从实际经验得来的，比那斗室静坐、熟读讲义而得来的要可靠得多。在现今教育制度中，小学算是求学的基础，基础不稳固，上层的一切建筑，一定不会好，这是可以断言之。

小朋友们！努力吧！努力用功吧！继续不断的努力吧！对于英文、国文、算术诸门学科，尤当格外用功，因为这些是求学的工具，最好的物品都是由最好的工具制造出来的，所以孟子有话说："工欲善其事，必先利其器。"我们有了良好的工具（器），然后才能制造精美的货品。我们贵省（青海）的教员先生们，不明斯理，视英、算、理化诸科，为无用之物，天天教你们练习大楷小楷，希望你们成为一个写字匠录事先生，或者教你们天天读《古文观止》《左传》等，希望你们成为一个文章大家，他们的用心良苦，可惜"一字值千金""文章治天下"的时代，已经过去了。

小朋友们！我们要认清现在是什么时代！不要说，你们也晓得现在是科学时代，是学术竞争时代。什么汽车、电车、火车、飞机、轮船、机关枪、坦克、铁甲车、发动机及高大的洋房、平滑的马路，一切声光、化电、物质文明无一不是科学的产物。大家都知道我们中国物产之富，甲于天下，土地之大，甲于天下；人口之众，甲于天下；文人墨客之伙，也甲于天下。为甚么反被外国的政治、经济、军事的压迫，沦落到次殖民地的地位。像近年的情形，几乎要亡国于区区的日本呢？大家都晓得我们的枪炮不厉害，子弹不充足，飞机太少，战舰不好，或者是经济落后，其实这些都是私学的产物。英、算、理、化诸学科是研究科学的基本功课，就是我所说的求学的工具。

小朋友们！我们要放大眼光，鼓起勇气，前途的光明要我们自己去追求。我们虽不能作一番惊天动地、治国平天下的事业，但是我们自认为我们是有为的青年的话，起码要立定志向研究学问，造成有用的人才，把建设新青海，促进西北文化的责任，当仁不让的负在肩上。大梦未醒的蒙藏民族要我们去唤醒，玉树、都兰、柴达木等处的铁道马路要我们去建筑，工厂学校要我们去创办，农业、畜牧要我们去改进，平等自由的幸福要我们拼命的向军阀帝国主义的铁蹄下、官僚资本家的掌握中去夺回。小朋友！这是我们的责任，这是我们的光明大道。努力吧！前进吧！

　　　　　　天真烂漫的小朋友们：

　　　　　　我们生命的线中，

　　　　　　本来有光明的丝，

　　　　　　也有黑暗的丝，

　　　　　　人生的路，

　　　　　　本来是布满了荆棘，

　　　　　　但是，成功者，

　　　　　　会用希望的光，

　　　　　　照亮了他的旅途，

　　　　　　用忍耐的火，

　　　　　　烧尽了那些荆棘。

　　这几句话，我们应熟记在心头！以后有什么困难问题，尽可以写信告诉，我们总想法解决。家乡的一切情形，望你们时常写信告我。我们形体上虽然是天涯海角，而在精神上永远的牵连着啊！祝你们健康！

　　　　　　　　　　　　　　　　　一九三四年二月二十日寄自金陵

《新青海》第二卷第三期，1934年3月，第85-90页。

残迹

/ 御

在庄严整齐的城壁上，隔连的凹迹，而且带着一种深浓漆黑的烟色，深红的血迹，遍满在上下，在离壁根的附近，有不少衣服着血者，微有蠕动的劲儿，又在这不远的周围传有一种刺耳的哭声。从静的情况中还可清清楚楚的听得明白，似乎"天哟！我们的先祖得罪了那一个神灵？伤着那一位活实？这般的残忍……是我们这条贱命带来的吗……"，痛苦和悲叫以及一切的惨情笼罩了这个小小的环境！这显然是遭了人祸的情景，而且是过去不远！

在矮小而深浓的门洞中，送来了一阵刺激感官的臭风味，尤其是别种环境中的人物来临更特别发味，一条条的长体横纵的展览于凄凉的情景中，残余杂乱的屋舍，都填铺于长体上，间有几处竖立砖瓦的屋舍，也不过是在惨淡的景况中！而且在烟露中，呻吟惨痛声音，从这中清清楚楚的可听得到，广阔洁净的马路上，只表现了深血浓淡的血痕，凄惨的一切，都是这环境中的特征！

在东北偶的地方，矮小陈破的住屋，略有淡暮的色彩，从残破的空隙中射出，惨苦凄凉的声调，由这沉污的空气中播得清亮明细！这好像是旬余年岁的女音！

"妈！我们的这条残身微命，侥幸……只有爸的身还在那寒风中赤裸裸的……"这种惨苦凄凉的声调，只点缀着沉寂的环境。又从这个沉寂的情景中继续的起了一种悲伤啼哭的声调，渐渐发动起来！

"唉哟！这个年头儿，我们这保贱命有什么稀奇！"他说到这里，声音渐渐的模糊了，不响了，这显然是一个受戮伤而不能动的老妇的音调。

"我们的这条不值一文钱的贱身体，还能不能保的……再难末顾及自己……的身体。"哦！的确这实在是受了残酷人祸的情景！

淡光西沉，沉静凄凉的暮景慢慢的从这惨淡的大地上发动起来，哀悲惨凄的声调，渐渐的从这中现露出来，细微蠕动的，痛苦叫悲的，吟呻哀号的……这种种的凄凉情景，无一不使人起一种哀悲伤心的情绪，无一不令人热泪涕零，无一不叫人心酸气冷！哦！这是人类行为放纵的缺点，这是社会治安的病态，这是国家政治的因果。有了这种种的因子，才造成了今日这般惨凄悲痛、哀泣伤心情景！哦！人类的哥儿们自思吧，蛮横残暴的精神已是过去时代人性的特征，早不合以现今的时日了，应抱相互同情彼此惜怜的心境来维护人道。保持善性吧！

《新青海》第二卷第四期，1934年4月，第96-97页。

亡国之音

/ 麟

是一个旧历七月天气的下午，太阳斜射到茅屋里边，灼得人心中一阵一阵发出些不耐烦的躁意。这是我回到故乡的第四天了。我坐在一间茅屋的北炕沿上，两个孩子扯手拉脚、摸头撞脸的不离开我的左右。我目睹屋中的环境，回想到生母未死以前我那次回家的情景，并且抚着两个可怜的孩子，又想起已往的种种事情，心中好似刀刺一般的酸痛！呆呆的坐着，却是一句话也说不出。父亲、继母坐在靠近窗子的南炕上，天又炎，炕又热，满脸流着腻汗，口里衔着烟袋，手里挥着蒲扇，面孔上现出很欣悦的颜色望我。这是看见儿子的一种天性的表现。父亲瞧着我一言也不出，知道我心中是有些难过，说道："麟儿，你瞧爸爸这几年操劳的须发皆白，真是老了。你没有回来以前，我一个老头子，一面是维持家中度日，一面又遭小鬼子的欺凌，今天躲飞机，明天躲大炮，把人弄的不生不死，如同在迷魂阵里讨生活一般，有时候小鬼子的兵到来，就得领着老少逃乱，真使我心力俱碎！再有时候要想起你来，常常的暗地里掉眼泪，我想在这兵荒马乱的时代，死个人如同死个鸡狗一般，倘要不幸，日本的飞机炸弹把我炸死，或者日本兵的刺刀把我扎死，我就不能见你的面了……现在还算是万幸！"说罢长出一口气。在这个当儿，我心中回想已往，已经是难过的了不得，现在又听见父亲这一片酸心的话，刺激我呆寂的心房越发悲痛！但是男儿的泪珠是不轻易落下来的，便硬着心肠，说几句欢颜的话……

如火如荼般的太阳，由斜射已被晚霞迎入了隐隐之乡，但时尚未到黄昏。这是晚饭后的时候，一阵犬吠，业师从外边走进来，让座之后，谈了片刻。业师说："麟生，走吧！到我家里去玩玩吧，你几天就要走了，我们作一个长时间的谈话。"说罢我便欣然应允，随手取过衣服穿好，遂同业师出来，到了他的家里，饮茶谈话之间，已经入了黄昏，业师便谈开他这二年的经过。说："自从日本到了黑龙江省以后，我就把学馆解散，心中曾想找一个世外桃源，躲避这个乱世。后来日本的飞机大炮迫得人一点出路也没有，真叫作上天无路、入地无门，弄得人欲生不得欲死不能。那时候刚好李某某招许多有志的人，及绿林伙计们，编为义勇军，在海伦县东大青山中起义，一时声势浩大，威名远震，日本兵对之大感棘手。我因为在家也是不得安，所以也跑到大青山去参加义勇军的工作。从加入了这种工作以后，爬山越岭，昼宿夜行，转侧在冰天雪地之中，所吃的苦楚，真是一言难尽。但我心中已经把我自己，把我自己的家庭都忘掉，整天心里想的是要杀些日本兵，以解心头之恨，什么挨冷受饿，那一切一切的苦处，都抛在脑后，这是因为受日本的欺侮。还比这种痛加甚几倍的缘故，谁想不到六月工夫，李君阵亡。人心也渐渐的涣散，义勇军的力量也难保持了。我看着在这种无力的集团中实难达到我杀仇的目的，因此我又回到家来，但每一走到街上，看见那触目伤心的日本标语，什么'大同年'，什么'大日本关东军司令'，和那惨无人道的洋鬼子，洋洋得意的在街上横行，真使人咬牙切齿，恨入骨髓。"说到这里，旁边玩着的三个小朋友，是师兄弟，高高兴兴唱起他们白日在学校里唱的那"春天的快乐"的歌，因此又触起业师的伤感。说："麟生，你听听，日本鬼子厉害不厉害，不到两年的工夫，把小学的教科书都给改了，把小孩子唱的歌也都给改了，从前唱的'党歌''黄族歌'，现在一概禁止，只叫儿童唱这种有情无意的'亡国之音'！真使人听不下去。唉！像这些浑浑无知的小孩子，真是天不管地不管，一天吃饱了、穿暖了就知道玩乐，现在还能许你们这样玩乐，将来不知到了什么地步呢！怕是哭都哭不上来！"老师望着我说了这一片话以后，越发蹙眉绉颊，现出万分忧虑的容颜。我听了这话之后，知道业师是精神上受了刺激，心中发生变化，所以见到环境上的一切一切，无论是好的，是歹的，都使他产生愤恨忧郁的情绪。于是我心中又想，东北人心是不死的，是有血性的，是有机会就要起来反抗的！有了这番心想，便对业师说："老师，您老的心志，真使人景仰得很！因为您老的情绪热烈，所以眼睛看到的，耳朵听到的，都足以惹起悲愤的情绪。这都是我们民族精神的表现，请您老随我一同逃出这个险恶的环境吧！培养我们这颗不死的丹心，充实我们杀敌的力量，将来故乡重返的时候，使耳朵不再听到这种'亡国之音'"。

*《新青海》*第二卷第七期，1934年7月，第53—54页。

寨门

/钟

　　这是某年的一个夏天，我的故乡S城，在正闹着苦旱不雨、米珠薪桂的恐慌。突然，又来了一下不可思议的变异！就是不知为了什么？人们的神色都有点离乎常态，到处议论纷纷，慌慌张张，呈现出一种恐怖的状态，好像有什么大祸将要临头了！接着街头巷尾，都建造起寨门来。那些用结实木料作成的寨门，有的还包上去几块铁皮，像是格外坚固似的。全城所有的街市，只要是一个通过的路口，无不赶着造两扇高与檐齐的大寨门。

　　这种特别的建设，以前当然是不常有的东西，所以当时在我的感觉上，颇觉得神秘、奇异！原因是街市为通行无阻的大道，如今忽设起防塞来，难道不许人们自由来往吗？于是就这样的问了父亲："哼！不许人走还是小事，老天真不想要人了，眼巴巴入夏以来点滴未落，禾苗枯死在田地里，不待说下年没有吃的饭！事到今日，又要活活的被结果了，可怜不知人事的孩子，到那时把你们藏也没处藏！"

　　父亲连连串串的说了一大套，我似乎半懂半不大懂，不过听到"那时把我们没处藏的话"，心中倒有些害怕，想是谁要捉我们去了？那时我本来还很小，祖父祖母都还活着，事情既然是这样的严重，两位老人家，也就长吁短叹、愁眉不展起来。家里的人们，不时听到些谣言，特别感觉着不安，藏什物啦，收衣箱啦，总是慌乱着！

祖父又督促父亲和叔父们，会同本街的人等，赶快造寨门。他说："在××年间，寨门当了大事，救了多少的生命财产，我活到今日，那还不是寨门的功！"祖母也接着说了些寨门如何可靠，如何要紧，千万不可忽略……

本街的寨门建造好了，果然太阳还没下山，老早就紧闭了双扉，外加了一柄大铁锁，严森森的。街上的行人遂绝了迹，商店的门关的更早，这时甚至一根火柴也买不出来。夜里，叔父又拿了梆子和小锣等巡更所用的东西去守夜，那时当夜半里惊了醒来，各处的梆声锣声，很警刺的传到耳鼓内，外加上无数的犬吠，一片幽噪，真的可怕！会使心怦的跳起来！

这样惊心触目的过了多日，父亲和叔父轮流着去守夜，并没发生任何事情。后来人心稍安些，寨门关的较迟，夜晚的金柝声音，也似乎消沉了一半，大家好像放心的多了！

有一天的午后，父亲从外面很张慌的走来，说是消息不好，今夜要事变了，城外的××等营，经了近来的潜暗酝酿，已和城上的驻军拘了手，约定在今天晚上里迎外合，非把这城打扫个干净不可！这个噩耗传来，顿时大家惊恐的不成样子。祖父祖母二位老人家，已经是饱受过祸患的人，便忧惧到万分，母亲几乎说不出话来，父亲叔父等大家面面相观，也想不出个避祸的方法。

夜色渐渐的笼罩了宇宙，几点忽明忽暗的小星，发愁似的闪烁着，叔父仍是去守夜，我们大家在金柝火急、如万马奔腾的当中，坐待着大祸的临头，心上好像都装了辘辘，听到一点任何的声，就会马上变起色来！警惕的情形，毛骨悚然！

环境是这样的可怖，心绪是这样的不宁，但是孩子们的瞌睡，到底容易来。我依着母亲发呆，不晓那时就入了梦乡，一觉醒来，已经天色大亮，大家幸还好好的。原来当夜没来什么动静，假使一旦发生不测，我还在梦中不觉得呢！

是这夜过后第三天的一个傍晚吧，已经点灯了，祖父又提起以前身受的惊慌和困顿，什么城门闭了，寨门也闭了，内外交通断绝有钱得不到食物……我像故事一般的听的真热闹！

劈拍！劈拍！拍拉拉！……

猛然袭来一阵枪声，简直是青天打霹雳！接着一刻不缓的打下去，好像年里的爆竹，而来的更猛烈，更紧密！空气紧张的利害，大家容色如灰，只有发抖，外面又像几千万人呼唤的声音，鼎沸似的混杂在枪声里，一片混乱，像是已经糟透了。

在无所措手的当中，还算祖父年纪高，经验多，到底镇静些。他勉强安慰我们不要怕，没什么大事！一方又叫姑姑把她的发辫装进领内去，赶快把叔父的旧衣服穿起来……

这时叔父从外而跑了来，战战兢兢的说着："城……外……的……兵……变了！刻下……攻……城！大家……可……上……屋顶去！"他又反身走了，我们大家同上屋顶。

屋顶上已经到处都是人，妇孺们还哭叫着，夜色黑如釜底，枪弹在头顶吁吁的溜，恐怖极了，头也不敢抬，情景是如何的可畏呀！

因为隔壁是当地某要人的公馆，原来太太小姐们也在屋顶上呜咽着。后来他们的卫队来了，父亲看了倒不安全，又把大家扶下去……枪声愈打愈紧了，眼看束手待毙，祖父便沉着道："我们老了，死得着，万一事急，你们无须管乎，各逃性命吧！"这时母亲替我加了一件衣服，腰里又系了一条小带，祖父父亲又在衣袋里装了五块大洋，怀里装给了几块馒头，很伤感的叮嘱了："城破的话！我们一旦失散了，你好逃你的小生命，不要寻找家人吧！或者能逃出这虎口，将来好重振家门……"他们说时，眼睛里像有泪流出。我，干脆大哭起来了，祸乱虽然临头，事情虽已急了，但没离过母亲一步的我，往那里逃命去，可怕的枪声里，听说了这样的话，童心上像剑刺了似的！

排枪在大一阵、小一阵的打着，我们好像待命的区徒，上天无路，钻地无门，只在屋里转着。好容易将到鸡鸣的时候，枪声渐渐的由紧而疏、由疏而远了！只能听得一点微弱的响声，大家这才神志稍定些，应该是变兵已离开了城垣，但外面的情势到底怎样，还是不得而知。不过附近的这个小区域，没来多大的变故，大家坠在惊悸的网膜中，心寒胆战的过去这一夜，算是幸免于难！

次日早晨，才知道变兵是先来攻东门，原先是和东城上的驻军拗好手的，后来多亏××军官的全力镇压，没得逞凶，于是他们又转到四周去，希图由他处破入。而东城上驻军，有少数人溜了下来，也打算在别的城门里去迎纳，但是因寨门的重重严高，使他们无法斩关，因而全城得以保全下来，那也可说是寨门当了大事吧！寨门！

《新青海》第二卷第八期，1934年8月，第59-61页。

青海之青海

/ 自发

　　青海为中国第一大咸水湖，蒙古语音称为"库库淖尔"，古有西海、仙海、羌海、鲜水海等名称。青海地方即以海名，汉先零羌之地也。汉书地埋志谓："金城郡临羌西北至塞外，有仙海盐地。"水经注云："临羌县西有鲜水羌海，谓之青海。"位于全省东北部，距西宁约二百六十里，海拔九千八百五十尺。闻昔时海水面积广大，与柴达木湖连接，历代逐渐缩涸，至今东西径二百里，南北一百三十里，总面积约二万六千方里。周围六百六十六里，马行六日，步行半月，始可绕海一匝。水色澄碧，潴而不流，容纳布哈河、倒淌河及其他溪流凡数十道，满如不溢，咸味甚浓，富产无鳞鱼。蒙藏人祝海为神，目鱼为神子，不敢食，滨海汉民，每于农闲捕鱼，获利甚厚。海中有二岛，一曰海心山，上名"魁孙陀罗海"，峰峦纯白；一曰"察汗哈达"，其峰卑小，多土少石，二山东西对峙，水色青绿，风景绝佳。海心山周约十里许，与西宁城垣大小相仿，上有石洞四：一为经堂，一为畜舍，余为住室。又有小庙一座，冇常住番僧及牛羊等。岛上平时无往来交通之必要，故无舟楫可通，每届隆冬，海水结冰，岛上土人，相率来湟源各地交易，取一年之粮而入居焉。相传青海为弱水，以其水弱，不胜舟楫，实虚语也。

　　这些关于青海之记载和故事，余自幼听之颇多，并不以为奇。而同伴李、马二君，广闻之下，游兴焕发，乃借赴共和调查之便，遂作青海之游。那天发自湟源南乡，过日月山，午后到达海滨察汗城，前清时有兵镇守，现已荒无人烟。城北有一破庙，庙前有青海胜境牌坊，殿内有石碑，上刻灵显青海之神位，系光绪三十三年所建。每值岩秋，政府特派大员到此祭海，届时青海各盟旗王公及各番族千百户，必相率会聚，为隆重大典。祭毕，又到湟源东科寺会宴，借以宣扬政府德威。

庙在高岗上，青海在望，汹涌澎湃之海浪，冲击海滨，屹立之岩石，奏起激昂悲壮之音调，水光接天，天与海连，一片蔚蓝，汪洋无垠。环海草野茫茫，一望苍郁，海中小岛——海心山——隐现于烟波浩渺之间，数点沙鸥，展开翅膀，在半空偕云霞翱翔。此时余等兀立海滨，呆望海天，不禁心旷神怡，高咏"秋水共长天一色，落霞与孤鹜齐飞"之句。最后大家竟翻身上马，扬鞭狂呼，骋于海滩。惟恨征程倥偬，留恋不置观玩片刻，即向东巴进发。大家在马背上又不时的回过脸儿，怅望这神秘伟大的青海。

《新青海》第三卷第四期，1935年4月，第57-58页。

一种平凡的联想

/ 英棠

这是一件去岁冬间之小事，但我总觉得好像有些严重，因为近年来，国人的奢靡，有惊人的成绩，每天报上关于入超和什么化妆品等等的统计，都使我们闻之色变。在农村破产、都市金融崩溃的中国，有着这样若大的漏卮，是不是一件可怕的事呢？最近各地又惨遭水灾，伤心的记载，竟使我不忍和报纸见面。个人觉得救国于危，提倡俭朴，也是一件不可稍缓之图，用将此旧作录出，供读者诸君。这也是社会一角落的一桩小事，但国人的崇奢侈，正可从这些推想了！

——作者附志

晨曦中，机械的赶着铃声起床，照例的去洗面刷牙。一阵忙乱中，这个每晨的"必修科"，在二十分钟内，混沌的度过去，接着又是点名、吃饭，过军事生活的人，的确连放屁也有点感到没工夫。

这几天，饭厅似乎有点变得宽敞，原来某大学实习班的餐桌上，一天天的人少起来。今早，只剩了两个人坐在那里。但像这类的事，粗心的我，是不会引起注意的，况且又是吃饭的事，吃也由他，不吃也由他，横竖不干我事，只要我的饭少不了的话，于是跟着"立正！坐下！"的口令，毫不迟疑的坐下来吃我的饭。

我们这位校长老头儿，总是爱费气力，虽说年纪大了，但是像针尖小的事，也会给他拿来找真理，老是不轻易放过，所以就是像一个衣袋扣子，我们也总是经常的去注意，免得让他瞧见了，又来找麻烦！

这个饭厅内人少的原因，在他精细的眼光中，当然不会逃脱他注意圈之外的，所以在一个饿狼强吞的紧张空气下，大家都填饱了肚皮，专待着"立正！解散！"的时候，又给他站起啰嗦，根究这人少的原因，于是在这实习班餐桌上，两个人中一个个头儿较小的站起来回答了！因为我的座位离他们很近，所以那个小个儿的答话，很清淅的打进我的耳鼓，一个向来懒于思索的我，竟会因这答话而惊讶，并且牵想到许许多多不同的事件上去。啊！"吃不下！"这话多够玩味！像这每餐五六碗菜的大餐——当然是从我的见地来说——也会有人感到不可入口，而且发现在同样学生生活的人群里。天呀！这怎会不叫我惊讶到"天地之大，无奇不有"呢？

能忘了吗？在五年前，西北人民，在那么大的一个荒年中，死去了多少万？在那年头，我们见了许多人类罕有的惨局，大家因为肚皮的关系，连树皮猫犬都吃完了。当时一位青海乐都的朋友，还这样的告诉过我："乐都某沟，有一种像石灰样的白石末，听说吃下去少许，就会终天不觉饿，但这样持续过三五天，则仍不免于死！"

我们听到了上面的话，假若是一个有血性的人，总会起一种惊悚恻悯的情绪涌进我们的良心吧！同是一样的人类，而且是同样的中国人，为什么他们遭到这样的惨运，就得等着饿魔来摧毁，来掠夺他们的生命，而引不起这般人的同情呢？像我们吃的饭，比到树皮，总好到不可名言吧？但这些苦命的西北人民，连树皮都找不到，而你们对这样的饭，为什么还会感到不可入口呢？这样的饭，在西北的苦命同胞，一生能见到几遭呢？在他们的同胞中，有着这般凄惨生活的人，在智识分子的我们正应当引以自愧！但过优越生活的人们，有没有这样想过？我们严格来一个自检，是不是应该羞惭呢？

今年遭灾的区域，大到这般可怕，不幸的青海同胞，又被卷入这恶浪中，遭灾的县份，达八九县之多——青海已成立的县，也才不过只十六县。当你们感到这饭不可入口时，有没有想到这般灾黎的身上去，他们是在度着怎样悲惨的生活，他们在颠沛凄苦中和死神搏斗，以求生命的延续，假若当他们找不到树皮吃的时候，有这样一顿"不可入口"的饭给他们吃的话，在他们苦丧的面上，将显出怎样的欣色，因为这可以多延续一刻他们将毁的生命！我们有多少万的同胞，因为找不到果腹的树皮，而死在这西风凛冽的寒冬，我们的处境，比到他们，又是多么的幸运？

朋友！某大学实习生和他们的同道，当国亡在即的今夕，我们既然是国民的一分子，就有着挽国于危的重任，尤其是受过高等教育的诸君，在这复兴民族的洪浪中，我们确实是推动这伟大工作的中心。我们是应当怎样的警惕着自己，策励着自己，与举国同胞同甘共苦的去苦干，去移动这复兴民族的巨轮。我们得想到国家的处境、民族的危殆，现在已到了不能再有一秒钟的彷徨的关头。为了国家，为了民族，个人的优越生活，义当牺牲，况且是整千整万同胞，每天为了饥饿，被毁于非命呢！这正是我们应当食不忍下咽的时候，我们还何忍贪享丰食美衣呢！

人谁没有良心，当我们享受的时候，只要稍稍一想到多数苦命的同胞，我相信就会受到良心的谴责吧！我们虽不能跑到贫民窟的农对——尤其是西北——去亲为领略一番，但至少每天在报纸上的记载和统计，总可以触眼帘吧！朋友！请你深夜扪心三思吧！

一九三四年十二月三日写于南京

《新青海》第三卷第七期，1935年7月，第41-42页。

M城的一幕惨剧

/萱

这是一个荒凉的严冬，C军和W军为解决势力和地盘的问题，双方开起火来，他们唯一的导火线，便是M城。

M城是X省的一个最繁华而且最大的城市，当初是W军的驻扎地。近几年以来，C军就对于它的田产农业及其他一切好的设置，非常垂涎，这次为了一点儿细故，便正式争夺起来了。

这个时候，M城内的百姓们，听到了这个可怕的消息后，大家都惊慌失措的预备防敌。每户人家，都派出来几个人在每个街头修筑栅门，并且还派出来几个年壮而有胆量的人，在每夜轮流巡更。还有的人家，把珍细的东西，都埋藏在地下，以防它的遗失。同时在这可怖的声浪中，M城的一切米薪布帛等的市价，顿时也昂贵起来了。

在准备防敌的M城内，有一户贫苦的农家，这家老农已经死去多年了，他的家中，只剩着他的儿子杰，女儿俊，和他的继妻慧。这天杰从校中回来，看见东街口上，围着一大群人，在高声的相谈着，他们的神色都异乎常态，现出一种极恐怖的样子，好像有什么极其重大的祸事来临了。杰的心中，早料到是有什么变动的，便连忙从人丛里钻了进去，一眼就看见一个白须的老翁，他便开口问道："老伯伯，有什么事啊？莫非……"

那老翁说道："你还不知道吗？我们的M城，要被蛮悍的C军快夺去了，从前我们很安静的住着，现在恐怕……"

杰又问道："那么W军就肯轻意让他吗？"

老翁说："世上那有这样便宜的事情！C军的军械很多，而且很精，他们的兵士，都很强悍，我想……总而言之，你们是年青的汉子，一切用武的准备和对敌的责任，都负在你们的肩上，像我年老力衰，想挣扎都不能了。只要你们努力，是不怕一切的，假若将这可爱的地方白送了他们，而且还要我们做他们的奴隶，你们愿意吗？"

这一席话，把杰听得精神顿时兴奋起来。哦！原来事变得这样快！他回到家中，忧郁的连饭也不吃，只是长吁短叹的沉思着，直到金乌西坠玉兔升起的时候，他才没精打采的喝了一杯茶，便躺在床上痴痴的想着，一夜辗转反侧，想那C军进攻和百姓们受痛苦的情状，继续不断的在他的心头萦绕着，并且还想他以个人的力量对待C军的办法，和自己家庭中应当怎样的防备。到早晨天刚破晓的时候，他便披衣下床，很无聊的在院中踱来踱去，妹妹俊屡向他问为什么这样忧虑，他总不肯说一句实话，恐怕又给她添加上愁绪。

他这样拖延到五点多钟，便到学校里去。学校里的许多同学都呈现着一种很忧虑的面孔，他们都谈论着这事，他才知道这事已很确实了，并且听说在近二三日内，就能开始动武。他越想越害怕，越想越危险，便恍恍惚惚的度过了这苦闷的一天。

这天后的第三夜，杰因几天来疲乏了身体，尤其是夜晚极其疲乏的。所以深夜酣睡着，一阵杂吵的人声，忽然把他惊醒了，如哭如诉的由远而近了，他听着心里很难受，赶紧下了床，静悄悄的走到院中细听，一片凄惨的哭喊声，直冲进了他的耳鼓里，他再也忍耐不住，一直跑到门外，细纰的一看，在惨淡的月光下，他看见许多女人们，扶老携幼的一直往东城外乱跑。杰这一下，真受了一次突如其来的刺激，呆呆的只直立在门外，他料到事已经不好了。

停了半晌，才知道 C 军已暗地里派出密探，假扮了商人，在 M 城的各街巷探查着。因为已被 M 城的百姓看出了破绽，所以他们便大肆其威赫实行抢劫，已经由西城门快要抢到这里了。

杰听到这话以后，神经已失了作用，全身的筋肉都麻木了，只是打算怎样才能脱去危险。横竖我是不要紧的，我的妹妹和继母怎样办呢！他一直回头走向他继母的卧房里去，看见继母慧已经披衣下床，坐在床沿上，朦胧而苦涩的眼睛里已充满了亮晶晶的泪水，原来慧和俊已经听见了这凄惨的声音，早料到是不祥之兆。他连忙喊道："你赶紧把发辫装在衣服里，穿戴了我的衣帽，和妈躲藏起来吧！我是不能……"俊的明亮而可爱的双睛里，不住的珠泪夺眶。

轰隆！轰隆！一阵大炮的冲击声，夹在寒冷的北风里，直达到这里来了。慧很惊异的问杰："什么呀？炮声吗？"俊也很清楚的听到了这个可怕的声音。她的嘴里不自主的喊出了"完了"的声音，态度极其慌张，那种战悚的样子，真可怜极了。

当这时，他们真上天无路入地无门，正在进退维谷，忽然又是"轰隆！轰隆！"的几声。杰呆呆的站在一旁，心中忽然想起那白须老人对他所说的一席话，顿时又有精神了。赶忙催促着慧和俊说："赶快吧！"他便大步的走到院中，一把夹起了梯子说："快上吧！房上比屋里安静些。"她俩上去的时候，在月光下可以看见到处的房上都挤满了人。她俩再也不敢多望，只静静的伏在那冷的房砖上，动也不敢动，又加上寒风凛冽，一阵一阵的直刺到骨里。

一会儿，又是一片哭号的人声，混杂在吵闹的声音里，直传到她俩的耳鼓中，接着又是"杀！杀！"的几声高喊，在静伏房上的她俩，心中唯一的愿望，便是老天睁眼，留给杰一条生路，她俩都是不要紧的。在异常惧怕的俊，无意的抬头一望，"吁！"的一声，一颗枪弹在她们的头顶上飞过去。这一下，她吓得竟失了知觉，全身的肌肉，好像着了麻醉剂一般，在愁云和惨月下，越法显出她俩可怜的状态来，接着连三赶四的飞过了好多颗枪弹，吓得她好像僵尸般的静伏着。

屋里的杰，在慧和俊上房后，他就连忙穿好衣服，扎紧了带子，从箱底下抽出一把雪亮的刀来，很快的走出了大门，混在军队里面，辨清了他们的徽章竭力的厮杀着。在这样一个血花飞扬的街道上，没有一个钟头，他已杀去了三十四个C军的兵士，和一个赫赫有名的S团长。

天气渐渐的明了，他们的战事也将要暂歇一歇了，在东方的山顶上，慢慢的映出一片红光。今日的太阳，好像罩了一层纱幕似的，隔了一会，太阳又被乌云遮着了，大地上越显出阴霾的状态来。杰回到家里，赶紧上房去唤下了慧和俊。慧和俊才如梦初醒，知道杰是如故的，他们一同下了屋，慧和俊问杰身上那里来的血迹？杰初还不敢直说，后来经过俊急切的问他，他才老实告诉了。

正在他们谈话的当儿，又是"轰隆！轰隆！"的几声炮响，C军的全军，已冲进城来了。可怜M城的百姓们，被他们弄得血肉横飞，有条有理的M城，也几成了一片灰炉。慧和俊都葬身在烈火之中，而杰呢，也就含笑于九泉之下了！

在这凄惨状况之下，所幸的是W取得了最后的胜利，原来C军足智多谋的S团长，被杰削了脑袋后，全军几乎没有人主持，又加上W军的反击过于激烈，所以C军终是失败了。所难堪的，就是M城，被C军烧毁了二三十院房屋，惨杀了十分之四五的人民，抢去了许多的金银财产和年少的妇女们。

唉！一个春光融融的M城，就此永留着一片殷红的血迹，M城的许多百姓们，大多数也就遭劫在这里了。同时，在M城的历史上，也就增添了勇敢的W军始败终胜的一页纪念志！

《新青海》第三卷第八期，1935年8月，第47—50页。

秋怀

/ 绿人

同是天涯沦落人，相逢何必曾相识。

秋，是多么撩人啊！对着洁净的长空，一缕缕的情丝，从脑海澎湃着，击碎了一颗凄楚的心。

生活的止水，死静的，虽受着风之拨弄，竟不会起一些碎浪，这分明教养成——机械似的人了。每日除吃饭工作外，还喊一些"复兴中华民族……"的口号，每日的职务这样的尽了，求学不求学，那是第二步问题。我在这里记起洋人葛雷多（Gory）给他朋友的信上，有这样的两句话："When you have soon one of my days，you have soon a whole ，whole you of my life。"这话说透了刻板生活的骨髓。

青春的黄金鞭子驱逐着，燃起了熊熊的火焰，把握现实干上去，且时光毕竟是无情的物，无论你怎样奋力疾呼，决不能挽回浪费的光阴。在你的容颜上，和那暮气的性质上，轻轻掠过去，只留上一条深刻的印痕，表示着二十余年的春光过去了，"朝如青丝暮成雪"，唉！人生竟是这么的匆促呀！

生命之浪花，在骇浪惊涛里滚着，从极西的一端，随着时代的浪，漂流漂流，漂流到极南的一边——金粉天朝之新都，在时间上彷佛隔了一世纪的样子。先落在生活的水窖里挣扎着，永远匆匆的带着旅人的颜色，忙来忙去，还不是迷迷糊糊的那么一回事，转眼又是秋声、秋色、木草黄的景况。虽然在江南看不到那样显着，且处处都可表现出零和衰的惨景来。

一种游子的客心，袭击着望不断长江的滚滚，凄连的水草与浪波，在二百多人的学府中，寂寞得像在那清冷的深山道院似的，一颗丹心，像魂游者一样，整日徘徊在十字街头，终不免"寒蝉力竭而声嘶，老马识路悲途穷"那样的悲哀！

追怀着故乡的那花草风物，一切都在爱与恋之怀抱里，就是极平淡的一草一木，也觉有些值得留恋的地方。可是故乡，已不是旧梦中的故乡了，但是依旧是数年前的情景，时常在同学中流露着："立秋""秋分"，这是故乡扫墓的时候，在乡情认为不可少的节季，游子的心弦，已被这凄景打碎了。

当着一个清朗的早晨，纱窗外堆着半窗残月，淡蓝之天空，吞没了的晨星。一切，都在记忆里搜求着，见不到影子。寒霜：只有秋风吹着凋落之桐叶、桑叶低了头。一切都好像举行着秋的礼赞，在静悄的空气下，向下关的马路踽踽独行。村庄被萧条之气封闭，稻田里摇摆着青黄色的波浪，山色带着一种苍光之意味，月光暗下去的一忽儿，灰色暗生，和秋色的空间，打成一片，印成一段相合的轮廓。

迷惘的信步走着，踏过了几个凄凄落落的村庄，一带的桑叶，露出水门汀，耸空的建筑物，街道冷冷清清，赶早市的小贩的叫卖声，江边的柏泊马路上，分外来得清洁。那一眼望不断的江水，中流巨型的军舰和汽船，飞扬着不同的国旗。巍峨之建筑，巨轮旁边，来往风帆走着，这实足表现整个国度社会之矛盾性，和乎工业社会竞走之趋势。一江漾水，一片片的孤帆，一点点的灯火，遍江闪烁，像千百个星，映得遍江通明。遥远处两只水鸟飞翔着，逐戏着，消失在浪波深处。

遇几个码头，渡过了江，映入眼帘的下关京沪车站，这是数年前在南京初见面的一个地方，铁道上摆着几架列车，在站上，火车头响着，一股香浓烟喷向晴空升去。

清冷的候车室里，坐着一位搭客，独自对着静宁外的旅客作痴呆的沉思，好像有不可言语的情绪周旋！

这样的身世，不是和我一样的凄凉吗？想着，路进候车室，突上一种莫名的情绪袭击来，那副憔悴的面孔，两眼深深的陷下去，一件淡蓝色的单衫，两距相互的搭着，眼内倒是充满了光与力的神采，一种颓废的表情，像是刚出窝巢的小雀，一望可知是一位富有热血的沦落青年。我一见这种情景，不由忆起三年前的好友某君来，为着驱除寂寞和疑难，对于这青春万物发生无限的同情心理！

《新青海》第三卷第九期，1935 年 9 月，第 51—52 页。

西北原野

/ 绿人

（一）

夜的西风不断的哀号，整个的激动了空间大地。草木落叶萧索的声音，从那草原间传来，像狂涛的怒动和猛虎的吼啸。深夜振动了旳空地，像月夜中轻轻偷营的敌兵，踏过寒山白草，唏嘘的预料着悲惨之命运来临。这样的意念，在各个人的心境中跳跃着。

深夜确实使人恐怕，何况是又在四傍无依的秋风原野中呢！望不到墟井，旁有溪流荒林的几顶帐房，寥落的代替了村庄别墅吧！跟着掀起涛波的犬吠声，代替了寒村荒鸡。柴达木的原野，和别的原野一样，随着天演的节序衰落了，衰落在萧索的秋风中，像病后的美人一样，丽容被黄萎消毁了。

大原野的主人，携着游牧民族红褐色脸庞的藏族英俊，阿木吉也是其中的一个。他也像别的藏族少年，一顶活的帐房，一群牛羊，一匹马，一支枪，斜驰着草原，憧憬着健美英壮的梦！不尽是这样，他又比其他同伴的特长是耐苦勤俭的精神。当他一个人孤零零的一夜通过了四百多里的高岗，族中人赠给他勇士的美号，这当然是他生命史上的一件极壮烈极光荣的喜事。他有时拍拍胸，自己承认勇士在他身上并没有丝毫夸大的意味呢！

按着西北原野的风味，秋——实是一个最不平静的季节，草高，马壮，掠食者竞争，荒草中流着弱者的碧血，杀人在原野并不算做一回什么的坏事。草衰，也是人间悲惨命运的开始，这是大众所公认的事实。

当阿木吉游猎归来的时候——是在这天的晚上，黄昏随着天上的云霞已消失了。太阳落在海雾中，归鸟的翅膀，扑扑的振动天空，狼狐的呼声，又一次的闻及。他在归路上兴致勃勃的唱着山歌，悠扬扬的声音在山林里发出回音。虽然是二十七八的晚上，没有月亮，但夜清得像水一样。他踏着晚烟，望望天空中摇摇欲动的星体像一颗灿烂的宝石。大自然像是对着他微笑，他感到无上的安慰。黑雾布着归路，同时又压着他沉重的心，秋风扰动着大自然，风声，松涛声，兽的吼声，在他的心中凑成了几种恐怖交响的进行曲，甚至连草动的响声，也会惊慌起来。轻轻踏过几个山岗，隐幻的帐房，随着灯火的光传入眼帘，心中的畏惧，因这样，倒减了一大半。急急的打着马跑上前去，马蹄边缭着亲人的狗。

"阿姆"，这是他妻子的名字，卸下枪，揭去劳顿的马鞍。

"阿木吉，怎样回来得这样晚？"一声从帐房里面传来，接着就是一个轻快的回答。

"姆，真馋哪，费了这么一天，总算不冤枉得了点稀疏的报酬。"他用手指着两只死的野鸡，"这是劳动一天的代价啊，向同伙间分来的。"说着用眼看着妻子阿姆，像征求同情似的，柔和的目光，射在妻子健美的脸上，泛出桃红色的丽容。

阿姆一面料理着食物，一面安慰着丈夫带来的一天疲劳，急急的收好猎品，铜锅炉里，燃起一股袅袅的青烟，红红的火，映得满脸泛出红光。阿木吉带着外衣，斜倚在青毡上，枕着枪，为着劳动后的驱使，呼呼的睡了。

外面夜在跳跃着，深林鸥鹎叫声不断，听来像在耳边一样，一声一声的触动阿姆一颗生了厌烦的心，她还是耐心的对着锅炉。在一族，他俩算是一对天然的伉俪，男的红褐色的皮肤，健美的身体，支配着她一支芙蓉纤巧的心，他们谁也了解谁，一处工作，一处唱歌，一处跳舞，谁见了都说："这是天然的一对。"

约没有半点钟的光景，锅内响着一种滚滚的声音，泛起白的水沫，喷出来似淡蓝色的水蒸气，锅内整个的翻着浪，开了幸福的花。阿姆的脸堆着轻盈少妇的微笑。

"阿木吉，阿木吉，快起来吧，饭已经做好了。"她用手推着，高声唤醒了他的丈夫。阿木吉本来还没有真的睡下去，听见妻子的叫声，抖抖劲儿起来，接连打了四五个哈欠，舒展着懒懒的身体，他看见爱妻端着碗坐在地毡上，一边斜歪着，一双倦眼几乎垂下去，他从妻子的手里接过碗，急急的吞下肚中，他觉得精神上充实的多了，他忘却白昼的疲劳，恢复向上那一种心境了。

"姆，今天你倒很寂寞了。"他含笑，带着抱歉的口吻问她。对面坐着的姆，老是含着微笑，明眸的秋波，发出柔和的光辉，有意的自然射着，脸上掩映着两朵醉后的晚霞，这也许是为着刚才流过过多的汗之缘故吧！

"谁要你管这些，你只做你的事好，但是你也不能够无所顾忌，你要知道外面形成了一种什么世界，莫说是深夜，就是白天碰上煞神，也免不掉做鬼，你且放下你的勇敢，你看外面许多比你强的人，都着了别人的手了，一支枪容易的能保你来去么？"他在归路上本来就藏着这样一个恐怖的念头，冒险真不是一件容易的事，想起从前许多人，死在深山里，个半月寻不见骨头，怎样悲惨啊！头破血流，简直看也不忍看下去。他觉得一个美满的幸福家庭，实在抛不下姆，同抛不下自己的灵魂一样！他不能够这样，他必需戒绝独身外出和深夜行走，这样是谁也合不上算的。这时他觉得姆实在可爱了，忠实的一颗纤细的心，他不知怎样感激她，感激她的爱护。

"姆，太劳苦了，我们应休息了，从此总不独自外出。"他一口拼成这几个字说出来，禁不住一阵心头乱跳出来，倒下去的姆，一对浴在爱波里的青年男女，跌在狂欢之梦中去尝试一切的幸福。

（二）

生活停在水里，平静的泛不出一丝波纹。自从那晚上听了阿姆劝舌的话，果真从太阳射在草上，发出似雾非雾的淡烟，打开牛羊群放牧，驰骋着马去会友朋。到黄昏浮满的晚霞，映在西海上胭脂似的金黄色的落照，骑着马带着醉后之心境归来一天、两天，甚至这样的半个月，但挡不住的命运，终竟要在刹那间来了。这噩耗传到阿姆的耳中之时候，人已经麻木得同木人一样，失掉了一切人的情绪和理智，像九秋寒风中一支鲜艳的玫瑰，凋零，憔悴，干枯下去！

收草皮税的这个消息吹到大草原上的时候，尖锐的，像一把锋戈一样，彻底的刺穿了各个人的心和骨。谁也不晓得这事怎样来，和怎样处理下去。

一个平静的秋晨，曦和的阳光，射进帐内，像一只热情的手，唤醒了阿木吉的梦。他睁开眼知道时候不早了，尤其是不可多得的温暖的秋晨，他想着海水里的鸥，一双双在那里浴着碧波，飞腾着，享受那晴天之快乐。他也好想像鸟一样，就是死，也不甘心因在丈方的笼中，想获得生活上之资料，比食物还宝贵的——新鲜的空气。阿姆在旁边伺候他穿好外衣，背起枪，在外边慢慢的走去，尝试深秋草原的风光。

荒草里弥漫着淡烟，一丛丛的灌树枝上，附着无力飞舞的破碎的黄叶，三数只黄雀依恋着枯枝活跃，吁出二三句凄绝的别声，猎食的大兀鹰，撑着翅儿飞舞，成群的在空中打团。

手指在发痒，背上的枪弹，带着拴久野马的心，"久已不试这个了。"说时，实弹，瞄准，拍拉，立时在空气中起了一个大波浪，一群失了魂的兀鹰，立即散开，急遽的飞向远方去。阿木吉瞪眼瞧着这个怪剧，脸上浮起胜利的微笑。

猛然想起孤独出行的这句话，不禁心中只扑扑的追想。

踏过了许多乱石高岗，树影斜射在地面上，只缩小成短短的一断。阿木吉的马，气喘汗流，论距也是走过许多路，四蹄打得沙石直响，惊跑了野兔的梦，草里。

"该是月中的时候了。"他这样想，又不愿意回去。

草皮税，这是空前的创闻啊！各个人都这样的想着。住在帐房里的汉官，从中原来的，他们从未领略过这种风味，可是僻居的草地上，还有这种苛征风气！

《新青海》第三卷第十期，1935年10月，第43—46页。

（三）

在其中最忙的是盟长。灰黑牛毛帐房，做了主人敬"贵客"的辜情，一家连男女老幼约八九口儿，搬出去寄居在邻族的帐房里。有的是羊肉，但对"贵客"还要用上等精肉，当然喽，烟土、茶，是他们终年见不到的，也得供应，有兴的时候，还要乐一乐，硬排在那一家帐房里，谁家就算倒霉。反正天高皇帝远啦，有枪杆就有势，还有天大的靠山，自由行动，谁敢说一声不字。

税是按帐房派的事，需先要调查调查，譬如说他是养着若干只牛，若干只羊，但他们完全不在乎这些儿，也是他们大人们不胜其烦吧。最要紧的便是公事，有几支枪，有几个女人，有没有值钱的东西，民国三年的袁头，是免不了。正差那是不要说，事先还得饱一饱私囊，长路程的苦差，要不是为着这些儿，谁愿意跑这多的冤枉路呢？

阿木吉回来的时候，闹得风风雨雨。阿姆将这些情形告诉他，并且还问有没有办法。

"慌甚么呢，又不是一家两家的事，众人怎样就怎样。" 他对妻子一面回答着，看看他妻子惊慌的神色，几月来使她太不安了，的确太辛苦了。他用着各式各样的言语安慰着她。

黄昏在人生的旅程上又来了一次的拜访。一天在惊慌中过去，大地同人一样，跌在黑灰色的帐幕里，风雨澎湃的日子，庆幸着一天平安的过去了。

照例的，阿木吉关紧帐幕门，伴住妻子谈些家常事，他改变了慌张的危险，在这里寻那更有情趣的事做。一支豆油灯照在幕壁上两个乱动的影子，在山场里唱歌跳舞时的姿态，女子撑起两膀欲飞的姿势，表现了在山场里的美姿。男子们极力的追逐少年绯红色的梦。

掌声击得牛皮肉蹦蹦的，发出紧促弹性的响，"阿木吉"，操着半不熟的土音调，叫出这一个生硬的番名，门外被系保护帐房的狗，呼呼的倒在草地上，喊着一声最后的凄惨任务的呼吸。

这一来阿木吉可真红了脸开开帐门，原来是C部的三个野蛮人。

"老爷！狗原是一个无知动物啊！"阿木吉温和之求告着。

"哼，妈的！死光了么！"他听了对方带着愤怒的恨恨的回答。一股盆火在骨子里冲冒出来，突然又从心理上打了一个寒战似的收敛下去。"哼！要不是有官势，恐怕目前也有二个这地上了。"他心中想，可是默默的没有说出口来。

对面C部的军人，鹰鼻，健壮粗鲁的身子，白布包的头，三骑马，三支枪，一一摆在眼前。

"走吧！不要翁翁婆婆的误时间了，C副官是我们的上使，特叫我们传你去。"说这句话的军人，两片嘴拉得差不多和颈子一样齐，眼睛死盯着他背后站的阿姆，同时表现出一种不耐烦等的神气。

"朋友！外面冷啦，请进里面略坐一坐，有话慢慢的讲，别要硬声硬气的，我们都是朋友们，也得要客客气气的，谁也用不管谁。公事，就是到明天吧，也不误甚么事。"一口气连串说出这句话的阿木吉，态度变了，像一只柔顺的软头猫，他知道好汉不吃眼前亏，心里揣着，嘴里几乎脱出来那句话："你要认明白，这是上不靠天，下不沾地，万里难寻到人烟的原野啊！"久矣想说出来，但终于给理智轻轻的咽下去。

"朋友，走啊！你得要识时务，别要再作麻烦了。"话确比以前温和了，一转眼，拍的，无情之枪落在阿木吉的外衣上。这是第三者调剂的声音。

"伙计，识机点，要不然就死在这儿，谁愿意再和你询问一分钟，老子等也得要有时间。"阿木吉回过头，不知几时像死狗一样的小子溜在他背后，打他一枪拖。狗小子的眼睛往外翻了几番，当场拉下一个架子。

"和气点哪，这位生气的朋友怪眼生的过不去，虽像这样，动手动脚的终不是一个事啊！"阿木吉从心里说出来的话，倒反惹恼了这位烟火烟神。本来寻事来的，一下的点起了这把燎原的火。哗啦，哗啦，草地上站成个三角角度，阿木吉做了角度里的中点，他们对他——阿木吉——如同对地面躺的那条可怜的狗一样过不去。

盟长那温和的，擦着头上刚才惊下来的一身冷汗，他万料想不到事态抖变到这个地步里。

可真急了阿木吉，手内抽出壁上挂的马刀，放射出冷的白光，万一有一刀两断的时候，也得要拼命拼命。

"诸位，不要动气啊，干么就要拼命呢。"难为了的盟长——中间人，始终是这样的和蔼，缩头缩脑的性子。他稳住周围三个军人，转过来带着埋怨的口吻，劝阿木吉。

"你们年轻人，动不动就要闹意气，全管事情做得做不得，本来就没有多大的事，像你们这样的人，正不知要掀起多少风波，我还是恳切的希望你好好走，你难道不相信我么。"委曲婉转的老人，带着一副菩萨救世的心，他希望一切都平静得像烟云样的散去，他不希望发生在任何的地方，尤其不希望在他眼前发生。

陷在深井里的阿木吉，像只鹰，翅膀被阿姆和盟长折了。他不能不无所顾忌，做了一个活的俘虏。他心里想："要是没有重要事发生的话，走走也不妨碍什么事，一路上还有盟长作伴。"

"姆"他叫着他妻子的名字，"劳你等一等吧，我和这位长官去应应差。"他看着妻的哀伤的面孔，极力抑制着感情，诚恳的依着，勉强的安慰。

阿姆含着两眼泪，无力的放下了马刀，懒懒的关上帐门。她也不想再说什么，她比他丈夫还明了这是一个什么事。

这样倒使在马上的阿木吉，心放下一大半。

门前扣着六骑马，系住离人的心弦，从帐篷反射出的暗灰色灯火看来，心中愈觉暗淡起来。

一个传达室的兵士传进去，在门外站立了好久的阿木吉，等候着一个留日本仁丹胡的军官前来，三角脸子，瞧人眼皮里去，几成一平直线。

"你是阿木吉吗？"那个倚着帐篷门的军官在问。

"是的，一毫也不假。"阿木吉依然硬声硬气的回答。

"那么你知道你所犯的事体吗？"两片薄嘴唇向里一努，现说话很努力的样子。

"大人，那是什么话哦，从祖上传下就是一个清白的人。"阿木吉作有力的反抗。他忽然想起一件事，忘记没有把那家伙带来，要是在身边的话，也许胆比较要壮点。

"朋友，好汉作事好汉当，我劝作认了吧。"三角脸子拿出伪善家的面孔劝告着。

"大人真冤人啦，陷害人也得要有个罪名，请问我犯的是什么事体，可有什么人作证见。"阿木吉一口烟火从心里喷出来，做着语言间最后之挣扎。

"得了，你再别作痴，还要转问别人，法网终久是难逃的，要说起你犯的事，是杀人越货，罪不轻的事体，要起说谁见吗，有，是你三年前最好的老朋友。"轻快的吐出这几句话，满脸胜利的发笑，这使阿木吉，愈加难堪。

事愈加奇丽，愈使人模糊，跌在沉闷中之阿木吉，倒死也猜不出其中之究竟。他想：三年前的老友，这句话并不是无因的啊，极力想在脑海抓出来。

寂静的挨过一分钟、五分钟、十分钟。终于守不住沉默的长官，对着近旁兵士的身内，叽叽咕咕的说了几句话，脸上看来似乎感到十分轻快，听话的兵士，倒反感蹙眉头。

"朋友，真冤枉啦，跟我到一个地方上去，明天我马上送你回家。"拍着阿木吉的肩膀，温软的这样说。

听了这话的阿木吉，比暑天一百二十度下吃了冰淇淋还要凉快，比死罪逢了大赦的没有两样。他不敢埋怨，另希望早日回家去。他对于糊涂提人的官长，只感到一阵轻微的叹息，他不明了，或许在办公事方面是这样的。

阿木吉辞别官长出来，面前引路的一支马灯，满天散着鬼眼的星，深夜的西风吹起披在肩上的外衣，夜莺不再叫了。约没离开帐篷十余步，他迷惑问为什么不是来的原路？

前面一带的森林中，马灯照到之处，像在黑暗之苦海里，露出两层波浪，暂时黑暗被隔开两段，灯光照处，惊动树上睡的鸟，离开巢飞而远方去，顿时闹成一团。失去了一切抵抗力量的阿木吉，魂飞魄散着，他没有力量哀求，求得一毫的人类倘能怜悯的同情心。两眼泪，似秋天的暴雨，止不住的染沾了马身，他眼看林中，多萧条啊！山，树，动着，倒下压在他的身上，一会就要于世界的一切诀别了——这里算是命运。他想到生前的一切，名誉，财产，一切都与他无关了，他万想不到这样的结局，恨当不该趁着此时的意气，惹下冤枉，人生的道路是何等的狭小，这结局，这地方，成为最后的归宿。不能在这里，就带去个精神上的一切，隐静中有声音转过来，遮住他眼前所有的物体。心中一阵凄酸，比将腔内心脏拔出地上还要难受，"他就这样完了，腔内有口气，需挣扎一分钟，他，他们能做生前柔顺的俘虏，死要别人的罪。"说到这里，全身的血液挤出了细胞，他用力量在背膊上，当的一声，从马上坠下来，落在草地上。

三个人的脚步声，柳林里紧张的空气，小鸟在叫，夜莺在叫，蝙蝠在叫，一切的虫鸟声在叫，似乎各人的心头也极度紧张的叫。天空的星，被乌云遮断了，草原望不见一毫光芒，死在那里招手。阿木吉听到"来呀来呀"的叫他，他的心头之愿望断了，只有准备着勇敢的和死神相见。

"妈的，死也不睁眼，捡不到一块好地方，本来预想多送你小子几步，谁知你这小子不体谅人情，好吧，你要是愿意，我就送他问去。"一面说，从后跑过来，恨恨的踢阿木吉两脚。

C部土匪似的军人，那副官的爪牙。两柄有刺刀的枪，在灯下发着雪亮的光，脸上含满残酷的笑，用力对住阿木吉的胸腔刺进去。他脸上由绿黄而惨白，四肢浸在冰窖里一样，不住的发抖，刹那间忽听到妻子身畔的叫声，当血在他胸腔流出来的时候，拼力喊出凄绝最后的一个字来，鲜血染红枯黄的草，同时染了这两位兵士清白的心。死人似秋风中损了一片堕叶，生命如晚风中的淡烟一样，无声无息的散了。唤醒不起两人中任何心情，两个兵士肩起枪，斜行的照原路轻快的归去。

寥狂了的原野，林中微弱的风里送别阿木吉，为他出去的平安悠久的祈祷声，恰巧和这枪刺声，遥遥映和成一曲送葬的歌子啊！

一九三五年十月三日晚脱稿于晓庄

*《新青海》*第三卷第十一期，1935年11月，第60-64页。

笑谭

/ 少公

赏乐

天有四时，地有四方，自然为万物之本，尘世是人生之牢，自古圣人贤士，皆非有求于闻用也。惟以感觉不同，故归流各异，英雄本英雄，无所谓强语高辩，声流四海。君子亦君子，更无谈可歌可泣，且无虚饰之必要也。此皆人言仙语，各妙不同，禽啼兽鸣，迥乎各异。如舍浊水，而登春山，则清清泉一引，流水如带，山壑村落，安不得焉。因而满怀尘欲，洒然清风，十年愁闷，更何又不得其安者哉。乃今者之人鲜有洗耳之高，且为养豕之多，吾此一念之快，亦可尽吾人生之乐，古人所谓"赏乐者乐"本如是也。

一语惊破半世人

一语胜读千年书，古训如是，毫无可疑者也。吾人七岁持简，白首冒目，岂以读书为难，亦或人性不齐者也。古之教者，一年视离经辨志，三年视敬业乐群，五年视博习亲师，七年视论学取友，谓之小成；九年知类通达，强立而不反，谓之大成。此以化民易俗，非学不能，而学不大成，更不能强立而不反，自无化民易俗之成行也。今之教者，幼者习于园，七岁而入学，十三岁而进初等教育，十九而告中学，二十有三而大学，此为大成之一；夫然后穷理游洋，为大成之再终其后者也。然此以习案跋涉，差列可取，并非斗室六洲，杯酒海洋，盖与古者不同者也。然而人，足不躐户，目不逾山，耳闻眼及，亦无非苦中之余汁，甘内之嗅香也。故每遇一事，昏然自愚，于是前后失轨，是非背理，既不能知其奥深，尤不能洞察四际。然而忽闻一语，道尽万难，爽身快志，莫此为逾，又曰："一语惊破半世人"当如是也。

朝鼓以待留故君

人不能失智，亦不能逾智，失智则为白丁，逾智则为智贼，然而何以适智。必曰：静学以待，操正以迎，得之勿喜，阻之勿愁，泰然怡然，容容自然，此为大而要者也。然而人性不同，取舍各异，因而失智逾智，盖不能免也。战士接力，不悔力尽，学者至难，始获穷学，故以各个立场之不同，当作各个向上之步趣。今吾人置身于学，反作射马，迷今之正，蹈今之失，于是喜取其忧，乐代其悲，然而光阴一移，穷迫临身，忧反其喜，苦溢其乐，是时也，痛何足惜，悲何足算，失之毫厘，差之千里。故必以今得今，以此作此，若有失途之迷，当作反省之功，切勿以此挹彼，更勿乐安愁穷，人生沧海，十年立见，故曰："朝鼓以待留故君"固如是也。

送别迎来

寒梅三冬，无足悲伤；然而薰风一浴，乐别天来，此人各送别，回赏其得之情也。天地无倦容，日月少增岁，惟人则不然，少年转老，美人失颜，西山江河，安得不伤也。吾人每度一岁之光阴，辄每久久不忘其岁之别也。无奈今又至矣！别当别矣！送仍送矣！但回首往时，怡然自若，人以乐之！亦以悲之！因曰："送别迎来"，应如是也。

以上四语，虽皆常语人道，然愁乐不同，故忧者有之，而乐者亦有之；有忧始能识变，有乐始能得真，吾向异人，且性美乐，故每遇季节，辄寻乐以安，以为人之所不为也。今逢斗柄更移，桃符焕新，又不期于此数语。人生本意，乃觉惬心当贵，故颠颠而乐之，栩栩而歌之者也。

一九三六年元月元日

《新青海》第四卷第一二期合刊，1936年2月，第99-100页。

从西北吹来的

/一笑

　　在一个黑漆的深夜中，飘荡着一点半点的雪花，有时候一阵一阵的寒风，挟着那如小冰雹式的雪片，针刺的向人面孔上射来，觉得似痛非冻。那满窗的破纸，只是哗啦、哗啦……哗啦！大约三点钟的时候，老屠爷已经起床了，接着就是收拾……这时被雪涂白的上村，没有一家不是在那里喂马、钉掌、收拾口粮……特别那马掌的声音，叮叮的在那里响，有时也听到人的脚步声，和一些儿嘱托的声音，老屠爷耳里听到这种声音，自己格外的伤心。

　　"为什么除了自己亲儿子，连咱们做工的也不要，好心肠……"

　　此时头鸡已经叫过了，张爱公也很早的爬了起来，伤心的嘱托他的一个儿子："金财！世界上没有道理讲，现在无论是土匪到来，或者土匪回去，都是加重了要我们的命的，你的表兄他们弟兄四个，免不了要一个，况且舅爷已经八十多岁了；我现在才六十多岁，还不算老，不过我想咱们能见面吧，可是这是为谁……"一阵呜咽的哭声，加紧了这大片的雪花，哗啦哗啦，渐渐的愈下愈大了。

　　"但是我们的性命也不过死已无补，可是你千万不要跑开，免得要留下一两个人的命，或许要挖我的坟的。从前我听过人说过四川的一幕乱事，什么张献忠，目前我们还不及人家，所以我们不要笑看人家，也不要自己怕难，总归天爷有眼睛的。金财！你放心好。"

全村都闹起来了，马的蹄音和呼声，完全隐约了多少人之啼哭，间会只听到"我们是难见的呀……""去吧！""九泉之下，终必相见，一年之后，必有天日，留下的我们还不是同你们一样子吗？"

虽然，不见眼泪怎样流落，但是那沉痛的壮语，稍许打破了这雪盖的黑夜，和那些呜咽的少年。这时那残忍的声音很远的喊起来了，大家很忙的离开一切而去了……

渐渐的东方有点亮影儿，老屠爷收了那些拉乱的东西，流了不少的苦泪，去安慰他那多年爱待的爱公。今天，老屠爷走进那间窄小的东房，他就又见了那无依的爱公在那里痛泪……他也只是流泪，他仍然回持身来。

老爱公！××的命令，××已经到××县御土匪去了，不要挂心。可是你家里的粮食，通通要送到××里去，假是有匿藏的话，谁也不敢担保。同时要叫我们所有半老的人都要到县城修垣，若果家里没人之话，那只好挡门锁上。

"快些儿动身，××来了。"

老屠爷听着这一阵喊叫，心里只是酸痛。

"门兵走了，命骡也走了，送粮的也快要走了，还要什么补城垣的人，连自己粮食不能留一碗吃，这是什么话……我补垣去，恐怕还不准许。"

老屠爷望着那接天的雪，一片一片……表示无限的急促，再看上村之人，一个也不见，只是雪白！怪静！他很疑惑为什么不见一人一马，完全成了一种人迹断了的野山风光，他心里又想爱公的身后……但是又很怪雪这样的大，西北风这样的紧……

《新青海》第四卷第一二期合刊，1936年2月，第100—101页。

民族文化

/ 举安

　　四围被峰峦紧紧拥抱着的一个小而低洼不平的岔地上，有数条蜿蜒曲折的溪流，溪中的水冻得如水晶石似的冰床了。周围的山峰和山麓皆堆着一层厚厚的白雪，被阳光融化了的雪水顺着大道长流，若遇阴天亦冻成坚硬的冰。这小小的乐园无疑是个玻璃的世界，当中还点缀着些四季长青的松柏和已轻干枯了的没有树叶的枯枝，除了在早晨雀鸟唱歌的声音和夜里的犬吠声而外，这儿是静穆极了。

　　沿着土山之麓与山腰之间建筑了不少白色墙壁的僧舍，和葱绿色的围墙，黄色屋顶的佛殿，殿中塑有千万尊不同形态而尊严的佛像，这庙宇异常的神秘，同时还握有无上权威，它有光荣的过去，和光辉的现在，与光明的将来。因为这样，所以数千忠实而笃信的僧徒摈去了尘世一切的俗念，是乃牺牲小我为大我而苦修苦练、不事生产，其生活资源完全待施主的布施，因之而养成了根深蒂固与世无争的宗教的哲学观念。他们无憎恶，无烦恼，无忧郁，无痛苦，更无所谓失望，且不知有家庭，有国家，更不知有国难和敌人，唯一的希望是死后早升天堂而不入地狱，但他们也各具有适应环境的特殊技术和本能，复因地理历史及山川气候的限制而产生了一种特殊文化——民族文化。

　　每年的元宵之夜是僧众表现技巧的唯一机会，这儿也是交易中心，每当斯日除却近邻的人们前来参加外，而远在两月路程以外的人儿也得赶来观光，故白昼人山人海，一般交易者悉守古代遗风，袭以物易物的公平交易。妇女们的装束则由古代佩戴贝壳及银质的月斧而至二十世纪的装束无不俱全，侧身于其中无异倒读一部社会进化史呵！

晚间在正殿之前，高搭幄幕似的幔帐，周围悬挂着僧人们亲手绣刺的各色不同的精美佛像，内面即摆着这儿所特有的五色彩（酥油花）。此花工程浩大，占立体面积约十丈，横约数丈，除却当中一位高数尺、宽约五尺，满身披着金色合五彩花衣的文殊菩萨之外，两旁有无数的披着武装的五彩酥油人，显然的，双方正在厮杀，武将们有的顶盔胄甲，有的穿的制服，并有不少神兵，所持杀人武器，有神仙法宝，及古代戈矛与弓箭，且有近代快枪和汽车、坦克、飞机……所塑的人物虽然是这样矛盾，但其技巧若无相当的修养和精密的设计的话，是不会有这样成功的，且颜色的浓淡和人物生动的姿态，假定对于色学没有相当的研究，而作者复缺乏活泼玲珑的思想时，那酥油（黄油）人绝对不会有那么窈窕动人，而使阅者生出无穷的美感啊，我以为这是地理历史及山川气候而产生的一种特殊文化——民族文化。

"酥油花"所塑的故事是"向巴那"（即香巴拉，指佛教徒的理想国），而"向巴那"的故事是这样开展的，据说是当释迦佛在世时所指导的一个超世国家，该国在西方极乐世界，有两千年的天下，在此两千年的时日里由二十个大佛爷轮流执政。现在仅四百年将告结束，最后百年该现今驻节青海的班禅大师，并谓当他执政的前五十年是个太平景象，而后五十年系干戈之年。但凡在此战役中所死亡的飞禽走兽及人类，皆得随伊同升天堂，而到超世的极乐世界。但这战争是宗教上的革命战争呢？还是象征全民族为争生存自由独立而向外的抗战呢？迄今还未得到具体的答覆！

这是一九三六年西宁塔尔寺元宵之夜的一刹那。

《新青海》第四卷第六期，1936年6月，第29—30页。

遭运

/ 希夷

"丰儿爸！你再去给巡官哀求一回，大概可以挽回的，我想王巡长平时对你也很好，为此小事，难道就把我们穷人饿死不成？"他的妻子这样的说着，脸上充满着欲望，心灵上还是未到绝望时期，对她的丈夫再三的深深劝告。但是王发魁满不在意，晓得饭碗被同事夺去，还有什么希望，就是在局中度日，那种鄙视与唾骂，乡下人的同事的态度也太难受了。

于是对他的妻子简单的说："这官巡长现在不是轻易见的，不要妄想了！"

她脸颊上挂着的一丝热望，骤然间消失了。愁眉不展的她，本来是晓庄上出色的人，现在面色苍白，嘴唇青紫，两个大眼睛失去光芒只是流泪；乱蓬了的头发披在肩上不去修饰；穿的破旧衫子，颜色尽脱，如几十天没有洗过的样子，已经发出油垢光泽了。

"砰！"蓦地一声。

柴门推开了！"王发魁，王发魁在家么？"连续的叫他名字。

他到门口一瞧，原来庄上的老七爷，带着烟管子进来。他忙收着泪，很殷殷地说："您老坐下。"

接着王发魁又问："您老人家好？"眼盯在老七爷的脸上。

"那里好，都是一样。庄稼近几年不成，又加上各种的税和粮……"老七爷装了一管烟吸着，口中冒出一堆青烟，满布在小小的室中。

他和她只是静听："我听得局里决心不要乡下人，因而把你为了站夜岗'不尽职务'四字送出来了。是的么？我听到很着急。"

"是的，那廿五日的深夜时分，从城门靠左女校旁边出来了两个人，我想是做坏事的流氓，就连忙追去问个来历，谁知道那俩拐过街口不见了。我赶忙回到岗位。巡官查岗，我就拿着红红的灯给巡官很敏捷的敬礼，上气接不得下气说来由，没说完，巡官生气的骂'唾！走你的路，军事紧张的时候，谁命你到别处去，乡下人做事太笨……'第二天早上，挂出'不尽职务'四字把我不用了！"王发魁由不得的泪如泉涌滴在胸前。低下头看赤着的足。

现在的事真不容易做，不当滑头是不成的。你我乡下人，的确，做不出拍马屁的事来。发魁！不要紧的。凡事都在人为，求人不如求自己。

"这年头，做什么呢？耕田无地，做生意没本钱……"王发魁问。

"我想你可以做个小本生意——就是做卖油郎。挑上担子打上梆子，往各街小巷去卖，一定可以养活你家三口子。"他听到这里，心田里像春风掠过湖水般的起了波纹，赶忙收了泪又伸腔子问："是的，您老说的很好，就是没有本钱……"

"不要紧！你正正当当的做生意，几块钱我替你帮忙。"说完后，拾起长长的旱烟管子就走。

他从后面跟来说："七爷！吃过午饭再去。"其实，他俩和丰儿三口子，几于断炊，七爷早已明白，所以并不答话，慢慢的走出去。

"丰儿爸！孩子两天没有吃一点东西。"

"不要着急，有办法的，刚才七爷想了个办法，叫我做油郎的生意。"

"笑话！这都是空想，那里来本钱呢？"她用清晰委婉的声调紧紧的问她的丈夫。

"我也是这样的说了。他说，他可以想出几文钱的办法，他常常周济穷人，向来不说谎的。"

王发魁告诉了她，她连信不信的看孩子去了。他跑到前村王家婶子那里借了三斤面，做了一顿午饭充饥。深望着七爷的来临。

从阴森森的树隙里，漏进来一丝阳光，照到小窗上，彷佛太阳围观穷人的苦境。王发魁依着土墙默默的想：想着抛了的职业——凄风冷雨的深夜，孤零的同影作伴，在死城，在冷凝的街上，像狗一样的生活，并没什么可怜，做些小本生意——自由自往，如心怎样便怎样。假使苍天有眼，由小事兴盛起来也说不定，那时"发福生财"一定送丰儿到学堂里……一刹那的时间中，他脑海里翻起许多生活的奢望。

大约午后时分，老七爷从清流水溪的柳堤上转向王发魁的家中，弯着腰，烟还是"呼噜呼噜"的吸着。老七爷几年来血汗代价的几块钱在手里看了好几次，硬心的拿出来借给他。

王发魁见了七爷活财神似的降临，马上站起来欢迎。

"唉！这六元钱不多，好好的用，不要浪费。现在做事对凑过去就成。"老七爷把胡子一理，很神气的将手中紧紧捏着的钱给他。他感激得几乎落下泪来，立刻长长的做了一个揖。她听到七爷说话的声音，也从后面茅屋中抛下乳头上的丰儿，到床前来，见了白晃晃的银圆，合不上嘴地笑了。

他和她整理了一夜，从邻家借了一副挑菜的担子，自己造一个柝子，并把家中的小桶装在担内预备盛油。

第二天早晨，太阳刚从东方升上，鸟儿们唱着有节奏的歌儿，他挑了大担子从清溪柳堤边慢慢离开了晓庄，往城中办货。他趁着早风，很轻松的心上，觉得无限畅快。他一面行一面想：买油，还办买些日常应用的盐糖、酱醋……不觉走了六七里来到城中了。清晨街上行人稀少，他走进一个铺子中办上了油，和几种日常用品，陈设在担子里，开始做第一次的油郎生涯了。

提起担子，在街上试试，有些害羞，口中喊不出，柝子也不敢敲，走过了大街，遇见站岗的同事们，他们都挤眉弄眼，带上冷冷的讥笑声。

"老赵！你瞧！王发魁那小子，没有饿死，当卖油郎，哈哈哈。"

受着这讥讽而被笑辱以后的他，更加难受了。他笨重的步法忽高忽低，面色发红，心中不由的跳，好像新妇上轿时一切都是含羞而慌张。他受了这无辜的刺激，要想报复，但为了生活，低着头走过去，敢怒而不敢言，只好忍气吞声。

第一天，他卖了一元多钱，油和杂货一半未卖去，他顺便买米归家。夕阳已落山，夜幕下降，晚烟一抹，远边黛青，鸟儿们归巢，就是牧童与樵叟也早已回家了。

进了家屋，她来接担子，笑嘻嘻的拿了米去煮饭。王发魁得意的说："现在有的是油、盐、酱、醋……每天好好的吃饭。""肚子吃饱就好了，还吃什么油、酱……"他的女人总不肯用油盐酱醋。

"怕什么呢，我们三口子吃多少？两三天一两块还不够吗？"他吃饭时，在想过去的职业，在想今天的买卖，在想以后的生活。觉得今天是真正生活的开始，以后一定会兴旺下去，不至于再逢到恶魔的障碍，和意外的紧张与困难。他虽然没有希望生意通四海、财源达三江，但是"一本万利"的念头是盘旋在他的脑海里了。

第二天清晨，他照例进城，觉得很爽快而舒适。柝子声惊破晓雾送到深巷里，惊动了许多的人儿来买物了。他走着顺风行舟的小贩生活的前途，交易愈来愈多，认识许多城中的太太与婢女。

"柝柝，柝柝……"他打着柝子转，忽听的一种柔软而清细之音，在他的后面喊着："喂！油郎子……"

他转到那叫的女人那里问："太太！卖多少油？"

"打五角钱。"那女人继续说："喂！买油的！天天来么？我们常常照顾你"。

"是的。太太，天天来的。"王发魁很速迅的答。

"油郎子！我们这里做生意，要活动些，死板板的，终久赚不到钱的。不赊账是买卖不流通。喂！你瞧，你的货也太单纯，最好再加上些蔬菜、糖橘子……小孩子大人都吃的。只卖油盐是不容易赚钱的。"这女人爽快地说完后，他心中听得格外满意，一筹莫展的他，得到了这做生意的计划，只是点头称谢。

他一面敲，一面想，手中已有了四五元了，明天一定要多批发些货色。眼见得生意兴隆，慢慢的开个小杂货店，我老王才有出头之日。

这样忙碌的过了好几天，连吃饭也忘记了。整天的在大街小巷与邻村中转。柝子的声不住的敲，提着复杂的货，沉重的担子压的肩背上似乎比锄头重得多。他嘘了一口气，把担子摆在路旁的树阴下，暂避炎烈的阳光，他憩息在柳树下打瞌。炎日炙人，他的汗珠淋漓，他身旁一片绿油油田地，天上悬着浮云，在绵绵的山岫间出入。树上的蝉"知了！知了"的唤个不休，以致喊醒了疲劳的他。他擦了把汗，身上更觉得不爽，然不敢多乘凉，又提上担子往村子中进发。

"柝柝"振动了全村。

"妈！妈！"给我买糖果。许多的小孩子围绕他的四周，小眼盯视在篮中的果。

"乖乖！那里来钱给你们买糖吃！"

"哇！"的一声，其中的一个哭了。

"宝宝！不要哭。"

"喂！可以欠账么？"那妇人为了小孩哭就很直爽的吐出这一句。

"可以的，太太，只要常常照顾照顾。"

那妇人把糖果、橘子分配给小孩们，六七小孩抱着果子，飞也似的跑进家去了。

他到九家庄上去，也是赊账。前在公安局中识下的几个斗大的字，记不起账来，只是画钱数月——一一二二三三。

这几天卖的货快完了，只是欠账，他心中起了恐慌，不愿再欠账了。

回到家中检点货物，只有半桶油。他吸了一口气，躺在床上，像处死刑的囚犯，面色黄绿，他的身体过于疲劳，故老病渐发。

"咳，咳咳！"他很紧张的咳嗽，每当他咳嗽之时，总好像喉咙里面要呛出血来，所以用块软纸压在口上慢慢的咳。

魁，为了养妻子，还是抱病去卖油。一天下午，到街上放下担子，一群顽皮的小孩，如猛虎似的又围着他。小孩子一挤，把一个穿白制服的小孩，挤到油盆上，全身尽沾着油，他家里的女人出来，不分清白，就打王发魁几个嘴巴，打得他无法应付，后来警察过来，倒骂他不当心，他明明晓得是警察给他寻错，真是"坠井落石"。懦弱的乡下人只好把这一次冷亏忍吃下去含泪而归。

归家后，老病迁延，咳嗽大发，因是身染重疾，睡倒了。平日从血汗换来的一两元钱，除每日三人饭食外，再加上吃药的钱，不到一周，早已使用尽了。

他的妻子立在他的旁边，留丰儿后面睡着，她的形容枯瘦，身上仅穿的褴褛的青衫，呆立在病人旁边叹嘘。

屋中没有什么了，她为了要他病好，把一切用具拿到当铺里去了，八天没工做，足以倒空全屋。

她丈夫不道知她去寻工，但乡下女人，无工寻做，几次的跑到城中，空空而归，受了此回打击，心田中只是怨命运之苦。她常在村中，听到许多的女工夜里哭泣，又遇见一个在路隅彷徨，并听到一个死了，另一个失踪……

"妈！妈！吃饭！"丰儿在床上爬来爬去向她叫。

赤条的丰儿，饿的成一把骨头。几天吃一次南瓜，面上变成菜色，小腿也是瘦黄，两个黑黝的小眼深陷下去。

过了一月，东扯西拉的度日。王发魁的病也渐渐好起来，经过这一次的病，他却换了另一个人似的。硬丰而伟大的躯体，现在只剩干骨头了。少女似的双颊绯红的面庞现已变的苍白消瘦，好几月未剪的头和未刮的胡须，深陷而发呆的一双眼睛，更显得三分像人，七分像鬼。

他挣扎着，晕天晕地的收拾残物，挑上担子去收一点小账，并代卖些油果，维持这困难的生计。

"丰儿爸！早些回来，当心身体。"他的女人向他说。

"柝柝！"他的柝子声，开始再敲，散播往邻近的村子上。

好多日未听到油郎子来，小孩子们也失望了，忽听到"柝柝"的柝子声，活泼而天真的小孩们，争前恐后的跑到他的前面喊的喊，叫的叫，买的买，闹个不息。

一会儿那旧的买主出来，却抱着油瓶子打油，给小孩子去买糖果，买了不少。

"今天的钱与前月的账一起明日来取。"穿印花布的村妇说。

"大嫂！你瞧！我的面孔，我病了几十天。没有做生意，没本钱，无法子维持了！对不起，今天不赊的。"

"哟！原来病了！不要紧，明日一定跟你算账。"

他只好又欠账了。

第二天，第三天，又是这样对答，收不到一元钱的账，货快完了。那么他看见天色不好，早早的归家，走到城外的七里村，阴风四起，黑云密布。顿时下起雨来了，雷声轰轰的响着，大雨倾盆，他的担子被风吹的像钟摆般的乱动，眼里尘埃也填满了，全身衣服都湿了，他放开大步在大雨泥泞的道上迈进。风狂雨又斜，泥路泞滑，东倒西歪的不容易把握住身体的重心。

拐了一个大弯，隐约可望见他住的茅屋，他拖泥带水的走。"鼓！"的一声，不幸他跌了一跤，把油盆子打的粉碎，油在水面上随水漂流，一些盐、果、糖……都倒在泥中，他好不容易从泥中爬起，急忙看油流去，他急急的拿起泥染了的苹果与糖果，连泥带水的放在担筐中。

他轻轻的喊了一声"天哪！"之后，泪和雨一起在他的脸上直滚，两个泥手，又提起担子在水上"哺来哺去"的走。要张灯的时分，离家咫尺的地方，她的女人喊："丰儿爸！我心急眼跳，你一定遇着雨，果然成了这样。"她扶着他到家中，她看见破的油盆与篮里的糖果，知道是滑倒了。她又向他看一眼，见他叹气而流泪，她也不敢问。她替他脱衣服，风车似的把丰儿盖的破被，给他披上，又替他擦去脸上的泪。

停一会儿她向他大胆的问个明白："怎么成了这样了，雨滑了么?"暗暗的泪，不断的涌出。

"天哪！"过了半天说："我……我……我滑倒了。"战栗地再说不出一句，只是满面的泪珠乱滚。

隔了一天，天气晴朗起来，路也好走，他又挑起担子，把二三十个苹果与糖去卖，打算出去收些小账。

这一天账也收不到，几个好几天的被泥染了擦过的苹果，没人买，他看看天色已晚，就没精打采的回来了。

在九家庄前的野外，逢见了五个兵士，那前面个儿高的一个开口："喂！卖水果的，几个钱一斤?"

"老总！要几斤，三角钱一斤。"王发魁卖不出去的苹，居然有人要，他准备卖了去买米，高兴的瘦脸上皱起几个笑迹。

"全要！"

"五斤四两老总。"王发魁看他们五个狼吞虎咽一气儿吃完了。

"喂！天气很热！你筐内再有没有苹果?"

"老总！没有了"。

他们五个从草地上起来，背上枪就走。

"老总！忘记给钱了！"王发魁跑去要钱。

"妈的！瞎眼不认人，谁给你预备钱。"倒竖的两条眉毛，吓得他魂不附体。

"不成！吃水果要付钱。"他想没有钱免不了饿死，他跑去拉住身材高的那个，其余的四人用枪柄打得王发魁地上乱转，把担子弄得五零四散。

"啊呀！天哪！救命！"他嘶喊的非常厉害，头部的鲜血直流，路上很少行人，五个豺狼似的军人，在他的眼前消失了。

天色渐渐近暮，小山上笼罩着暮霭，一阵风声，只觉得阴气森森，乌鸦掠过他的头顶，增加凄惨的情状。

他躺在地上辗转着喊也喊不出了！他祷祝！他低低的说诀别语：

"啊，洁！你拿着热烈的情感，一腔热血，赤裸裸的心，为我扫除一切恶魔。老七爷，救活我，已离尘世而死去。洁啊！我的妻……"

一脉泪泉从他已死的眼眶中流出，他的血温渐渐低下去，一直到他全身，呼吸同脉搏停止活动，这是他遇到的遭运，不幸离开这悲惨的世界。

苍茫的晚烟，笼罩着山村，潺潺的溪水声，沿着山麓很凄惨地向前流动，这些晚景织成的愁网绕围着他，好像摄去了他的灵魂。

一九三六年三月十四日鸣于金陵晓庄

《新青海》第四卷第六期，1936年6月，第37—44页。

结局

/ 雨田

时间：初冬天气乍寒

地点：城市之一角——贫民区

人物：烟鬼（三十岁左右的青年）

　　　烟鬼妻（年如其夫憔悴异常）

　　　虎儿（烟鬼之子年十岁左右）

　　　邻妇（近五十岁之老妇）

　　　警士（甲、乙）

布景：都市之一角，茅屋一椽！临窗有旧床一支，破被狼藉，旁依墙放水桶、碗橱、箕、帚等什物；床前设一煤球小炉，炉中火光黯淡。

　　幕开时其妻迎窗坐，手工缝纫，静坐数分钟，似直觉时已不早，推窗望影，转身语。

　　妻：天气已经很晚了，虎儿还不见回来！……这孩子，又不知到那儿去了……前次还不是下着大雨直到半夜里才回来，滚的满脸泥，哭喊着说拣好的半筐破布和煤渣子亦被那巡街狗给踢翻了。唉！……真是，家里一天天的被他一个人给花光了，累得儿子怪可怜……（时外面工厂正拉放汽笛，妻放下手中工作，侧耳听着，仰着头想想伸了伸懒腰，扭转身来）唉！什么时候虎儿能在工厂里找点工作，也就好了。

虎儿：（提一只小筐，筐中放一些破布、纸烟筒、鞋油盒之类。一跳跳地跑着上来，口里哼着小调儿，进门先喊一声"妈"！放下筐子便到炉边烤火）妈，我刚才从大街走过来的时候。一群学堂里的孩子们，亦有大人，亦有小孩，手里拿着小旗子沿街喊着："打倒卖瓜的！""打倒汉奸！"妈！你看！他们都这样地喊着："打倒卖瓜的！"（一面说一面跳着做样子）妈！我想我舅舅明年可不要卖瓜了。小心叫他们打倒了，可不是玩儿的！

妻：管他呢！他们有饭吃的人们，一天吃饱了没有事做，还不喊叫干什么！

虎儿：那里！我听见他们嚷着说从早晨到现在都还没有吃过饭呢！（一面说一面用火箸拨火）有一个女人站在自行车上，嘴里用着大喇叭，她嚷，她说："我们是中国人！"小玉子亦在那里，小玉子说那个人说的话很对，大姐亦说对。噢！还有呢！我倒忘了，大姐她哥哥——就是那个拉胶皮的，他问你给他做好没有？是袄呢，还是裤子？我倒没有记得清楚。

妻：这不是吗！我手里做的就是，今天晚上搭个黑儿，就可以缝起了。明天你出去的时候，给他带去就是了。

虎儿：妈！咱们做饭吧！——我刚才走过三角地的时候，工厂里就拉笛了。

妻：等一会儿，刚才张三送来二角工钱来，你爸爸拿去买米去了，过一会儿就会回来的。你先把火加一加，把锅子添点水温上。

虎儿：（加火）妈！明天卖掉破布的时候，你给我二个铜板，我亦买一块牛皮糖吃，我看见他们吃着好香的。

妻：吃那个干什么？那是洋鬼子做的，里面有迷药，迷着人就要……

虎儿：那么多人家都吃着，就没有见迷死一个？（嘟着嘴儿取锅添水）

鬼：（弯腰袖手，破帽紧压眉头，口中不住唏唏地叫冷，一只空米袋系在衣

带上，进门不语，直向炉边烤火）

妻：（抬头看见烟鬼）米呢？一去就是老半天，虎儿早就回啦！急着要饭吃，还不快给他，让他煮去！

鬼：（嬉皮笑脸）米吗？没有——买——上。（说着从腰边把口袋拉出来）

妻：（着急）那么钱呢？让虎儿去买吧！不中用的东西！

鬼：钱亦没有了。

妻：（怒容）怎么的？又买烟啦！（把手中的工作掉在床上发怒）我不管咱们大家就饿着，孩子跑了一天冷清清地连饭亦吃不到，你却把钱买了烟，狼心狗肺！唉！（长叹）

鬼：（装作没听到收拾烟具）不是我要买呀！你听我说给你听，亦算我不走运气，一出门就碰见赵三那小子。他要我还他前天那两个泡子（大烟）钱，我说没钱，他那里肯信呢？（拉拉烟枪）他要搜我，我当然不能让他搜，我出门的时候，把钱装在口袋里，我看来势不妙，就把口袋揣在怀里，谁想这小子眼捷手快，一把就把口袋拉跑了。我看这事不妙，我要给他拼老命。后来我打嚷了半天，他算给了我一个小泡子和一包灰，你想这事能怨我吗？

妻：谁还听你骗，你骗人算骗够了。你自己就不想一想？一份家私全叫你吸光了，亲戚朋友们，亦都不来往了！如今吃喝都没有了，你还是不戒！唉——（长叹）我简直不知道跟你累到那步天地去！

鬼：（一口烟吸进肚中）别人说这话，你亦来啦！亲戚朋友还有什么说的？你没有钱了人家当然不会上门来了。就说我这口烟吧！还不知道？当初亦无非是为病，肚子疼起来时，吃一口止疼罢了，谁知道日子一久了，不吸就发起瘾来呢！（说完躺倒又吸，此时虎儿在旁暗泣）

妻：快不要说了吧，男子汉自己没有一点心劲儿，原来有病的时候吃点烟，那时候家里亦有钱不算什么，可是究竟你不该把药当饭吃呀！况且如今家里连饭都没的吃，就是药亦吃不起呀！

鬼：算了吧！算了吧！你们娘儿们一说起啰啰嗦嗦地就是一大堆，这些话我听亦听够了。我亦不是吹，就把这份瘾搁在你身上，你亦是没办法。

妻：呸！我就不会那样不要脸！我亦见过人家多少有瘾的人，可是人家一人戒烟所忍耐着难过几个月便好了。只有你这样没有出息的东西，永远不下一个决心，你想想看，从你第一次犯烟起花了多少钱，又丢了差事……

鬼：算了吧！那些伤心事提它干什么？妈的！老爷要不是被小人暗算，如今还是财主呢。

妻：花钱亦罢，丢人亦罢，那时我还满心想着你改过自新，咱们还不难，过几天好日子，谁想你出狱以来还是这样没出息……如今自己把家产花光了，不但不能养家糊口，反倒来花老婆孩子赚的钱了，你还算男子汉？羞不羞！

鬼：（吸足了烟，取出烟灰包起）你们这些女人，天生一身贱骨头，当初见我有钱，你母亲托媒人一天三次往我家里跑。如今看我没有钱了，就这样刻薄。我要是有钱的话，那怕一天吸它二斤你亦不管。

妻：（情急）你算了吧！快不要说这些废话。（见虎儿哭，替他拭泪，随着亦哭起）我要是嫌你穷的话，我……我……我早就不和你在一起了，因为我亦晓得"嫁鸡随鸡嫁狗随狗"的话。所以不问怎样受苦受难……我总不敢瞎想什么念头……可是我们受苦亦罢，受难亦罢，只要我们大家好好过日子，也就算啦！……可是如今为什么我们娘儿俩没有饭吃，你还要抽烟！你凭什么为你个人的痛快，让我们活活饿死呢？

鬼：住声！（发怒）饿死！活该！虎儿！水来！

虎儿：（以碗盛水送在烟鬼面前，一手拭泪，一手递水）

鬼：哭什么？放下！

虎儿：（闻言受惊，身子一抖，手中水碗落地打碎）

鬼：（大怒）不中用！什么亦做不了！这么大的人了，连水都不会盛！（一面说一面打虎儿，此时其妻情急尽力掩护虎儿，烟鬼将其妻子踢倒在地，恶狠狠地从耳角取下纸烟衔着走出去）（其妻与虎儿卧地哭泣片刻，虎儿抬头见烟鬼已去乃为其母拭泪，扶其母坐床上，口中只是叫"妈"）

虎儿：妈！妈！饿呀！（其母闻言哭泣更甚，虎儿犬其母膝暗泣。其母抚虎儿之顶，一手抚胸，仰首默想，时而摇首，犹豫不决）

妻：孩子！你候一会儿，妈找找看（找来找去，从碗橱中找出几片旧锅巴，给予虎儿）孩子！你把它煮煮吃吧！（虎儿加火，添水煮锅巴，其妻在旁默想，时而走至门前复返，如是往复者数次）孩子！煮——好了，你自——自己吃吧（声音战抖），妈去——去找人家要几个钱来。孩子！你在啊，妈去一会儿就来的。

虎儿：妈！你不吃饭吗？我等着你。

妻：（已走至门前，闻虎儿之言顿然大哭）孩子！你吃吧！妈不再吃了。

虎儿：（见其母哭去，追至门前）妈！你早点回来，我等你吃饭！（回来，一面饮泣，一面烧饭，小时饭成。收拾碗箸妥当，探身门外望其母，远见烟鬼归来，急收拾饭锅，置于碗橱之中）

鬼：虎儿！你妈呢？

虎儿：（嘟着嘴）刚出去！——我不知道那里去了。（烟鬼亦觉饿，向各处搜寻食物，最后从碗橱中取出粥锅巴，大喜）

鬼：虎儿！这粥是从那里来的？

虎儿：（两目注视）那是几天前的旧锅巴，妈妈给我煮的。

鬼：那么你还不吃？你不是早就饿了吗？

虎儿：我等着妈呢，妈就来的。

鬼：不！她还不知道什么时候回来呢！咱们先吃吧！（说着取碗就吃，并给虎儿半碗，命亦即吃）哼！怪道！我在家里，你们就没得吃，我出去了一会儿就有粥。（虎儿睨之）

邻妇：（在幕后）你这个人心里太狭了，何苦这样短见呢？夫妇抬杠拌嘴谁家都免不了的，可是事情一过去就算完了。

妻：（邻妇扶之上，披发泣语）我思来想去，总是不如死了的好……反正……活着……亦是受罪……连句话儿都不能说……又恐怕落得人家讥笑……到不如死了……干脆些。

邻妇：有什么事大家说开了就算啦。家道里过日子，谁家亦难免三言两语不和，可是总应该一说就过了。你为这样一点小事儿就这样寻死上吊闹个不了，亦不想一想自己的孩子交给谁照顾？（扶妻坐床上，虎儿亦伏床哭，转劝烟鬼）虎儿爸！你还是找点工好好的做！男子汉本不应该待在家里，一年三百六十天！不是板凳歪，就是桌子斜，弄起来那还有完吗？——至于烟呢，也得想法忌一忌才行，其实戒烟亦不是什么难事情。我们孩子他舅舅还不是三十五岁以上戒的烟，你看人家现在吃的即肥又胖的。况且咱们这些人家还经得起那样花？人常说：那怕你有千间房万顷地，都得从小孔里吸光！——虎儿的妈一天到晚作活计，总得要有饭吃才行呀！就这样逼着她去寻短见亦不算事呀！如果今天她要有个好歹，看你怎么办？

（警士上，大家惊讶，瞠目直视）

警士甲：你就是王德吗？（对烟鬼）

鬼：是……的……

警士甲乙：好吧！我们到公所去吧！快点！

鬼：什么事！来叫……叫我……

警士甲：你自己的事还不知道吗？老实给你说吧！你的事犯了，赵三招出你来啦。你们这些人，从前犯了多少次，到如今还不知道改！看你脸上的颜色成什么样子，简直是鬼！你这样堕落残害你自己，不但损你自己的健康，损你个人的金钱，并且贻害国家民族。今日社会上的一切罪恶，都是由于国民的不知觉悟造成的，而不知觉悟，特别是你们这一群，你知人家为什么看不起我们的国家、民族？还不是你们少数人做了代表，挂了招牌，假使社会上像你这样的人多了，国家和民族虽存在，亦等于死亡了，还待人家侵略吗？——如今政府三令五申禁毒，难道你不知道吗？连国家的法律你都不放在心上，如今还有什么说的？走！痛快快的走！

（二警士揪烟鬼下，妻赶于门前被摔倒地，虎儿卧地大哭）

《新青海》第四卷第八期，1936年8月，第62-67页。

公理与强权

/ 少颖

梅君——他是忠实而勤苦的一个农夫，年纪不过三十左右，体格高大，性情温和，对于农务，真是"日出而作，日入而息"的不遗余力，村子里的人，都给他一个外号，叫"庄稼虫"。

他的住所是三间草舍，风吹日晒，均感不舒，但是他有支配环境的能力，竟将这些暂时的不舒服，满不在乎，只知务农就是天职了。

他每天平均作工十余小时，早晨四点钟便起床，到田地里去，肩上荷着锄耙，手里提着两块干饼——这是他预备的食物，他作工到中午十二点的时候，头发上热腾腾的蒸气往上升，两鬓间的汗珠嘀嗒嘀嗒的向下流，这时也觉着有点疲倦，才略作休息。

于是从腰间抽出土黄色的牛角烟袋，慢慢的装上了烟草，把那发锈的火镰一击，便发出黄澄澄的火光，同时他的口里也流出一股黑烟来了，一面他又从肮脏而破烂的手绢儿里拿出两块干饼，狼吞虎咽的便吃了起来，约莫休息一个多钟头，又继续的开始工作了。

至晚七点钟他才回家，这个时候，他的顺从的妻子，早已备好了晚餐，并且怀抱着不过周岁的小孩，在家门口遥等她丈夫的回家。她年纪亦和他相若，当他距家门口约有数十步外，她的红而且润的面孔上，就露出笑容来了，两腮上的酒窝，更加显出了媚人的态度，足可表示欢迎她丈夫的热忱。那怀抱口的小孩，虽不能清清楚楚的叫他一声"爸爸"！但他那一颗天真而令人可爱的小口中，也呱噜呱噜的哼着，似乎表示着"爸爸"回来的太晚！

他们一家三口，俨然是一个"世外桃园"的家庭，虽说一年的生活很紧迫，但在今日破产之农村中，这样的家庭尚不能多见，因他对农务有了勤苦的精神，每年的收获也纵是比别人强得多。他们的生活，也就一日一日的盈裕起来了。

过了数年，他俩的小孩，已经进了小学，他们的家庭，也成了村子里的头等富户，而他们的勤苦忠诚的态度还是如故。

然而这时候邻人的态度，突然转变了，以为他们是"忠厚老实"，遂任意的侵侮起来了，无缘无故的提出条件，向他们诈索财物。不仅如此，还肆无忌惮的占去了他们挺肥沃的田园，而他始终觉着自己的抵抗力有限，处处抱着让步的主义。如诈索财物时，总设法酌量的凑给一点，被侵占田园时，也就忍气吞声的放弃，始终拿定了"以德服人"的主张。但是事实却跟他的理想大大的相反，他的财产有限，强邻的欲壑难填，今日诈财物，明日侵田园，得陇望蜀，莫可遏止，逼得他在村子里将有不能立足之势！

恰恰在这个时候，亢旱连年，岁比不登，村子里大部分农民，就是数米而炊，称薪而爨，尚不能维持生活。这般强邻，也深知道被侵略者的财产，将要告罄了，才离开本村，又成群结队的别寻途径了！

在这酷苛的环境之下，他的忠耿而勤劳的宗旨，没有变更，不取无义之财，不享非分之福，常以为天下的什么事情，总有"公理"彰示的一日。对于农务，照旧的春耕夏耘、秋收冬藏的去经营，虽说是村子里的饥荒已经闹的不可收拾，而他三口的小家庭仍能糊口。同时在他的门前还拥挤了不少的讨饭者，那般人都是本村子里的少数良民。在这种情况之下，他每天以三分之二的时间，为那些穷苦无告的饥民，分散自己所有的米面，救济那些可怜人，以致把自己所剩余的一点米面，差不多全都给分散出去了。而门前的讨饭者，也一天一天的减少了起来，可是"苍天不昧苦心人"，他的生活还能维持。

就这样平淡的过了好几年，他们的小孩，已经小学毕了业，预备要上初中，而且这个中学，在离他们的家好几百里以外的城镇上。如果进了学校，费用特别的浩繁，而远乡的学子，每年旋里至多不过两次，他们这一对儿中年夫妇，膝下只有这一个小孩，简直爱如掌上之珠。若一旦离家升学，费用多少，他俩是不甚顾惜，要是早晚不见可爱的孩子，那就好像丢了什么东西似的。夫妇两人，互相瞪视着，犹豫着，商议着，这桩事情，总是商议不出办法来。

眼看没有办法解决，丈夫便硬心的对妻子说道："我俩还是割了爱吧！赶快送小孩上学堂去，求点智识，将来好给我家光宗耀祖，免得再受别人的侵侮。否则我俩现时虽说爱护他，不肯让他离开膝下，这就等于宁愿害了小孩终身，恐怕这也不是事儿吧。所以我还是主张送小孩上学堂去的为妙。"他刚说完这些话，妻子便接着说，当她说话时，一滴清泪盈了眼眶，红而且润的面孔，变成了苍白，声音里还带了点颤抖："我们一家三口，多少还有点财产，就是请一个家庭教师，那也很可以的，何必把小孩定要送到三四百里以外去读书呢？尤其现在的年头儿又是这样的恶劣……人情是那样的……"

终于小孩送到云山远隔的地方去上学了，而他俩仍然以务农为生，依旧过着那小康的日子。在形势上似乎也是很能安居乐业，而实际上的隐忧，还多的是！

因为村子里大部分的人，为了灾荒的驱使，流落到他处去了，其余较为小康的家庭，也逐渐的东奔西驰，找一个比较安闲的地方去了，之前是一个"万家烟火"的村子，而今已变成了"鸡犬无声"的静地了。在这样情形之下，怎令他俩不凄凉呢？

尤其在那狂风怒号的夜里，好像大自然中的一切，都在催促着他们，要他们俩离开这村子，他俩为什么动也不动呢？莫非是真正的"守财奴"吗？不！他俩并不是"守财奴"，因为他俩的儿子还在三四百里以外读书哩！尚未归家，要是乔迁到别处去，那他俩的儿子一旦回家，恐怕发生惊惶。

同时他俩还希望丰年来兆，社会平静，更希望村子里以前跑出去的那些农民，一个个都转回来，惟恨事实恰是相反，不惟有愿难偿，而且土匪日益充斥，人民更困于水深火热之中了！

　　一日黄昏，她丈夫在农田尚未归家，而她仍在门首遥候时，突然来了土匪一群，拥入家门，将家中财物，搜索一空，还扭获她，百般拷打，要她说出埋藏金钱的地方，她在严刑之下，头脑已失去了知觉，只是在口里嘟哝着，丈夫未归，孩儿远离，亲爱的丈夫，可爱的孩儿，今晚我的生……死……

　　《新青海》第四卷第十、十一、十二期合刊，1936年12月，第85-87页。

在暮岁

/ 戍卒

残烬

拉开暗淡守岁的心轮，一条鲜红的血痕，映在眼前。经久日光之晒，划上时间之印子，凝成黑红色的碧血。一种惨惨的叫号，永久在心灵滞留着，有时发出低吟伤感的慢调，像清夜箫声的幽韵，塞上荒城中的暮笳。大概为残余的寒夜，又招来"日暮乡关何处是"的感慨吧？

每日为生活之驱使，呆坐在书案上，不住的写，埋头在"x^2+y"之工作里。我暂时忘了我，忘掉世界，忘了窗外，在天演轮回下，争盛衰一切。到夜里在神经上松解了的时候，我渐渐发现了自己，同埋在黄沙里的古城，被人发掘出来似的，一样感着新奇。

从每片段记忆，放在显微镜下研究，我企图了解片面的人生，发掘人类共有的人性。

常常这样想：人与人之间为什么要取对立态度，为什么要残酷的相杀，为什么恨到深处，不能留下遗类。生活于同一国度内，占着同一的空间，呼吸着同样的空气，为何每人眼中像生了刺？为何……

真不明了这一切，疑虑逐渐湮没了我。因为我们是可怜的被宰割，反要在强者面前，分出强差之等级，难道外人侵略不够么？我真不明白，我想，苦闷的陷在深思里。

当我的真灵拼命同恶魔抗战的时候，江轮的汽笛声，往往从另一个飘虚困厄的世界里夺回来。

"啊！真惨。"

看到横分纱窗的月光，真同死者的脸子一样惨白。闪在眼帘上二十多年父老无故惨伤的积尸，一齐向我招手。最前的数人，是被惨杀死去的叔叔。在不久前，受惊吓从婶母怀中堕伤的婴孩。并且说："我前途的预算，也同'他们一样。"

吹着凄凄惨惨的阴风，那模糊不清的眉目，随着风，他们都风化了。

他们风化了，一望无际的沙漠上，留下掺拌着鲜血的足迹。前人固有些可惜吧，就是后人在应走的征途上，仔细踌躇。我见到刚学开步的孩子，就受富有经验的老人阻止了。

"不再向前走了！危险。"

小孩止着步，回过带上惨绿色惊魂的面容，恨恨的眼光，射在禁止他前进的老人身上。

"够了。"老人不希望孩子再向前走一步，由于恐怖的经验阻止他。

到今日一片水草苍茫，天惠给人类的荒原，充满乌烟瘴气，毒蛇猛兽卜居了，断绝人烟。明月照在塞草上面，一缕寒烟，一粒砂石，一朵花，都带上洪荒时代之遗韵。

二十多年来，含蓄心中。我不敢深深的想，恐打开刚合好之创伤。

时间催逼我，了解人生和使命。目前正是故乡元夜，同一伙天涯流浪者，亡国亡家之青年，佳节是十二万分的寂寞的。到处寄来伤感，到处激动着心事，一条伤痕慢慢在心灵里复苏了，我想到家，对于过去的死亡者，含着无限的同情泪。

这些泪是空流的，只有洒在荒郊，化为凄迷的衰草淡烟。这些烟带去我过去的伤痕，弥漫到四野，飞入云霄。时代的光芒，不许我丝毫在悲惨的路途上停留，我要摆脱一切，我要新生，我要……

弱者无用的泪啊！终究要洒出来的，或许在世界人类未灭亡之前，总要透一口历史的气味。

除夕夜中

在南方风雪的夜，引起塞野冰天雪地一角的流年。

一座教室用挂雨衣架从堂内分开，窗外一片白茫的玉屑飞舞着，风声伴着这时代的前奏。

破开夜色的沉静，对门教室内送来留声机的唱声，三弦声、胡琴声，和那乱调的秦腔。不寂寞啊！围炉三个无处流浪的青年，他们大都受着经济上的压迫。一律低下沉思的头，枯瘦的面容上，都激动的流下泪了。沉静的室内，和对门闹声，分作两个世界。

"矛盾啊！"脑中被两样不同的景象所苦了，猛记起法国女诗人罗露伊夫人曾经在她的诗歌里吟过："两个人在我心中搏斗，一个是酒徒，一个是比丘。"从这两句话证明人生是矛盾的。·

"要是在家的话。"隔坐的C君为我们数人中打破寂寞。

"唔。"我慢慢答应了他这句话。

"记得吗？五年前，七年前……"

这句话分明拨在我隐藏多年悲哀的弦上。零乱的血痕包围了我，像深秋寒壁的残蝉，声音那么细弱而凄恻的。我不禁的面容变了，灵魂同躯体分开到另一个境地去。我知道我是死了，不相信吐出的气还是温着，血脉还会流动。在座的同伴，至少有两人是同我一样的。我迷惑，我仔细观察四周的环境和面孔，眼珠是不是吊下来，手臂是否还存留下一只。电光下的人影，在壁上微动着，证实了我还没有死，依然还流落在无可依归的人间。

回头看看炉旁的同伴，大半为烦闷驱使入睡了。

一手提起炭桶，向炉口倒下去，炭灰在炉内发亮。

揭开蒙在心上的隐幕，一层层的闪出来。

"七年前。"

"是的。"这灵魂上的符号，除却死，永远不会消失或错误的。

七年前的春天，西北数省中，完全变为绿色世界。

M省的元夜，完全是一片阴沉凄惨的天气。月光白色，星失去平常的光芒，湟水在北郊外澎湃激荡着，风吹得怪冻人的。每人都知道，这景象不像往年，惊诧在心中，为除夕吉祥的缘故，很少拿到嘴里说。

母亲同我，站立受风的廊檐下，从母亲手内接过香，虔诚的插在墙上用表做的三角香炉内，风吹得架上的天灯，火头哗哗的摆动。母亲喃喃的祷告着，跪在廊檐下的砖阶上。

"上天，保佑……"以下的话小到听不出来。

求吉祥的嘴唇停止活动了，我搀起母亲，回到卧室里。

天上星光多为风云厉气所吞没，院内除去未灭前之天灯，和豆大的香火头外，见不到一线光明。

推开房门，一股奇异的香味扑入鼻腔内，香烟占有了房内所有的空间。从各色祭碗上，模糊的辨出新红绿色的八仙人。

"多好玩，要是取下来贴在影壁上。"占有的私心年年这样想着。

照例叩罢头，闷进母亲的房中，小弟弟已站立炕沿前的火盆架旁。

在母亲慈祥的面孔上，刻出很深的皱纹。几丝半白的头发，表示出在她老人家的旅途上，时间划出深的印痕，过去的时光，未来苦难的岁月已经不多有了。

"妈，父亲还不回来么？"

"大概滞留在××地的账目还没结算清吧？"

母亲的回话，是那么慢而迟钝的。好像是在说：别要问吧！他在×地商号中热闹，不会记起清苦的生活在冰窟里爬的我们。

"不能吧？外面风声这样坏。"

"盼的不在×地滞留，要不然的话，说不定……"

外面的风声一阵紧似一阵，吹得新糊纸窗，呼呼的作怪。

吃罢桂花元宵，吃罢吉庆面。我给弟弟做手势，逼着母亲说谜，我和弟弟猜。习惯上，除夕是通夜不会睡觉的。

时光的老人，揭开夜色之黑暗和恐怖。几颗稀疏的星，摇摇欲坠的，在天空灰色之线上，挣扎最后的命运。

"儿啊！又添一岁了。"迎神后，母亲带着微笑说。

"妈！"小弟弟催着早给提岁钱。

"等到父亲回来时再给。"

母亲一面逗着小弟弟，从桌上取出沉重的小红线包，送到弟弟的手中。

接钱后的小弟弟，高兴的把钱储藏在小抽屉内。

窗外暴风的呼号虽是停止了，天气依旧缺乏营养似的，含着愤怒的骄色，阴沉沉的面孔，摆给一切的生物看。像对着不景气的M城中，画出解人意的话："哼！尽管随你们开心，老子总是给你们不乐意。"不上一刻的光景，慢慢飘起雪花，在粗俗污浊的大地上，披了一身清一色的宫装。

因为雪，不出去走动，十二小时的光阴，尽用在同小弟弟的玩上，心神解放成一只出了笼自由向天阔处飞行的小雀。

檐前听不到小雀的喧噪，巷口没有小贩叫卖声。M城埋在古墓里，充塞了恐怖的声气，声响简直同秋郊上堕落了一片柏叶的那么寂寞。

惊人消息

陷在风雪的深谷里，三天不出门，外界的变化，很难得到一点消息，解除心中的疑虑。

第四天早晨，出门天光晴朗。同弟弟出外散步，换好新衣，计划应走的路线。

"当当！"击叩外门环，发出清脆的金属声。

"谁？"落下门栓，一身黑衣的瘦个子，匆匆走向上旁。

我惊诧，我瞪眼注视这奇异的客人，瘦背影闪进中堂屏风门内。

记起来暑假中，一同向刘庄玩耍的同伴，难道不似这人吗？我的脑意识确定了他。

"小张。"我高声叫。说起他是我家佣妈的儿子，为着生活，在秋后补上一名警士，出去跑远差。

踏上刚走过去雪中的脚印，追进房内去。行毕年礼，小客人坐在房内椅上，和母亲开始闲谈。

"小张，听说你这次下乡很有油水。"我故意打断他们的话头。

"不要开玩笑，谁不是跑苦差呢？有油水的差事，还不是叫那伙人包做了。"他说时噘起嘴，说完露出一脸苦笑，在苦笑声内带着隐隐的泪声。我看他面部表情，我冷笑，我的预算胜利了。出门时我告诉过他一句话："这差是没出息的。"暗地里起一个"活鬼"的外号。我笑，"活鬼"又在眼前现灵了。

"大婶婶。"这声音在那里战抖。

"张哥。"

"大爹不在家吗？"

"是的。留在××地商号内过年。"

"×……×吗？"他似乎为这话惊诧的口吃了。

我母亲确是被这战抖声激动了，她知道事出言外，面部表情变得很苍白。她疏忽了两月来的消息，这种消息谁都希望它成流言，不希望积在历史的血痕，重划出流线型——鲜红色的。

一切恐怖推给命运，这流向早似为淡漠。恐怖的一只手，又开始活动，从灵魂深处拉出来。

"到底是怎么一回事，快，说出来。"母亲几乎向这小客央告了。

"我在化隆差事毕，归来的那一晚。"他低声说，声音触在纱窗上，回落下来的。

多么胆怯啊！我在眼中笑他，平素自拟豪勇的小张，也学会妇人忸怩态。

孤零的背着枪，肓撞进一个村落里——因为天黑，错过站口。枯杨摆着它的沉重树杪，小沟凉凉的流水诉出它的哀怨。我想，也许会有一个黑的幽灵，在前面抱住我马脚，这正是马蹄踏过村前乱坟堆的时候。

"好啊！"梦想又闪到我的身上。我自问："今天不是除夕吗？村长家的吉庆面是不会落空的。"我一面鞭着向前跑，一面咀嚼着我的馋涎一径跑到村里，我开始感受着我的愿望失败了。

听不到犬吠、鞭炮的响声，除夕应有的景象，这里寻不到一丝。寂静得听出泉石的呜咽，松针的低响。那时我的心是何等焦急愤怒，不信乡下会到这地步里，关起门来过新年。

到村坊，寻见高大的门楼，在椿树上拴了马。

用枪托使劲击门板，两臂合手，受弹力的反作用，振得酸痛发麻了，还听不到一点的回响。

饥饿疲乏之食欲，占住了我的心，我两眼冒火的高声喊："死不尽，有生气的总得要滚出来一个。"空旷的村野发出回音。

终久我击破门板冲进去。广阔空洞的院落，像走进带点极少生气的古墓里。我被阴森暗影驱出来。

"倒霉。"心中恼悔极了。愤愤的吐口唾沫，绝望加强心意的速度，想连夜赶到家，刚牵马离开村坊，在田间听到喘息的草地爬行声，我取枪，瞄准在这影身上。

"站住。"我发出这命令。

"老爷……饶了小子的狗命吧！小子的狗命不会比一粒子弹值的。"跪在我枪尖前面的人，不住的口中求饶。

"何苦呢？"你也知道怕吗？这声音气得使我发冷笑。

"向前来。"我第二次命令他。

这人跑来伏在我脚前哭了。磕头同鸡啄米样。

"少磕几个头！"我取笑他，用插在大衣袋内的电筒，看看面相，会不会是坏人。

当我见到惨白头发，枯柴面目，额部流出新刺破的鲜血时，我的良心发现了。在马上拉下毛巾，裹在受伤的额部，一手搀起他。

"老伯，起来吧！我不是土匪，更不会……"抱歉的说明来意，我同他回到击破门板的大院中。

"百数户的村坊内不见一个人，若大的院中沉静得要死。"我问，"为什么？"

吃毕饭，他告诉我这件事。

深陷无光眼眶内，流下无声酸泪。

前天夜分，可怕的命运临到村坊。有长络腮胡须，净狞烟熏面孔，鹰鼻，尖下巴，他们背着枪，怒吼啸的声浪，吹到村房。他们是人类的猎者，××的走狗，政局未变前，边地S防守的著名马队。

我一见这情况，彻底明了这件事。从他们的口中听出，从湟水源的×商地起首，达到N省的南部。

最后一把火，在奸淫抢夺之中，许多人早从世长辞了，他们的命，像荒林的落叶，秋风中的苍蝇，他们无声无息的悲惨离开这世界。生命未毁灭前之哀呼，挣扎，金钱，博得几丝狰狞的恶笑。他们特地为野兽造下大批干美的粮食。我的亲人一律在我前不屈的走了。

当我魂魄分离开身体的时候。老人开始诉述自身的命运。一排一排的人影，零乱倒下去。我亲眼见刺刀逼进胸膛，自己绝望了。我闭下眼，认命运的等着离开这世界。

"杨老爹。"在前面猛听得有人叫，尖锐的叫声怪亲密的。

我自想以为在冥路了。大胆的睁开眼一看，枪刺依旧摆在胸前。屠户旁边站立一人，我瞥一眼，不敢伸张，猜出其中的秘密。

"大哥。"我替他叫了一个称呼。人急时也有三分智啊！

屠户失望的抽回枪刺，由于这人的撮合，买命钱六百元，才留下我孤独的在生活之路上。

你说，你说，这是谁呢？说起这话来足够使我伤心。原来他假装与××鬼混的同类青年，我不告诉姓名，恐怕将来的祸会殃及这人身上。

我这时真傻，为什么不跟上儿子孙子一同去呢？留在孤独的路上活受罪。老爷想，像我这样的老人，苟延下去能够做什么呢？可是另有生存的动机留下我，我要看到这一伙恶狼失败，正法，一直看到他们的最后末路和结局。

"老爷，你明了，我就是这样生存下来的。"

同老人在冷炕上，说到夜明，山中荒鸡报晓了。我安慰他，握别了这可怜的老人。

"老伯，珍重吧？后会有期。"在出门的时候，他还含泪战抖的告诉我："遍告城中的老爷，早作准备，少受横祸。"

跨马离开恐怖地带，趁月中赶到城。我把这话告诉局长，告诉全局同伴，在昨晚派队四处侦察。唉！

小张说到这里停了，声音有些抽咽，带上宿世悲哀，深深的叹息着，替地里生疏之客军而抱悲观。

一颗手榴弹，从远远飞来投到灵魂深处。昨年，大前年，十年前……一片惨酷的影子，闪上来。啊！可怕。弱者血液，激起无限热情，死神绝望的翅膀，沉重压在可怜的全城父老身上。

"张哥，怎么办？"母亲为在×地的父亲悬心。

"怎么办？"同是在灵魂上失了倚靠绝望的回答。

瘦的影子，辞了母亲，一闪一闪从雪地上走出来。

从柜底拉出一套经久不用的破衣服，一顶油腻的平顶帽，准备做逃难时的护身符。

坏的消息锁住我，我恨，别人为什么这样做，我为什么要这样听。我迷惑，解放不久的心灵，又深深陷入泥淖中。

城被围的一晚

雪后。

夕阳挂上柳枝，M 省城开始告急了。绿色气氛包围城的四周乡村，及黄昏后夜色烟幕，急急向城中进攻。

凄恻悠扬军号声，震惊每条神经纤维乱动。杂沓零乱马蹄，腾腾揞，从巷口向西门跑去，和土匪对抗。

"老乡，不要乱，不要惊慌。"每街口一对对异乡口音警士，咬着不同腔调，维持失魂的大众。

我同母亲藏在屋脊内，小弟弟在阴沟里面，沟上搭了石板。临到躲的时候，和母亲硬强赶他进污湿阴沟内。小弟弟回过头，不明白事之改变，依然那么浑厚，像平时捉迷藏一样。脸上满含天真笑的问："二哥，二哥！不见呢？"

"是啊！你看你藏得多么巧。"我含着泪，长叹了一口气，"还有，还有……"我再三警告他，"外面有什么声响的话，千万不要高声叫喊。"

"二哥，你去吧？我决不会违背你的话。"弟弟仿佛悟得我话中意味似的，换上一脸极阴沉的面孔回答。

"好的，你悄悄躲一会，明天准定买糖给你吃。"

在他的意想中，糖是多么甜啊！但是在我这句话里，却含有比糖甜的多量的苦味。能不能到明天，明天这是多么遥长的时间。一分钟的光阴抵得平常一世纪，可是有谁人担保到明天。

回到花树下，两眼注视阴沟。"会跑出来的"，我静静的看、听。起初一阵闷气声，渐听不到喘息，心中释了一副重担。

跃上花园短墙，爬上屋脊，从顶上放下扶梯，母亲慢慢上来。

我看园内，一围黑漆笼罩花丛。来了，小张带来的恐怖又走上心头。"小孩阉割的，妇女奸后剖腹做马槽。"

脑海里总是不平的起着波涛。天空一片深蓝色，布上无数明亮寒星，流星从西方窜到东方。"是乱世呢?"我记起死去外祖的话。

恐怖，恐怖，恐怖的天，恐怖的周围，恐怖的魔鬼，张开血色的大口，要将全城十万多生民吞下肚去。

"上城。"街口警士在城垛布防。

北角在山顶一阵紧似一阵。排抢声，清脆的机关枪声，野炮的轰击声，成了全人类生命的前奏，血色的交响曲。

"啪啦……轰……"接着就是战士呐喊声，"杀!"

一颗颗流弹从头顶飞过去。

"妈，像是很近呢?"

"你呀，这刺耳声音不是在南禅山附近吗?"

我低下头，伏着身子，在檐前毫无心意的溜来溜去。我怕流弹伤了我，又怕在檐前失足堕下去。乱时的生命，在自身，在未毁灭一刹那前，原是可贵的。

真不知怎样才好，怎样才能按下母亲和我的心。

夜冷了，寒气加重了，北风时时袭在身上。不知那里突添一股勇气，从黄昏时分，穿了单薄的衣裳，支持到深夜。

轰! 天塌地陷的一声，看，西门外民房起了火，烈焰冲破黑暗的天空，万条金蛇在火头飞动，爆烈的声震撼城楼和四野。

枪音密集，突然逼近城角。

"上城，西南门紧急，每家壮丁都上城。"样样的喊声拉遍街巷。我想事以属无望了，全城十万多生命，只有最后的一声挣扎。

城前客军同土匪发生白刃战，肉搏，杀的呼声，震颤着心灵。

眼中只剩绝望前最后五分钟，这一生其他的时间，不属于我们的生命。

迎风的呼啸，从东方送来悠扬军号进行声，步枪和野炮的射击，赶去黑暗和恐怖，这声我肯定是援军到了。土匪是没有机关枪和大炮的。

我镇定，眼前渐现一线生机。

城外雷似的喊声，枪和炮声的交响，渐远，渐稀，沉没在纷乱中。

告诉母亲同下屋梯——这时土匪已远退了。

我庆幸着再生，庆幸着在人生之途上，得了一次不平凡的教训。我从此认识人类，认识民族间之真面目，一粒不平凡的种子，洒在后来者的身上。我的祖父对我说，我对我的子孙说：我们都是人间幸存者，祖先同我都受过极大污辱的。前途是无限止的长，淌流的滴血积成海，积尸垛成山，铁和血之训练确定了我们的意识，我们的铁血赋予后来者。三十年，五十年……一百年，定开出灿烂的鲜花。

跑进园内，站在阴沟旁，低缓的叫。

"四弟，出来吧?"

声音系在花树枝上，微微点头。听不到一丝答音和转动。

我又提高声浪，向园内四周叫了两声，依然听不到回音。

用力拖开石板，我气极了，我开口骂："别装鬼，同玩不拣时候。"笔直的横卧在坚冰上，两眼朝上瞪，似乎数着天星，看来往飘浮的愁云。

拉住小手，冷冰的从手梢凉到肩膀。四肢血液停止流动，面孔铁青色，上牙咬紧下嘴唇，牙尖深陷入肉里。

触觉告诉我，这是怎样一回事。冷汗从头顶泼下来，湿透衬衫。

"妈，弟弟冻坏了。"

我哭不出声，清泪的印痕，画分了我的脸。摸着死者之面颊，停止呼吸的口和胸部，神经纤维在爆裂。极力亲弟弟之面颊，我要，我要死者对我作一次最后的笑容。

在血脉极度紧张后，天地星光眼前旋转，房屋树木同潮水样倒下去，我失掉了世界，失掉生迹和一切，像折翅的燕子，不能在生存线内竟走，更谈不到向海天飞行。突然的倒在阴沟内，昏昏的跟着兄弟同走了。

当我知觉恢复的时候，卧病书房炕上，母亲在旁调药物。老人家面容憔悴多了，两眼珠深陷在内。

房内弟弟的遗物统统收藏去了，我明了母亲苦心，不敢深的追问。

第二天，远房叔叔来探病，这就是我唯一的亲人了。我感激，为他祝福。

生活在病中，我用药物迷惑了自己。甘心长此迷蒙下去，不愿有一小时清醒。

每天对太阳，凝望，呼吸，发声，一切都埋藏了，只存一口气活着。

静数挂壁时针，天光从黑转到明的循环。我想，我暂时脱离了世界，任它怎样过，事先没有一分钟计划在里面。

元宵夜：母亲在炉旁，面背过我垂泪。左手撕住母亲的肩臂，拉转面来，眼中充满泪珠，脸上泪痕印，像开了缺口的细流。

"妈，伤心吗?"

"孩子，好好的睡吧！娘下半世只指望你一个人。"

"告诉不告诉我——母亲。"我急得哭出声。

"儿啊！你是懂得人事了，迟早总要知道的，还哄你有什么用。"

说着，她从柜上掷一张M省日报在被面。我看她手腕战动，心意很迟懒。

"你看，这里面的——"

取过报，我反复的寻找母亲哭的原因。六号铅字的一条整齐线排列着。

××商地失陷匪手，民匪混战二小时。

劫后调查：惨戮——街巷陈列民尸四千具。

伤者——重伤三百余，轻伤自能逃生者近百人。

绝宗——有百数十户。

房屋——焚烧千余座。

……

黑的铅字一条条变为血红流线型，我疯狂了，哗啦，哗啦，报纸的尸骨粉碎一地。

目眦裂出焰，决然的带病在枕上跳起来，我亲眼睹见死者引颈受戮，哀呼，跪立在雪地上，他们都受坐地虎①的骗了。

难道除相仇外没有别的路可走么？一个青布衫的跪在里壁，那眼光，那眉尖，那跪立的姿态。他，不是生我教我的父亲吗？我伸出拳头，空手同站在父亲前面的屠户拼命。

轰！拳头击板壁上，新贴的年画，盖住我面孔，昏迷过去。

春残了，枝头小鸟试毕它新出巢的歌舞。南郊外，新筑的小坟堆顶，和周围长满细嫩碧绿可爱的小草，它们正是蓬勃出世争荣的时候。我从此永远失去可爱的弟弟，和保护我的爸爸。我没有勇气复仇，同母亲掉在凄凉孤独的环境里。

《新青海》第五卷第一期，1937年1月，第46-56页。

---

①坐地虎:为非作歹的地痞恶棍。

遭际

/ 维之

　　一间黑黝黝的小屋内，没有那么华丽的陈设，靠窗只有个平坦的土炕，炕的中心，放着一个泥火盆。炕的一边铺一块小条毡，还有一个破被子；炕沿横竖抛着些扁蔴草。墙壁是黑的，尤其是屋顶的橡木更黑朽的可怕！这就是老余的住所。

　　老余并不是本地，他是十几年前，来住在此地的。他的这所住宅，并非自己的产业，是属于一个公立学校的。这学校的校长马先生，见他是一个年老的人，尤其是一个异乡的可怜者，为怜悯他起见，才允许他住在门房里，可是有一个条件，就是要老余随时打扫几间校舍，给先生们泡茶弄水，和供他们来往调度。这一来老余居然成了这个学校里的听差——守门房的人了。黑而带白的一绺胡须，长长的眉毛，以及被深厚的皱纹所占满了的一副哀容，便是老余的特征。当然了，他的年纪就从外表看来可知准是个花甲的老头儿了。老余虽然当了学校里的门房，可是他一无所得，一文薪资也没有，给他住那所住处，便是他做门房的代价。他除了每日给学校里的先生们挑挑水，洒扫洒扫外，再没有别的事做——给学校。于是便担起他老不离肩的生活（扁担），开始给附近的人家挑水。每一挑水可赚十个铜板，这就是老余延续生命的由来。

　　老余是个最诚实而有信的人，凡有人托他一件事，他必尽力的去做，丝毫不苟且；人家言定甚么时候要用水，他必按时送到。因此临近的多数人家，都愿用老余的水，尤其不须另用，并且渐渐的订下一月或半年，长久的要老余挑送。待日期满后，马上付给水资，因为老余的这血汗生意日甚一日的兴旺了起来，同时学校里的那些远道而来的学生们，他们泰半是从未吃过苦，而且家较殷实的子弟，尤其是这地方的水，夏天犹可，冬天井口一冻，马上就没有办法。因此他们各个人所吃的水，也多被老余包办。不过所得的水资，并非现货（钱），而是现成的食品，如大馒头啦、面啦……这在老余方面，也一举两得——省得自己再去造饭。这一来，老余的生活方面，差不多全由学校中的各同学供给了，而外面所得的水资，竟成了老余的"干薪"。因为老余所得的每个铜板，都是以自己的血汗换来的，所以他绝不乱用，很宝贵的储蓄在箱子里。至于老余所着的衣服，大部分也是由各学生们退下来的。

老余是年老的人，又是学校里的听差并门房，同时他又和学校里的各同学很接近，所以大家都呼他"余爷"。并且这个"余爷"的尊号，不但渐渐的通行了全校，就整个小市镇，也普遍了。全市镇的人，没大没小，都呼他"余爷"。往往在见面的时，必呼声"余爷"，好像是一个见面礼。余爷也很客气，马上答声："啊！先生，吃过饭啦！"余爷打招呼时，脸上笑嘻嘻的，更显出一脸无数深厚的皱纹来。同时一把手握住扁担，一把手摸摸黑而带白了的胡须。最奇怪的，余爷每逢着年老的人，他必招呼声"老爷！"若是逢着了年幼的青年小孩，他必一律呼"少爷！"而"老爷"或"少爷"的后，必先问声"吃过饭啦！"同时回答他的人，也引证他的话。"啊！余爷，已吃过了，你呢？"这相互的问答话，日以如常，好像南京人见面时必喊声"早"的习气，一个样儿了。

这天，余爷刚挑罢水，想弄些饭吃，忽然一位小朋友笑眯眯的跑了来："余爷！校长唤你呢！""哦！少爷，校长唤我吗？""是的。""我马上去……"余爷把东西略微收拾了一下，就和这位小朋友走出他的住宅，向校长室来。"少爷！这个红皮的水萝卜请你吃，你们是有牙齿的人；哈哈！象我们已不成了，你瞧。"

余爷张大了嘴，指着三两个未掉的黄牙说："已没有牙的人了，那能咬下这东西！你替我吃上吧。"余爷从口袋内摸出个红红的水萝卜，交给这位小朋友。当然了，这位小朋友是很乐意的了。"那么也好，我回家去带来白面包给你吃——很软的，是我爷爷吃的呀！"

到校长室了，余爷照例先向校长行了一个九十度的鞠躬礼。"啊！校长唤我……有……请吩咐我……我……""余爷！"校长叫了一声，站了起来亲自倒了一杯茶，"快喝杯茶！"这回的校长格外客气，把余爷慌极了。"啊！校长！这……还得。"余爷心中虽有"这怎敢当"，但不得不接受。

"余爷，今天请您老到这儿来，也没有大不了的事，就是有句话和您老商酌商酌。"校长顿时现着一副忧虑的面孔，很诚挚的说："余爷！我当这学校的校长，已好几年了，现在已不允许我再在这儿了，这不是您老，我绝不坦白的说出。最近，接到教育局的公函，不久另有一位新校长来接事，教我把一切整理整理。其他的事，也没有和您老说的必要，惟有一件事，即我觉得你是年老的人了，要老守在这儿，也不是长久的计，我看你还是想想法子，最好移到校后的那间廊房内，那是公共的地方，也没有人来干涉你的。我说这话的意思，怕我走后，新来的校长不知究竟是怎么一个人，怕生意外的事来，所以我借早告诉你，和你商量！"

余爷听了，对于校长的这番诚意，非常了解而感激。"啊！多亏校长相助……老夫实在感激不尽，校长说怎么，我就怎么，若迁到校后廊房内可能的话，那老夫是个最幸福的人了！""好吧，假若你乐意去的话，那我姓马的人一力承当！"余爷见校长似乎忧虑什么，也不啰嗦，只千恩万谢的退出校长室了。

第二天早晨，余爷依校长的话，迁居到了校后的廊房内了。这个院落非常的大，和学校刚隔一层墙，所以学校把它当作操场，每日有同学们来玩的。余爷住的新宅是一间狭小的屋子，里面靠墙有个小板炕，前面不远和炕沿相对着一个高高的锅灶，靠窗附近有一丈宽两丈长的空地，可以安放另用的小物品。墙壁门窗，都很洁白。尤其是那个大大的花棂窗子，所以屋虽狭但特别光亮——这是一个最适独居的住所。

是余爷迁到新屋的第四天吧，教育局派来的新校长莅校接事了。新校长是个四方脸盘儿，两颗黑而透明的眼珠，棱棱的鼻梁……看来，就不是个和善的人。果然，不出前校长的意料，除校中的旧有的物品，以及各学生外，其他一切（如用人啦……）都大大的改换了。幸而有前校长的指示，不然余爷的住所，也成问题了吧！那来今日这么一所舒适且合独居的理想住所！

从此后，余爷每日略有些休息的余地了，因为自他卸了学校里的任务，只每日早晚，勤勤快快的专门挑水准时送到顾主家去。有时逢着他们吃饭时，那必不能例外，总要让余爷吃一碗，甚至吃个大饱回来。自己就不再做饭吃了，这是常有的事。还有些人家，专意请余爷去吃饭，当在过节的时候。余爷真不啻成了这小市镇舞台上的红人儿了！

中秋到了，余爷的小屋内，非常热闹，来来往往的人，络绎不绝。原来这些都是余爷的老顾主，他们是来送月饼的；余爷虽无大圆的月饼，而梨子花红类的果品是有的，他便以果品复送顾主，总是不欠缺还礼。

校中过节去的同学们回来了，也各个提了月饼，来探望余爷。余爷是最爱这些熟悉的小朋友的，当他们来送月饼时，必殷殷勤勤的招待得非常周到。照例还拿出梨子花红来，送给小朋友们吃。

一片高高的深蓝天空，一丝淡淡的罗纱薄云，温暖的太阳，和着阵阵的轻风；远远的山水，密密层层葱葱绿绿的树林，大半有些微黄了，这显然是秋尽冬初的时节了。余爷仍住在他那适合独居的小屋里，还吃着晒干了的月饼；因为是年老齿脱的人，往往吃干的月饼时，必泡在碗里，才得下口。但余爷每当吃干的月饼时，常常露出笑脸——被深厚的皱纹所占领了的笑脸——因为他吃的全是他的老顾主及可爱的小朋友们惠施的。有时也会使余爷兴奋地唱出一两声曲子来，无疑的，和他伴奏的就是自己的碗筷了！

是一个寒冬的早晨，天降着大雪。

屋檐上、草地上……遍山满野，都被银白色的厚雪遮盖了，甚么都看不清楚，只是一片的白，确似白银世界！这满目的雪景，实在太好看了！

余爷绝不能懈怠他的工作，一早起来，便冒雪去挑水，送到各顾主家去。

鹅毛般的雪片，渐渐的稀少了。同时那万人渴望的太阳，也从云端出现了！一些顽皮的小孩们，也乐地跑出大门，跑跑跳跳，欢快异常！

忽然传来了一个噩耗："东水沟大井旁边流冰上，冻僵着一个老头儿，肩臂上还紧挑着扁担……"这噩耗打动了每个镇民的心坎……

一九三七年二月二十八日夜于晓庄

《新青海》第五卷第二期，1937年2月，第43-46页。

岳父的铺里

/ 维之

一

这是一个黄昏的下午，太阳快要紧紧的吻了远山，白云慢慢的搂着星月。理应这时村中的农人们，早卸下重担，用娱乐来洗涤他们日来的疲乏了。可是这时的一般农人们，却老老小小的，有的曳着大车，满载着草，有的赶群驴子，各驮着粮食，三三两两，争先恐后的连夜奔走去城上粮草。岫站在门口，看得很奇疑，想向他们探问一声究竟，但看他们的那种忙碌情况，即迅速前进犹恐来不及，那里还有余闲来和岫谈话！

天快晚了，差不多是万家灯火的时候了，但岫的爹爹，总是不见回来。

"岫——岫——"忽见他的恒叔飞也似的跑来，他见了岫站在门口，老早伸着脖子喊。

"怎么呀？恒叔。"岫见恒叔跑来，劈头就问了一声。恒叔气喘的没有说出一句话，岫又急问了一声："爹爹怎么还不回来？究竟到甚么地方去了？"

"他今晚不来呀！员差爷，缚着他呢，说是明天不交粮绺子，定要缚送县里去！"恒叔说时有点慌慌张张的样子，同时气喘得也不甚自然。

"你看刚才一伙一伙的去上粮的，就是这个缘故呀！"恒叔指着前面不远的那伙上粮去的人继续说。

岫听了恒叔的话，骇得几乎要哭出来了。

"不要怕，没有多大关系，只要明天交出粮绺子，你爹就可回来的。"恒叔安慰岫说："他还告诉我，要他今夜也曳一车大麦草去上。"恒叔说完，拉了岫的手一同进了大门。恒叔先到草房去缚草，岫也背了短草去给马办料。不一会儿，恒叔已缚好了二十个大草捆，每捆约三十斤左右。

岫帮助恒叔，一切备好的后，恒叔马上架起大车，迅速的向 W 城的大道进前。

岫望着恒叔及大车的后影，渐渐的由模糊而消逝了之后，才回到上房，在他爹的床上睡下，但老是睡不着。老是惦念着，不知现在的爹是睡呢？是坐呢？还是缚着呢？还是吊打着呢？还是……愈想愈不能入睡，愈不能入睡，愈胡思乱想，直到自鸣钟敲了一下之后，方昏昏沉沉的入了梦乡。

第二天岫起来的特别早，打算早点看他爹去。但是有一个问题，立刻涌上了心头，昨晚恒叔只说"爹在 X 村照应员差爷"，并没有说明在那一家，究竟到谁家去找呢？岫呆呆的立着出神，半晌之后，方才点头自语道："莫如找易先生去，问他老就会晓得的。"边自语着，边走出大门，直向上庄易先生家跑去。

那太阳刚从山头慢慢儿升上，光线是细微的，一眼望去，只觉着温润而可爱，腊月天的风，阵阵吹来，令人有点打冷战。

岫到易先生家门口，用手敲了几下，却静默如死，半晌才从门缝中发出极细微的问声："找谁呀？这样早的！"像一个女孩子的声音，岫听到这声音，似有些熟习，但总记不起她叫甚么芳名。

"易先生，在家吗?"

"不在家！昨晚上到 W 城里去上粮，还没有回来呢。"那女孩说罢，就跑了，岫想再问她回话，早已叫不着了。

"哎呀！难道那一家都去上粮了吗？天哪！这样冷月寒天的。"岫叹了口气，仍回转头来，由原道回去，在路上他还追想在学校中的一切。每天除听见同学们的念书声，先生的讲书声，再也听不到甚么。甚么完粮纳草咧、委员咧、差爷咧……一点儿不问不闻，是何等的自在！最后他想到不久过了年，就要回到那自在的（学校）地方去，于是他又自然的微笑了。

"岫，点火去，"这是他爹的声音。岫偶听得这么一声叫，又惊又喜，原来昨夜岫因睡的太迟，所以今早找了易先生回来，便躺在他爹的床上，就入了梦乡。在料想不到之中，岫的爹居然回来了，这使他多么的欢欣！岫揉着眼睛，从爹的手中接了香头，很快的去燃。

"爹！云先生的小庵，明春和我一同去上学呢！"岫燃回香头，劈头就说，理应先问问昨夜的事，但岫早已抛在九霄云外了！

"去，那是很好的，不过……"他爹说时，用手摸摸胡须，并接着，"不过在这个年头，咳！谈何容易呀！你看在这十一腊月天，还要完粮纳草，昨夜你恒叔曳去的那车大麦草，刚准了二十斤，还说是看了面子呢！"

……岫呆呆的立着，一言不发。

"不过照我的意思，就是家境怎样的困难，我还是要帮供你的，但是我上月到你岳父那里，他说希望我把你送到他那儿，学买卖……"他爹边说着，边抽着水烟，"我想这倒也可以，女婿丈人犹如自家人，即使你做下错，你岳父也是劝导你的，尤其是吃好穿好……"岫听到这儿，仍旧一言不发的站着，但察其形色，似有些快慰。

"本来我早已送你去了，谁料到那伙如虎似狼的员差爷又降临了，好容易才送出门！"他爹说着叹了口气，接着说："明天我送你去好吗？又不像生人家，还是自家的家一样，岫！"

"爹说怎么就怎么，不过我总想再念一年书。"

"我何尝不是这样想啊！但是你要晓得在这个年头……你大哥在家种稼禾，

我看看门，做点家务，还有一点，你要明白，若再念书去，你的个子也不小了，怕是拔掉学兵！假使当了兵，那时是多么的不便，一切不自主，父母不相见，兄弟妻子离散！最好你还是听我的话，到你岳父那边去，一则我也放心，一则你岳父也欢喜，时时教导你。十里五里，随便请几天假，到家玩玩……"他爹说到这儿，瘦黄的脸上浮起了一点欢欣的色彩，并时时望着岫，好似恳求岫的允诺。

本来送岫去学买卖，这在他爹的眼光看来，那是再好没有了。他老常常羡慕铺里的老板，觉得一身轻闲，比较当一个庄稼人好得多矣。再就他岳父的眼光看来，觉得有这么一个伶俐的学徒，尤其是自己的女婿，时时来侍他，是多么的愉快！所以在他女儿未嫁给岫以前，他老早打定了主意，直托人说好亲事，嫁给他女儿后，无时无刻不恋念着这件心事，只因没有一个好的机会，把他擢了来。这年恰逢着这么一个年头，他认为这是逼其心志的千载一时的机会。

至于岫呢？处在这不得已的环境中，不得不依从他爹，不得不把念书的夙愿暂时抛弃！尤其在这天，他听了爹的一番婉转的似悲似喜的慈爱的话后，使岫不由的深深的感着一种莫名的快感。觉得世界上，除了父母的伟大的爱，再那有比得上的啊！他呆呆的想到这儿，却不由的流下了一行行的情泪。这原是岫的母亲，早十年前已抛弃他而与世永诀了，他不禁想起母亲在世时对自己的慈爱，及殁后受人白眼……这不得不使他洒泪沾巾！

"岫！你觉得怎么呀！明天送你去吗？还是……"他爹见岫不甚快活的神色，料想他必不愿去学买卖，所以半响之后，才以极温和的口吻问他。

岫本想在家多住几天，但不幸返家乡，并不是他理想的境地，每天听不见一点新思潮的风味，而所见所闻到的尽管是些使他忍受不了的事，想还是早些离开家乡的好。

"爹！十分愿意！这一来，爹身上可不减少些负担吗？我怎么不愿意呢！"忍耐而再忍耐的这句话，终于不自主的说出来了。

他爹听了这句话，觉得十分有理，每年送岫去上学，至少需二三十元的费用，伙食还是例外的！若这次送岫到铺里去，不但减少些担负，并且每年还得十余元的薪资，随便可以享用。所以他老，心中异常愉快，把近来的一切烦闷，早洗得干干净净了，想将来他儿学成了一个商人，吃好穿好，身又轻闲，又阔气，那有像终日辛劳的一般农人，鸡叫起，半夜睡，每日在火焰的太阳下工作，血汗不住的滴下禾土，是何等的勤辛！劳碌！他想到这儿，面孔上浮着愉快的微笑，横溢着快活的精神！

二

岫自投身到他岳父的铺里后，每日只在堂前照应些顾主，也乐得自在惬意！

"起早睡迟"这是一般铺子处的规程。在闲暇的时候，岫便写写字，学学算盘，也不觉十分枯燥无味。

"岫！你真幸福！来到丈人的家里，又不造饭，又不打扫地。"这是岫的一个姓王的伙伴，初次对他的口吻。

"你看好吗？我倒不在乎；怎么样好，总比不上学校里的生活。"岫笑着泰然的说。

"你看我到这儿，已差不多足满二年了，在这二年的当中，可说尽在厨房里工作着，尤其初来的那天，唉！"姓王的说时向岫瞪了一眼，又接着："真不容易呀！老板开口向我警告道，不要偷偷摸摸的，学买卖要大方、伶俐，不要笨头笨脑的！"这显然是对岫不服气的话，岫早已深切的明白了。

"王哥！真对不起你！我知道铺子里的规程是有先来后到的，理应请王哥到堂前去打杂，我在厨房做些工作，但掌柜没有告我，也不许我这样做。所以我也未来帮助你，这太对不起你了……以后我随时来帮忙你！"

"岂敢，岂敢，你不像别人，是老板的女婿呀！而我们呢？那能和你相比，这简直是驴粪比麝香呢！"姓王的这种客套而刺激性的话，充分的表现出他的醋意和忌妒。

的确这也怪不得，因为岫的岳父对他太客气了，除在堂前打杂而外，其余的甚么事，都不叫他做。这在处于掌柜的立场看来，是没有甚么关系，做不做是掌柜的优越权力，那个还敢干涉！

但是在伙计们的眼光看来，觉得掌柜对待他们太不平等了，虽坦白的不敢直说出来，然在口头上不免有些埋怨，只敢怒而不敢言罢了。

岫呢？太难了，处于这样的境地，简直使他左也难右也难。不到后堂去工作吧，觉得同是一样的学徒，人家勤辛的在劳碌，而自己却安逸的享着福儿，这未免在良心上太过不去了。并且又时时听到一种不景气的风波，尤其是和伙计们相聚的时间比较多些，因此为两全其美计，岫时时偷闲跑到后堂去帮他们的忙，若遇着了掌柜问他时，岫便撒个谎，说是到后面解手去了。这一来，岫的同伴们虽对他忌妒的成分减少了些，但岫觉得，这绝不是一个久留的地。为保全亲戚间的脸面计，为保持他们师徒间的和睦计，不得不想别法，早些离开它。在岫的幼稚的心灵中想来想去，他觉得还是去读书的好！虽然家境很困难，但相信至少一年的学费，还能维持，自己节省些，也没有甚大的费用。岫相信他的爹一定能帮供他，他所以能投到这杂货铺里，全是由岳父的主见而来的。所以岫曾打定的脱身计，是等待明春S镇的X校开学后，跑去上学。他相信他爹听到这消息，一定能来看他的，他相信绝不再送他到铺子里。即使送他到铺里去，而学校当局是绝不许可的！

岫想到这儿，在暗淡的心田中，好像生出了一点光明似的，安安然然的坐在铺子里，专候佳期的速至，好早点达到他心目中的愿望。

这时恰恰是一个腊月年底，各商家要结账，所以格外的忙碌。讨账咧，检货咧，办年食咧，都是伙计们的苦。尤其是在过年的那几天，简直不分昼夜的在厨房劳作，那里说是过年？这在掌柜先生们说是过年，而在伙计们说来，真正是"过忙"，格外的确切些、名实相符些。

时光过得真快！一眨眼之间，岫在他岳父的铺里，已虚度了月余，看看X校快开学了，而岫呢？能否达到他的愿望，还是一个问题。

这一天，岫在铺堂出了一会神，蓦地，心灵一动，鼓起了他百倍的勇气，踏进了那间柜房。

"××！我想明天要上学去。"岫胆战心跳地说出了这句话，便很快的立正，侧目望着他岳父的面孔。

"甚么？……你又要想去念书啦！"很惊奇的样子："我不是和你爹常说吗？再不要送你去念书了，一则费用太大，再则念的又是洋书，终日跳着玩着，白白的荒废了大好的光阴，所以我为你爹减少负担计，把你领到这儿来。现在你又要想去念书，你爹允许了吗？"他岳父说罢，瞪了岫一眼，边拿过白干，往樽里倒着，还时时点着首。

岫本想原对答几句，可惜他嘴巴不听他脑袋的命令，终究吐不出一句话来。

"哦！你的意思我明白了……好！明天你先回去，向你爹问个明白，是否送你去念书？"他岳父说了，靠着床上的缎被，斜斜的躺下，仍一樽一樽的喝他的白干。

岫回到宿舍，换穿了长衫，他并不等待明天，便对同伴们说了几声"再会"，立刻奔回家去。

起初他走得很快，恨不得立刻飞到家中，快近庄园了的时候，他却有些犹豫了："到底怎样办？回去见了爹怎样说啊？"岫立定了脚这样自语着，好像有一块磁石，吸引住了他，不能前推了。

这时红日已西坠了，农家炊烟四起，那一缕缕的青烟，直升上了云霄。岫站在离家不远的山坡上，怅望着这"夕阳无限好，只是近黄昏"的大好晚景，心中便充满了愁思。同时他远远望见他爹好像立在门口，时时向他这边张望。

岫在山坡上呆立了好一会，才拽起沉重的脚步，慢慢的踱回家去。

"岫！你回来啦！铺子上亲家可好？"他爹惊喜的垂询。

"爹！我回来了，铺子上一切很好。"

"怎么这样迟了?"

"早上铺子里有事,所以动身的迟了。"岫只得暂时撒了个谎。可是他的不安的神气,总是不像往日,他爹也惊疑到了这一点。

"岫!你今天回来,是看我呢,还是有别的事?"

"爹,我——我——想——念——书去!"岫战抖抖的说了,默默的俯着头不敢看爹一眼。

三

一片天籁,无限情趣!大自然是寂静的,一切是歇息了。

东方的天上,横亘着一条白茫茫的银河。满天的星斗,一个个由明亮而暗淡……渐渐的黑暗消失了,光明莅临了大地!

这时三三两两的农人们,已离开他那温暖的被窝,开始着他们的工作了。

"岫!你睡着我到外面走走。"他爹说着起身下床,忽听大门外"当!当!当!"敲了几下。

"谁呀?"他爹边走着边高声喊问。

"是我啊!老伯伯。"从门缝中发进来的声音。

"哦!原来是王哥!快请进来。"他爹打开门,见是铺子里的王哥,欢欣的说。

岫睡在床上,听见王哥来了,便很快的爬起。

"快请坐,王哥!怎么这早?"岫笑着说。

"因为奉了掌柜的命令,请你来了,若不早点,那还了得!"王哥的这句话,说的连岫的爹也笑了。

"快抽烟,王哥!"岫的爹拿了水烟瓶,举给王哥。顺便又问他道:"王哥,今天到那儿去讨账?"

"那儿都不去,就是到你这儿来呀,老伯伯!"

这时的岫，已晓得他的来意了。

"老伯伯！掌柜说，今年是否送岫去念书？假使送的话，望您老伯到铺子里来一趟！"岫的爹不等他说完，便接道："不送去吧，王哥！一会儿你和岫一同去好了，亲家也没有十分要紧的话吧？"

"有否要紧的话，我也不晓得；不过掌柜对我这样说，所以我告诉您老伯伯一声……"王哥说着，转首向外一瞧，见屋檐上太阳的影子，已移下尺余了，便对岫道："你有否必备的东西？快准备去，我们好早些动身！"

"没有什么，王哥！"岫脸上异常憔悴，说时那眼眶中早充满了的泪珠，禁不住的淌了下来。

"岫！你和王哥先去好了，至于你一心要读书的事，到S镇的X校开学后，我们再看！"他爹安慰着这样说。

"好了，我们动身吧，回去还有事呢！"王哥说时已立了起来。岫的爹知道铺子里的规矩，也不强留，便对岫重新安慰了一番慈爱的话，携着他送出大门。看看他俩上了山坡，方叹了口气，做他这日应做的工作。

"王哥！昨晚我走后，掌柜有甚么话讲没有？"两人默默的越过了山坡，岫始向王哥问。

"没有讲甚么，他只告诉我今晨早些看你去……"

"咳！我今天去一定挨骂。"岫早已料到了似的。

"不，不，那……"

"那甚么？"

"你回去后，掌柜一定欢喜，那有骂你的理由！尤其是你的回家，是他允许的，并非是逃跑，又况且你们是亲戚呢！"王哥泰然的若无其事的这么说。

"是啊！我最感觉难堪的就因为是亲戚。"俩人说说笑笑，不觉已走得很远了。并经过S镇的X校，见三三两两的小朋友们，都夹了书包，兴高采烈的去上学。岫注目瞧瞧，全是些很熟悉的同学们，其中不认识的很少。岫觉得招呼他们一声也好，但是……还是不招呼的好，于是向王哥道："走吧，我俩走快些！"

"好！"王哥应了一声，刚拽开脚步，可恰这时有个姓李的，是X校的门房，他刚出校门，老远瞧见了岫，便高声喊道："岫！你往那儿去啊？何时上学来？"

"哦！是李哥吗？你近来好啊？我到上边去一遭，一会儿就来上学。"

"唔！"李哥答应了一声，并点着头微笑。

岫表面上若无其事的对李哥这么说，其实他心中早具有无限的伤感与忧愁！

"哎！王哥！我心中怎么跳得这样厉害，脸上也着了火一般的烧得厉害呀！"岫见快到铺门口了，心中觉得不好意思，遂望着王哥羞惭的说。

"好端端的心跳甚么啦！依我看来，一点儿关系都没有，何发烧之有？"俩人说时已抵铺门口了。岫见铺堂内坐着的那些先生伙计们，都睁大了圆眼，瞧着自己，只好俯下头鼓着勇气，复踏进了这监狱般的杂货铺。

真奇气，当岫走进院里，就碰见那个掌柜了。

"嚇！这个孩子又做什么来了！"掌柜向岫脸上恨了一眼，气愤愤的说。

"老伯伯说，并不送他去上学，所以和我一同来了。"王哥替岫解说。

"由性子的，这个年头，连饭碗解决不了，那有余钱帮你去读书！"掌柜说着摇摇摆摆的走进他的柜房里去了。

"活该！念了两天洋书，就……"掌柜刚走进柜房，立刻有这么一种声音，送到了岫的耳边，无疑的，这便是不服气岫的伙计先生们了。

固然，从此以后，岫的过活，绝非从前似的那样舒适了。但岫还时时惦记着他爹的"岫！你和王哥先去好了，至于你一心要读书的事，到S镇的X校开学后，我们再看！"这句慈祥的话。同时他默祝能早些实现！

一九三七年二月八日于晓庄

《新青海》第五卷第六期，1937年6月，第36-44页。

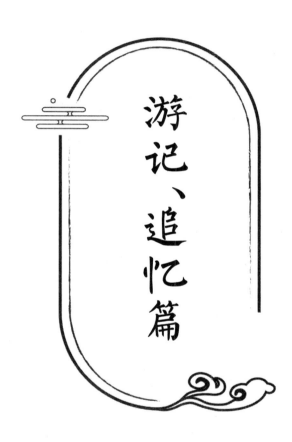

游记、追忆篇

燕子矶屐痕

/ 穆建业

凉秋九月的一天，骄阳西照在碧空，凉风阵阵的拂拂着万物。我约同一群从辽远的青海来京求学的朋友们，从晓庄（我们的学校在此距燕子矶仅三里许）出发到燕子矶去，那时各人的面部是充满愉快的色彩。

沿着绿草没胫的阡陌，向北走去，目光所及，尽是些美丽天成的图画。稻秧在微风的抚弄中翻腾着碧浪，知了知了的蝉声，一阵紧似一阵的从郁绿色的丛林中发出，山色在阳光里成了紫色。几处村舍，深埋在绿荫的庇护中，乡野的景色，逗拢着我们的心弦，高歌着，惊叹着。

农妇农夫们，一堆一堆的踏着稻田旁池塘中的水车。烈日在他们脊背上刺射着，发出古铜色的光来。他们还是用劲的踏着，那水声激动成"哗啦哗啦"的音调来，冲破了村野里寂静的空气。疲乏与昏晕，在他们是毫不觉着的，只是努力的向那几日来亢旱后晒得成了龟裂，现出枯萎的稻田中灌水，希望不因烈日的蒸晒而枯死，夺去他们整年中辛勤栽培的代价，也就满足了。他们看那龟裂开了的地皮，犹如龟裂开了他们身上的皮肉，他们成天的忙，成天的发愁，他们说"庄稼的好坏，是天老爷支配的，人实在没有多大的办法"，成就了十足的宿命论者，"靠天吃饭"的人，亲爱的读者，你有甚么感想呢？

中国的基础，在这杂乱的世界中，还有建立在这些辛苦工作，为生产而劳动的农民们的身上，他们不怕烈日、不畏寒风的苦斗精神，同那不分昼夜，爬在战壕里与强横的敌人拼命，保全国土，为民族争人格的军士们，一样的值得我们的钦佩与赞颂。

穿越了几簇疏落的村庄，出了那建筑在巉岩危崖间的观音门，燕子矶便在我们的眼前了。

登上了层层的石磴，绿荫庇护中耸峙着一座亭子。正中是一块大的石碑，上面镌刻着"燕子矶"三个大字，笔势是多么遒劲！背面是乾隆帝南巡时御题的一首诗，引起了我们的凝睇：

> 当年闻说绕江澜，
> 撼地洪涛足下看。
> 却喜涨砂成绿野，
> 烟村耕凿久相安。
>
> ——辛未暮春御题——

这御题的诗，我们是读过了。然而我又联想到前朝往事，当今国难：

当乾隆之世，西平西域青海各地；南定台湾，安南诸蕃，扩充国土，声威远播，万邦来朝，帖然悦服，国家权势的发扬，可说是盛极一时。曾几何时，内政窳败，外患侵扰，鸦片战后，丧师失地，国运突堕。以迄今日，倭贼肆虐，东省失陷，不仅昔日所辛苦经营之领土，尽为强敌所掠夺以去，而为清室发祥地的辽、吉诸地，亦皆失于不抵抗的军人，及清室末帝溥仪的手，数典忘祖，为虎作伥，抚今追昔，瞻念神州，能不令人凄泫欲泪，感慨系之！

然而感慨是书生病，呻吟是弱者音。"天下兴亡，匹夫有责"，凡我热血沸腾的青年，宜如何奋力振作，毅然决然，负救国捍难的职责，坚抑强扶弱的信念，准备以沸腾的心血，湔涤国耻，使此破旧的国家，成为永远自由幸福的乐园。那才不愧为文明古国的主人翁，伟大华族的骄子。

登上御碑亭的顶巅，远山近水，烟村绿树，悉收眼底。左顾右盼，目不暇接。大江滚滚，宛如舞女裙带一条，巨浪在翻滚，银鳞在闪烁，白鸥在飞鸣，彩云在变幻，轻舟在漂浮。遥瞩北方，天空与地面是一栏的广阔无涯际，这是诗情，还是画意，我是分辨不出来了。只听着大家在惊赏，在饱玩，沉浸在燕子矶的雄洪绮丽中了！

燕子矶：这个名称是叫得一点儿不错，你看吧！那兀立在大江滨的一块的矶石，不是如那轻巧的燕子，展开翅翼，飞向江滨吗？那些嵯峨的石头，有的好像那印度非洲的猛兽，有的好像那教堂里尖顶的石塔；有菱形的，有方块的，也有……，千奇百怪，纷然杂陈。大石的裂罅中长出坚硬繁茂的小树来，临风摇曳，有丝丝的蝉声，不断的叫唱着。

俯瞰矶下，惊涛裂岸，声如狮吼虎啸，震人耳鼓，伟壮无比。游人到此，多蹵畏不前，以其悬崖峭立，大江汹涌，有凛然不可触犯的气势。

点点风帆，逐浪漂浮。黑烟缭绕的小火轮，划着巨浪，鼓勇前进，浪花四溅，它附近的帆船，在人浪的威胁中，显着极其的摇荡，只不过极短的时间，那些小火轮已奇速的前进了。那些帆船，仍旧在巨浪的拨弄中挣扎着，这不是"优胜劣败"的暗示吗？

"死不得，想一想"，一块插在矶头的木牌上，写着这样的警句，极惹游人的注意与谈论。听说在此舍身寻死的人，无年不有，有男有女，有老有少，有为悲痛身世而死，有为追求情侣而死，随波逐浪，葬身鱼腹，那一个不是恶劣环境的降伏者，及情场中的痴迷者，反映出这大中国社会的不健全来。

然而人生是奋斗的，跳江而死，断送一生，是怯懦的人们的作为，我们生于斯世，要不断的与厄运搏斗。生命方有意义，我实在不同情于这些跳江而死的人们。

渔舟里，时有悠长的铿锵的乐声，漾散到江滨来，和着那江涛漱着的崖石的轰轰声，刚柔合奏，听来顿觉悦耳，万千思虑，乍然消逝，我们是沉浸于温馨恬淡的境界中去了。

"短棹钓船轻，江上晚烟笼碧。塞雁海鸥分路，占江天秋色，锦鳞拨刺满篮鱼，取酒价相敌。风顺片帆归去，有何人留得？"此情此景，于此处悉可得之。

俊俏的建筑，耸矗在俊俏的崖头，燕子矶照相馆是在这里了，陈设雅洁，十分清幽，进内有佳茗飨食，付资随意。看那西方，大江在望，劲风袭人，蝉声悠悠，树影娑娑，傍晚霞光射向玻窗，玻窗映着霞光，万千光辉，闪耀馆内，令人眼花缭乱，不可鄙视游倦的人们，很可以到此一息，畅观奇景，或请其摄影，留作纪念。

馆中照片书画，琳琅满目，有挂轴一幅，上书李笠翁登燕子矶一首，录下献给读者：

名山到处有，

难在大江滨。

燕子飞飞地，

渔人泛泛津。

帆随千里目，

亭绝万年尘。

可惜登临者，

因风略怆神。

冯玉祥游此，为该馆赠"天下第一流"横幅，悬挂馆外，尚有某氏之"独立作中流砥柱，凭空撑半壁河山"的一副对联。

离此数里，向南行转西，为燕子矶图书馆，除书籍画图外，尚有京沪等处报纸多种，任人阅读。

燕子矶小学，在下面北隅，我们进去参观，布置施设，井然有条。一些小朋友们，手牵着手，唱着悠扬的歌词，跳跃在碧绿的草地上，一片烂漫的天真，怡然自乐的神气。使已往在喧嚣的城市里过了小学生活的我，不自禁起了慕意，一面深深的敬佩着创办该校的人们，能够利用秀丽幽静的自然，艺术化的境界来孕育国家基础教育的小朋友们，使他们在优良环境下，殷勤训导中，陶冶成温良的性、纯洁的心，成为国家未来的优秀公民。

思潮无休止的起伏，情愫也不绝的变化着，天也变了，黑云堆堆，前后拥挤，如万马奔驰。风也来了，光也暗了，急雨快要降临了，催着我们加紧脚步匆匆的还归去。

一九三二年八月二十九日于金陵晓庄

《新青海》第二卷第三期，1934年3月，第81-84页。

李白涧

/ 自发

　　我到临潼新丰已经两月多了，因为天天忙于辞去银行跑腿，对于久闻大名的秦皇陵、蔺相如墓、鸿门等古迹，虽相去咫尺，而未尝亲历其境。迩者跑腿工作，暂告一段落，我从合作社搬到三育学校，和一位去秋同住西北调查之朋友住在一块，他是一个书画兼优的文艺大家，艺术家性情，多半浪漫，可是他们的那种生活，总算是文雅者流。因此我回想起从前的我，好像也曾文雅过，只是不成一个艺术家，现在的我当然不能奢谈什么艺术不艺术，可是每当春花秋月之时，或临山清水秀之境，总想把自己学文雅点。

　　说也奇怪，这几天我心里这么想着，一日黄昏时候，信步渭河滩，广路宽衍，一碧万顷，远远望去，只见水迢迢云渺渺，一时想起"渭北春天树，江东日暮云"之句，低咏了半晌，便觉得有点文雅。于是徘徊了几步，转上坡儿，一座土墩，横入眼帘，登墩放眼回顾，大路茫茫，禾麦油油，山是眉峰聚，水是眼波横，这种情景俨然活显于眼前，时而一只小舟从那边渡到这边，却被岸上之杨柳遮着，看不清载的是谁。

　　未几太阳落了，天边只剩一抹微霞，河畔多添几个噪蛙，此时我很想作一首诗，以实余之文雅，可是扭了好半回肠子，总是扭不出来，自觉头脑渐重，恐怕着了风寒，有伤大雅，乃缓步回寓。是夜和三育之几位教员谈及我方才所游之地方，他们说那恐怕是你到了李白涧，是不是？我听得"李白涧"三字，回到房中，躺在床上，又扭了半回肠子，这才扭出了歪诗两首，书之如下，以实余之文雅。

（一）

嫩绿无边春初透，
非干病酒诗人瘦。
欲问诗人去那边，
眉山隐隐云出岫。

（二）

杨柳岸头系孤舟，
懒蛙闲噪意更幽。
岁月催得诗人去，
涧底空余水东流。

一九三五年春于新丰

《新青海》第三卷第四期，1935年4月，第56页。

青海游记

/ 李自发

故乡

一九三四，八月九日，发自西宁，有李林海、马子彦相伴，乘骡车溯湟水西上，行六十里过扎马萨桥，入湟源石峡，一路山明水秀，青葱一色，至石板沟、晌河尔一带，山坡华树阴翳，山脚湟水急湍，不禁令人回忆往事，低咏"人世几回伤往事，山形依旧枕寒流"之句，描拟其真。

西宁是我生身之故乡，湟源是我成长之摇篮，这条潺潺的湟水，是我初时游玩之所在。自从民国十八年春，土匪马仲英屠城以后，我在枪烟弹雨之下，亡命出来，游学江南，迄今已五年有余了。而今故里重归，得晤家人亲友之面，亦人生快事也。我在车中这样想着，不觉日落西山，暮色苍茫，晚九钟抵湟源县城，故乡风光依旧，但此来劫灰零落，市面萧条，不堪回首矣。

十日大雨淋漓，留家畅叙别情。十一日雨霁，偕李、马二君出城调查农业。十二日雇骡车二辆，兵士二人护送，开始塞外长征，此来本应多住几日，借叙天伦之乐，怎奈公务在即，同伴又频频催促，那时我也以为"别久见时欢，聚久别时难"，倒不如匆匆而来、匆匆而去的好受些。加之浩劫之后，疮痍满目，元气未复，而人民之痛苦变本加厉，苛捐杂费之外，继之派兵要马，生民涂炭，莫此为甚。山明水秀之故乡，竟成了乌烟瘴气之社会。记得去年有位同乡由京回家，在他的来信上说："进享堂，如入牢笼；进家乡，如入坟墓。"今余身入"牢笼、坟墓"之中，目睹时艰，有何天伦之乐？那时我们的心中大有"匈奴未灭，何以家为"之慨，于是说走就走，并无什么留恋。

但是，当我离开故乡，从家人朋友之中分散出来，大哥和妹夫跨马送行，送到城南湟水桥头，道一声再见，他便勒马缓缓回去，在马背上又不时回头怅望我们，此时我独倚在车辕上，目送着隐隐的故乡，是如何的黯然伤怀！苏曼殊所谓："契阔死生君莫问，行云流水一孤僧"之诗句，恰成余当时之写照了。

《新青海》1935年5月，第三卷第五期，第78页。

沙漠中之绿洲

十四日向东南行，地形渐低，经长凡四十里至山沟，草干水涸，深入不毛，至共和县府二十余里处有温泉，水不甚热，地名"阿一亥"，县长魏泰兴君在此扎帐欢迎，少进茶酒，前行七八里有沙山成四十五度之斜皱，沙粒流动，骡车几不能渡，过沙丘，则为平川大路。荒凉满目，黄河浩荡，横贯中部，地势因其冲积形成三层平原，头道原干燥不毛，二道原田连阡陌，三道原靠近河滨，柳荫蔽日，河中有岛曰夹滩，长草没膝，密如水稻，时当夏秋之交，蚊虫甚多，不堪久留，居民来往，须以皮船渡河，气候景物，酷似江南，惟缺一水牛与草屋耳。

共和县府附近考察二日，于十七日乘马出发，兵士四人护送，沿黄河北岸西上，芜野万顷，人烟渺茫，天然飞机场，处处皆是。行廿里至沙漠，沙丘起伏，荒无人迹，又三十余里，遥见沙窝中，露出杨柳数株，黑乌乌的帐幕，隐显其间。余等相顾而笑，忽见两只牛犊大的牧犬，如狼似虎的扑将上来，余等拉紧缰绳，一面投鞭打狗，一面策马前进，至幕前番妇笑相迎也，茶话间又和他玩笑了一回，其态度之和蔼大方，颇有欧西女人之意味。复前行，只是"平沙渺渺迷人远，落日亭亭问客低"，身临此境，令人意远，约廿余里，至目的地——铁盖林。该地北枕沙漠，南依黄河，东西十数里，南北五六里，森林密茂，一望苍苍，斜阳低落林梢，辉光反照，云霞似血，与绿荫打成一片，风光绮丽，洵沙漠中之绿洲也。

余等喜出望外，牵马下沙坡，渡溪流，拨枝穿林，寻觅村舍。忽一马误踏蜂窝，刹时群蜂骚动，乱刺人畜，同伴马君子彦受伤最重，叫痛不止，次日循原路而返。

日月山

湟水绕流湟源城南，源有二，一为西源，一为南源，西源是主源，南源是副源，此南源俗称药水河，由湟源去共和，药水峡是必经之途，峡长十数里，山坡之上，稚松亭亭，青翠可爱，遥望南山（即翠山，俗称华石山），层峦叠嶂，积雪皑皑，不胜凄凉之感。

十三日拂晓至日月山，乃为两个馒头式之小山互相连接，中间空凹处，彷佛半轮日月，故名。或曰："唐文成公主从藏王至此，不胜荒凉之乱，遂遣使入朝，取银赎她，此银形同日月，使者见之，以为奇物，私之，另出假银与之，藏王不收，公主无奈，遂入藏。"日月山之名，由是而起。若唐之言，无足信者，而斯山饶有小说意味，甚觉有趣。山系红色细沙，积结而成，山上绿草如茵，朝光照射山头，与红沙绿草相映，光彩陆离，更觉神秘。

过山岭，则见草野茫茫，举目无涯，帐幕牛羊，寥落其中，风光凄凉，纯为塞外景象。中午至"茶你哈"地方，在黑牛毛帐房内打尖，羊肉炒面，吃得非常痛快。复前行至倒淌河，此河由东而西，入注青海，过河则入柳梢沟，道路窄狭而崎岖，石头满途，骡车颠荡欲裂。沟中杂草灌木，极其茂盛，野花开遍，芬芳袭人，沟处忽然开朗，地名"挖盐诺尔大滩"，东西五十里，南北廿余里，水草丰茂，万山缭绕，中成天然牧场，行至尕海滩，冰雹大作，衣履尽湿。闻此去青海海滨，仅十里许，乃顺便一游，稍事留逮，晚六钟至共和县属之东巴。居民全系藏族，习汉语者仅一人，因地低气湿，耕作为业者，垂三十年矣。房屋饮食与汉人无大异，惟炕（土床）与锅灶相连，为其特色。村民见余等至，相率列于道左，举手欠腰，表示欢迎，妇人孺子，皆以好奇的面孔，站在门角张望。夜间杀羊款待，意极殷勤。闻余等来自南京，便再三叩问曰："中央何时来解我等之倒悬也。"这种被压迫民族的呼声，殊令人心酸气愤，夜不能寐。

曲乃亥之深夜情歌

十九日晨光曦微中，向"畦里么"山进发，山石错落，苔藓苍苍，山路盘旋屈折，如在画中游。约行三十里始登山岭，四瞩则峰峦高插云，似与天接吻，仰天长啸，空谷四应，俯视则削壁悬崖，屹立万丈，石径崎岖其间，令人目眩。众乃牵马蹑足，小心翼翼，循山水穿流过之石径而下，主山麓，红轮已西坠。复经一高原，下坡即"达曲乃亥"。依山傍水，风景清幽，暮烟潇潇横锁着两三家，村民纯为藏族，不习汉语，耕牧兼营，生活倒也舒服。村之西南五里处，有温泉，约华氏七十度，水崖隙喷射而下，淙淙盈耳。欲洗澡，因天晚未遂，夜宿百户家，皓月当空清风微拂，夜凉似水，万籁俱寂，但闻远处传来番女歌声，时高时低，如断如续，歌曲凄凉婉转，似非发自噪喉。余旦不解其意，但音调悱恻而动听，不禁引起内心之共鸣，于是侧耳静听，直至入睡，梦寐中余音犹缭绕不绝，殊令人不胜天涯飘泊之感，因为之诗曰：

> 寒寒月夜拂清风，
> 番女高歌倍伤情。
> 悲声悠悠荒野外，
> 余音袅袅梦魂中。

青骢芳草难留住，

一襟幽思向谁论。

《新青海》第三卷第六期，1935年6月，第63-65页。

罗汉堂

二十日黎明登程，翻山越岭，中午至罗汉堂，在一座大山之脚，呈现出一片平原，一条弯弯的小河，绕过村后，村中果树成荫，红红绿绿的果实，叠叠枝头，令人垂涎，田里的荞麦正开粉红的花，点缀于绿荫荫中，风光秀媚，一路观玩不尽，人家约有二三十家，大都是耕牧兼营之番民，田畴即在村庄周围，牧场另设于深山荒野中。该村红布（番民呼村长曰红布），听说我们来了，便邀入他家休息，将到巷口，忽闻铃声叮当，好像是喇嘛在念经。问他何故，答曰："今年庄稼未被冰雹之灾，村民照例诵经念佛，答报苍天。"这种情形，完全是神权时代遗迹。于是茶点完毕，又吃了些熟过度的杏和尚未十分成熟的梨，临别时，红布又送我们每人一条"哈达"。据说：这虽然是没用处的一段淡蓝色的粗蓝绸，但仅产自西天——印度，送人一条哈达，就等于送了一匹马。大家听了颇觉有趣，只好留下作纪念，是日行百里，夜宿"和尔加"。我一路回忆罗汉堂的风景遂成歪诗一首，聊以自遣。

溪流净淙，

萦回村后，

果树葱茏，

禾黍盈畴。

荞麦花儿点缀其间，

煞像绿荫丛中，

铺了几块鲜红的毛毡。

渡过河儿，上了坡儿，

绕过一道矮矮的红墙，

垂柳和白杨，

摇曳在垄头深巷，

牛儿倦卧在大门旁，

莺儿歌唱在柳梢上，

标杆高矗，

经幢在望。

忽地里一阵铃声，

叮当！叮当！

《新青海》第三卷第七期，1935年7月，第37-38页。

黄教最高学塾之塔尔寺

由贵德往西宁，翻越拉脊山，则全系下坡路，出门闫峡，连翻几个红土丘，下午三点钟到达塔尔寺。山坳中僧宇佛殿，参差巍峨，翠松香柏，亭亭于半山之上，杨柳杂木，丛蔚于溪流之旁，大名鼎鼎之金瓦寺，适当斜阳反照之际，辉煌闪烁，光彩夺目。寺院罗列山坡东西，中隔涧沟，虹桥通之。过桥则八塔高耸，圆顶方基，形似玻璃油灯，高丈许，排列整齐，望之肃然起敬。

塔尔寺内佛殿甚多，屋脊金色者二：一曰大金瓦寺，一曰小金瓦寺。大金瓦寺位于全寺中心，殿为三层，金碧辉煌，实际乃铜镀金，年久不锈，光彩陆离，真伪莫辨，殿内有高塔，黄绸幔包围之，系佛教改革家黄教创始者宗喀巴（俗称宝贝佛）之坟基。上供其造像，高约六尺，据云：系纯金所制，桌上供器杂陈，如神灯、净水碗等皆系金银所铸，灿烂满目，神肃极矣，殿前许多阿卡（僧）赤脚光头不着裤，身披袈裟，五体投地整日磕头不住，二寸多厚之地板，竟被磨穿。据云：年须换地板二三次，其崇拜之笃，概可想见。小金瓦寺在八塔附近，内有虎、豹、野猪、野牛、野熊等遗体，列制殿左，彷佛小小博物院。

菩提树，在金瓦寺内，高二丈左右，直径五六寸，枝叶酷似桦树，树名系藏文音译。闻宗喀巴脱胎时，其母埋胎衣处生此树。寺僧以其叶似佛像，视为神物。

大金瓦寺前有经堂一座，系僧众讲经念佛处，屋基一百三十方丈，分两层，共二百六十间，正中二十八间上下贯通，周围皆楼，升堂入室，五彩毛毡，纵贯堂地，可容坐千人，由此可见该寺号称有三千六百八十名阿卡矣，而能入堂读经者，最多不过千人耳。建筑檐牙栋梁，雕镂极精，于庄严崇丽之外，代表佛家艺术之精神，入其中则神秘静穆，充满宗教色彩。

大经堂东角，为大厨房，有大锅三口，直径七尺，高四尺半。又有较小者三口，直径四尺，高三尺许，堪称伟大铸物。一群班子哇（小僧徒）转运茶水，争先恐后，乱忙如蚁。

此外又有所谓印板集哇、社火院、火拉郎、吉巴拉郎、满巴拉郎、丁科拉郎、大集哇、吉巴集哇、满巴集哇、丁科集哇及八十处集哇等，建筑各有特色，因天晚未能一一瞻仰。

塔尔寺为黄教鼻祖宗喀巴诞生地，亦为黄教最高学塾，其内部组织，一为现代式之学校。其所谓"四大拉郎"，每处有喇嘛一人，掌管全寺教务，故寺院等于学校，拉郎等于教务处，集哇等于事务处。大拉郎之大喇嘛，即等于学校之教育长，大集哇之大老爷，即等于学校之事务长，惟其集哇八十处，每处有活佛一，轮回转生，为黄教特色。如大经堂即是学校之大教室，社火院即是艺术院或俱乐部。其他诸此类推，一切与学校之组织无大异，寺僧除念经拜佛外，对于图画、音乐、手工等艺术，亦有专门研究者。每年旧历正月十五日开会，谓之正月观经，摆花架，跳社火，热闹异常，与学较之游艺会相同，惟含有祈祷神佛之意味耳，花架系酥油（乳油）所造之各种佛像及花木鸟兽，陈列灯光炫耀之下，层层叠叠，布置为佛殿，造像生动，花木鲜丽，艺术之高妙，不亚于欧西蜡人。

《新青海》第三卷第八期，1935年8月，第41-43页。

三山游记

/ 惜灵

风景不殊，新亭多泪，斜阳草树，徘徊无限！当此外患日迫、灾殃满目之秋，以言游兴，颇觉忘情于忧患，而涉及寻乐，非志士之所应尔！然鉴古知今，尝从实地观察得来，探险寻幽，无非跋涉登临，是以名山大川之游，无论生逢何世，总有益于吾人之经验观感，不可以等闲视之也。

本年暑期，学校不愿吾等习于好逸恶劳，特又实施童军训练。未开始前，先以十日纯属休息时间，俾得在此期内，有所准备，且少调剂其生活，因与同学乘间发起镇江三山之游。事先计划，决定由水程去，从陆道归，部署已定，一行十余人，乃于七月八日午，自下关登招商局江顺轮，顺江而下，两岸青山迎送，江上雪涛角逐，私念长江天堑，似此非壮观而何！午后五时左右，即安达目的地。当夜于万家灯火中，参观市容一周，憩于逆旅。

次晨江雨霏霏，烟云弥漫，众皆担心其杜门逆旅，不得如期登临，坐不安席者久之。既而逐渐雨霁，云如张盖，共谢天公攘美，又喜逐颜开矣！于是穷一日之力，遍历焦山、北固、金山，及其他僧寺园林之胜，心旷神怡，兴尽方停。翌早旋搭京沪车回京，小小游程，遂告结束，因依游次略述三山之梗概焉：

焦山

焦山距镇城约九里，为挺峙江中之一孤岛，古名樵山，相传汉处士焦光避诏隐此，而得今名，且与金山遥相观望，而特擅幽静。东坡诗所谓："金山楼观何眈眈，撞钟击鼓闻淮南，焦山何有有修竹，采薪汲水两三僧。"可想见其雅况。吾等往游时，由镇焦小轮载渡，遥见一列精舍，鳞次山麓，风神潇洒，有若蓬瀛，意先为之妙绝！舟泊山门，吾等摄衣而下，前未数武，便有童子二人来作向导。盖依游客为生者也，先入为定慧寺，正面建一大殿，西为瘗鹤铭亭，刻石数事，嵌诸壁端。中有东坡像，峨冠博带，神致宛然。殿右有圆门以遥枕江阁。阁南望象山，炮台垒垒，俯视江水，如在足下。其后即为彭公之退思斋，有杨一清及岳武穆墨迹，观赏之下，向往靡已。又左则为松寥阁，梯形螺旋，殊饶别致！上供端方铜像，盖督两江时所造也。出定慧寺，沿枕江阁墙下拾级而上，至焦公祠，得瞻仰杨椒山（杨继盛）先生画像，并题额："杨子有心涉扬子，椒山无意合焦山。"气慨风度，如见其人。更上则为夕阳楼、大观台等地，再上即为吸江亭，因属炮台地带，高标"游人止步"，乃于山半共留一影而返，恨未能登峰造极也。

焦山砥柱中流，自古便为重镇，当宋代金兀术分道渡江，韩世忠屯兵京口时，上元节金兵至，则世忠已先按兵焦山，兀术遣使通问约战日，许之，战将十合，梁夫人亲执桴鼓，金兵大败，民族英雄，为名山生色不少也。今则上建炮台与南岸象山、北岸都天庙二炮台，互相策应，共扼长江噤喉，形势愈见重要矣。

北固

游焦山归来，中途弃舟登陆，便上北固，北固之胜，地利声名，尤较风景见重，因其形势与金、焦二山相为犄角，内足以固京口，外足以蔽江南。三国时，孙刘对垒，常驻重兵于此，而今重要不减当年也！山麓层层石道，历阶而升，吾等于长廊下稍憩片刻，遍览天王殿、甘露寺、石帆楼、一览亭等诸名地，一部残废荒凉，一部辟作学校，沧桑兴废，当非昔日之旧观矣。

甘露寺相传即为吴国太相婿之处，有十景之胜，曰：武圣岩、石帆峰、走马间、卧龙洞、蛤蟆石、真柱石、秋日潭、甘露门、五岳塔、凌云亭等，或点缀风景，或留迹故事，都具来历，未暇细推底蕴。

以言古迹，则有试剑石，在凤凰池中，传为刘备赏于石上试剑暗卜成败，其然与否？未可以为征信。次有铁塔，在后峰门口，谓建于唐代李德裕，残缺零落，只余二级。次为太史慈墓，天下第一江山碑等，都散见于各处，古色古香，现诸其间也。

览胜怀古，心常相伴，而北固英雄事迹独多，益令人凭吊兴念，当日轰轰烈烈，不可一世者，均付与水东流，萧寺疏钟，徒令人唏嘘而已！低诵稼轩北固亭怀古词，苍茫万古，愈形真切矣。

千古江山，英雄无觅孙仲谋处。舞榭歌台，风流总被雨打风吹去。斜阳草树，寻常巷陌，人道寄奴曾住。想当年、金戈铁马，气吞万里如虎。元嘉草草，封狼居胥，赢得仓皇北顾。四十三年，望中犹记，烽火扬州路。可堪回首，佛狸祠下，一片神鸦社鼓！凭谁问、廉颇老矣，尚能饭否？

金山

吾等以半日探幽焦山，吊古北固之后，于是入市午饭，略作休息。既而鼓舞余兴，即次金山览胜，长扬夹道，南风习习，吾等所坐黄包车有十余部之多，洋洋洒洒，鱼贯而至，入山门，七级月台，上为大雄宝殿，佛像梵器，俱备庄严，吾等不佞礼佛，只赏鉴其金碧辉煌，艺术匠心之妙耳。出殿西向至藏经楼，东转高妙台，略事流连，旋又拾级而上，以登慈铭塔绝顶，凭栏远瞩，日穷千里，沧溟浩渺，一江悠然，而全镇形势，及山寺规模，均历历收于望中矣！于是披襟狂歌，意若登仙，俯瞰下界，烟云缭绕而已！下塔辗转至法海洞，旁有石穴窈黑，引烛可入，僧谓此即第二代开山祖师裴头陀，获金驱蟒处，禅林神话，姑妄听之。

游寺既毕，吾等回顾全山建筑，则崇台杰阁，佳构殊多，琳宫绀宇，宏丽无限，南国多寺，其巍峨如此者，实不易观也！山寺藏有诸葛铜鼓，及坡公玉带，惜未能一见，殊为是游之遗憾云。

其余南郊诸寺，与他处园林之胜，或以时间不许，未及履痕，或则匆匆而过，未加细赏，走马看花，挂一漏万，姑略而不写。只焦山精舍幽邃，北固览古伤神，金山崇峻艳绮，为雪泥鸿爪之最深刻者，故拉杂记之。而斯游也，虽行不过二百里，登不过三数山，其接于目而印于脑者，江山万古，风物迷离，英雄事业，历历如画，不无一述之价值也。

一九三五年七月十二日于都门晓庄

《新青海》第三卷第七期，1935年7月，第38-40页。

滁游纪略

怀予

滁县古南谯地，隋所置为滁州者也，宋代沿之，以为永阳郡，欧阳公曾宰斯邑，庶政理安，与民徜徉于山水之间，构醉翁之亭，歌丰乐之章。千秋佳话，流芳遐迩，使后之人诵其文而向往靡已者，比比皆是也。

予负笈京师，往返三过其地，征尘仆仆，山色树影，一抹而过，从未暇一临胜境，心实为之怅。昨岁秋深，学校为调剂读书生活，曾有分班旅行名胜之举，众咸以滁县为宜，而本班独以课事稍繁，直延至霜露既降、木叶尽脱之际，始由刘、尹二导师率以俱往，畅游之余，获偿夙愿，弥觉欣然！

是日天气沉阴，彤云密布，游兴方浓，概不为顾。晨六时许由校乘汽车出发，先达下关，旋鼓轮渡江，搭八时廿分津浦游览专车前进，经东皋、乌衣诸站，凡九十里遂至于滁。舍车步行，穿城入山，荒寒寥瑟，郊景清绝，既而峰回路转，有亭翼然，知为醉翁之所在也。予等方拾级登临，遇山僧达修在监工修桥，乃导入内瞻仰欧公刻石遗像，因思亭固在斯也，茫茫千古，公竟何往，情丝蒙络，款款深深，但有一记同夙契于古今，诗人之感人，抑何切耶？

亭依山旁林，境极幽邃，视其规模，当非旧观，左右多历代名人咏题，古色古香，琳琅满目。其西回廊曲折，别建桥亭，雅静无比，中有台可资远眺，有池水方枯竭，想春夏之前，游鱼倒影，定有一番佳趣也。予等流连久之，仍还于醉翁亭畔，小坐品茗，超尘绝俗，胸襟洒然。亭除有售滁菊、菊枕，及大苏所书醉翁亭记拓片者，均滁县之特产也。游人辄购之，以为纪念云尔。

亭游既竟，乃入琅琊，古木寒径，鸦雀惊飞，予等迤逦而上，惟是林壑百卉俱靡，只有枫叶数片，临风欲坠，几竿修竹，玉立山坳。残红余绿，掩映成趣，若落落寡合，卓尔不群者。未几至琅琊寺，山僧达修复前迎候，慰问备至，寒耶？困耶？不胜一一，旋命沙弥导游，得尽发其幽奥！

初入山门，一带廊庑，固无甚可观，既曲折入内，上磴道才几级，已至开化寺矣。正中为藏经楼，两翼护之，颇庄严精致。楼上香烟缭绕，极旦静穆。其左为祇园，峭壁屹立，状殊突兀，前有平台，建一大庭，而万丈之内，苍松翠柏，蔚然深秀，当此岁寒天末，草木摇落，独此处容色不改，几疑置身天外也。所在花木中有南天竹者，结红粒如珍珠，累累枝头，娇艳可喜。巉岩之二，多近人石刻，尤点缀生色。

出园循石径入林表，有六朝松，归云洞诸胜。松虽不及考证果否六朝遗物，而孑立石隙，亦觉称奇。涧则有宋人石刻，雄劲不足，清隽有余。环山下行，达无梁殿，其结构不用一草一木，全以砖瓦砌成，故名，亦山寺特殊之建筑也。正玩赏间，一沙弥忽报饭午，盖予等事先所嘱备者，席间菜肴俱系素品，清新可口，特具风味。

餐罢略歇，抖擞精神，以登天门，琅琊之最高峰也。造极远望，群山俱伏，而滁县全城，历历在目，欧公所谓"环滁皆山也"，于比可以览证矣。据山僧云：东眺可见紫金山，惜天气阴霾，烟岚四起，掩蔽未见，引以为憾。

在南天门从目既久，天忽放晴，逸兴遄飞，畅快绝伦，于是师生倚石列坐，闲话古今，庄谐杂出，怡然而笑，乐何如也。既而夕阳西下，天风振衣，乃相与下寺还寺，重酬山僧，为作归计。沿途别经明太祖柏子龙潭遗址，及丰乐亭诸古迹，徘徊久之，始入滁市，略进面点，赴车站遄归，渡江入京，已万家灯火矣。

斯游也，以树木萧瑟，北风方悲，不见野芳幽香，佳木葱茏，或以为恨非及时而至。予则以为不至，醉翁亭记云："风霜高洁，水落而石出者，山间之四时也。"四时之景不同，固不能减其疏林寒鸦之美，爰笔记游屐如此。

《新青海》第五卷第四期，1937年4月，第35-37页。

游青海五峰寺及参观土人家庭

/张用先

　　七月十九日清晨起床，早餐后，同田君太芳，及米君龙田，策骑往游五峰寺。出互助县西门，渡过小河，路途平坦，马行甚疾，一路碧草如茵，嘉禾蔽野，流连观赏，竟忘路遐，约三时钟，即抵目的地。

　　寺在五峰山腰，二十里外，隐约可见，至山麓视之，树木青葱，山径崎岖，舍骑步行，披蒙茸物而上。甫入山门，有泉曰澄华，清可见底，掬水少许饮之，沁入心脾，予游五峰寺，诗有"一饮使人沁心肝"者，盖纪实也。泉中有蓝花一株，高约尺许，微风吹来，随波荡漾，四周碑碣之上，名人题咏甚多，可想见其名贵云。

　　气息稍定，叩门入殿，则老衲未在，雏僧置茶水山果以饷游人，予同田君等盥漱既毕，即往各处参观。殿宇僧舍，皆极简朴。最后往观黑虎洞，虎为黑石雕成，长可数尺，口张如斗，口中喷出清水，大若茶杯，水花射人，寒气入骨；虎上骑一石雕之神，手执金鞭，狰狞可畏，俗名"黑虎赵爷"；虎口之水，盖自虎尾之后，接山涧流出者也。

　　正中为佛殿，结构虽非壮丽，而偶像之精致，绘画之巧妙，为从来所未见。殿外斜坡之上，有一崖，壁立如刃，高约百尺，四周亦绝无曲径可通。上有一亭，据土人云：鲁班所建，佳时令节，常有神仙在亭中围棋。传说如此，姑妄听之，其他如玉皇、三清各殿皆别有佳致，特不若是之奇诡耳。

　　佛殿对面，万山环拱，群峰拥抱，此间气候极寒。虽无多大森林，而青翠宜人，观赏不已。游既毕，与田君等同食从者所携之菜肴，食罢继以棋战。山间野鸟声，殿外溪流声，田间土人歌唱声，加以吾等之棋子声，龙田之箫笛声，太芳之诙谐笑谑声，使人心旷神怡，客愁顿消，几不知此身之在二千里外也。

游兴既尽，策马欲归，太芳笑语予曰："离此不远尚有阴、阳二泉，盖往观乎？"予因塔尔寺之游，各处皆到，独不获一游欢喜佛殿，殊为恨事，今闻此泉，欣然愿往。一在寺左，有一天然之石嘴，长约四寸，状若男子之阳；一在寺右，有凹形之口，长可二寸，俱喷清水，状若女子之阴；故以阴、阳二泉名之，造物之钟奇施巧，抑何可怪，相与拍手大笑者久之。

游罢，同田君等往山下土人家参观，土人服装性情，与汉人不同；其屋宇之建筑，大率用土，房亦土棚，门外环以土墙，状如照壁。予等甫入大门，见有巨犬一只，身长四五尺，头大如狮，口张如斗；见生人入门，狺狺狂吠，声震耳鼓。未几即有老妪，出来招呼，予时面色如土，心怦怦然，窃忆尚书所谓"旅"者，殆此兽欤？设不以铁链系颈，则今日之遇，岌岌殆哉。

入门后则见房舍整洁，什物皆备，且书室之内，陈设一榻，桌上置书，壁间挂画，惟书法不大佳耳。无何，主人以汉衣冠相见，并以牛乳茶饼飨予；叩其姓，则云杨其姓，宗士其名，曾在青海省互助县高小校毕业，语言清晰，人极和蔼，现任此乡乡长，其教育之普及，可见一斑。屋左有小园一处，长约二丈，杂花吐艳，青翠宜人，可称世界上最小公园。

时日已西沉，马行甚疾，五点十分，已近互助之城外，远望人物熙攘，炊烟四起，正古诗"十万人家饭熟时"也，抵县府后，即同田君等晚餐。

予往游此寺后，即欲作记，以志趣游，奈客思缭绕，心绪不宁，归家后又因职务羁身，推延未果。幸予记忆强盛，追忆曩游，历历在目，兹于无事之际，泚笔记之，聊以记雪泥鸿爪云尔。

脱稿于所城女校

《新青海》第五卷第五期，1937年5月，第42-43页。

亡友

/ 麻延龄

　　夜虽然是深了，但为了气候在华氏表一百零六度以上，所以还有些同学在院子里乘凉着，且悄悄的轻谈他们所知道的东西南北。此外只有一声二声的村里犬吠和帐子周围蚊子的嗡嗡。一会儿同学们的鼾声也渐渐的起来了，我为了今天进城去的困顿，本想早些睡着了歇歇，但心绪总是不静，唐君消瘦了的可怜面庞和老 C 狰狞的可恶面孔总是在脑幕上映显着。"唐君病重了这该如何办呢？""老 C 这东西多可憎，以我们的血汗，来供他的挥霍，我们的人病到这种地步！还不照看一下，反说起他们的艰难来了，你们再不困难，那我们老百姓的骨髓也被你们吸完了……"我想到这里，呼吸的气也促了些，对床的 X 君翻了身，很含糊的说："你还没睡着吗？和谁在生气？"我一声也没响，我的思索还没有停止："万一他的病不好，他的双亲他的娇妻他的爱子们该如何办呢……"想象有些模糊了，将跨进了睡乡，合了眼，刚沉沉的睡去了，哦！真讨厌，半夜三更那里来的电话！电铃响了，惊醒了刚刚入梦的我，院子里乘凉的 M 君接着了，他一句一句的应着，他的"鼓楼医院？"这一问，给了我一个很大的注意，以后他没了问，只是听，耳机挂上后，他便悄悄的走到我的床前来。我隔着帐子问他："是鼓楼医院里来的电话吗？他们怎么说？唐世杰不行了吧？""他说唐君已经不行了，或不能等到天亮，叫我们赶快去看，这早怎么进城呢？"谁也没有话说，呆呆的静默了几分钟。"大概人是完了，不然何以在这时打电话来呢？"他只说了这一句，便往他的床上去睡了。这时的我，还有那瞌睡，素日睡得很安稳的床铺，这时竟成了针毡，卧既不能，坐也不安，脑幕上掩不住的往事，和唐君在童年时的往事，便一幕一幕的揭开了：

我和唐君是住在一个村子里的，我们的家庭虽然为了宗教的关系而没多大的来往，但我俩的过从却很密。我们在初小上学的时候，他是要经过我的家门的。所以每天早上他总是先来叫我一同去的，这自然在学校里我们也是在一块儿玩，在放学后的归途中，我俩携着手一跳一跳的走进了家门。五年如一日，很快的就这样过去了。在这五年当中，谁不说我俩是和兄弟般一样的要好，既没有相互打骂，更没有相互争吵，当然更说不上意见的分歧了。和我不但如此，唐君和别的小朋友们何尝不是如此，所以村子里人都叫他"老好学生"，他总是脸上带着微笑。

大概在民国十七年的春天吧！我俩又同到本县高小去读书，满想从此可以求到些学问，学到些作人的道理。但不幸的事件是莫明其妙的发生了，不知为了什么缘故，本县驻扎的军队哗变了，地方上弄得乱七八糟。我们的学校，势不能不解散，唐君便为了自己家境的困难，再不能继续上学，只得帮着他的父兄到田里去工作，所以唐在此时又是一个"老好的农人"了。

我只管重温着旧梦，时间想是一定过去的很多了，天或者将亮了，在衣袋里摸出表来一看，哦，还早的很，才二点钟，进城既不能，入梦又不可，仅有的两三个钟头如何过去呢？悄悄的叫起了袁吉二君，到外面来筹划他的后事，虽然经过了一度的交换意见以及讨论，但办法还是想不出来。上星期打给县教育局的电，能不能见效是一个问题，假若人是已经没了，那在这样天气下如何多放一时呢？学校当局还不知管不管。同乡们呢？作学生的原来就没钱，而作事的呢？办公的呢？提到这里，眼帘前便会现出另一种面孔来。三个人把办法都想完了，就能拿到钱的事，怕难做到，大家便沉默了一会，各自回忆平日唐君所给的印象！

时间在一秒一分中过去了，我在院子里兜了几个圈子，心上是不自禁的难过。"这时的唐君在世呢？还是已经……"不能往下再想了。

　　东方渐渐的白了，我们来不及向队长报告，只给同学Ｎ君托一声，便流星似的往城内直跑。到医院时，才五点多些，在门上一打听消息，说是"已在午夜十二时候死了……""死了"这像是一个晴天里的霹雳，震呆了我们三人，面对面的只是望着，说不出一句话来；半晌，这才直往唐君卧病处去。"怎么不在？""往日他就在这床上""我们没弄错吧？""还是出去再问问门上的人"哦！原来刚才人家接着告诉我们死人的所在，但我们在"死了"的以下什么也没听见。顺着指示去找，"这不是么！"吉君推开了死人房的门，在房内的一角，像一个狗洞似的孔隙里，一块木板上唐君安息着，头上蒙着一块破旧的蓝布。我上前便揭去了，"啊哟！他的眼睛还大睁着！"我禁不住喊出了这一声。他俩也走进来，唐君赤条条的在木板上仰卧着，身上只有骨骼和一条条的筋，肉一点也不见了，蓬乱的头发下，还睁着两只眼睛，这真是不瞑目吧！我默默的想着，且祷告着："请不要挂念吧！一切后事有我们哩，你虽是壮志未酬，但这也是没法，你不要恋念你的家庭，也不要回顾你的以往，什么事情丢不了手？其实活在这种暗无天日的社会里，究竟没有多大意味……"

　　医院里的人来了，催我们赶快去想办法，在大热天里人既不能久放。我们只呆站在这里又有什么好处，袁、吉二君留在医院里候着，我坐车回校来报告。我叫车夫快拉，我自己在车上又默默的想："唐君的病真奇怪，普通人的肺病，听说在开始发现，由初期而二期，而三期，以至于死，总得好几年，怎么唐君发现肺病一月后便不治了？他平素是多么强健呀，肥胖的躯体，红红的脸，精神又那么充足。记得在十九年夏，他在本县二高继续求学时，单人独马的应付着全县运动会的各种竞赛，结果是夺来了八百米和四百米等项的五个第一名锦标。接着不上一月，西宁的全省运动会便开幕了，他仍是只身作唯一的几项选手，结果当然也是很可观的。但他今日的死，或许在那时便深深的种下了因吧！给学校报告后，该怎么办呢？万一不管，那不是糟透了么，叫我们向那里去措手呢！他的家里听到了这个消息，不知要急到如何地步，父母那么老，子女那么小，妻子那么娇，家境那么不好，以后怎么办呢？书有什么念头，在家里不把田耕，却来在万里外送命。虽说人间到处是青山，但究竟有些算不过账，学业未成身先死，离乡背井的所谓何来？”将近迈皋桥了，遇着陈先生、卢队长和 T 君坐汽车来，听他们说是来办唐君后事的，我的心才安了些，再也不到学校里去了，便坐到汽车上一同进城来。

《新青海》第二卷第八期，1934 年 8 月，第 62-64 页。

汽车终较人力车快得多，来时走了多半点钟的路，只走了几分钟就到了。引队长们去死人房里看了看，大家在脸上除了显着哀酸外谁也没有话说。陈先生虽拿着摄影机，但房里的光线不足，又听说死人不能摆在露天日光下，这真是完了，他家里的人连死后的一面也见不上了。陈先生们教我们在医院里等候，他们到街上去办送殡的事，他们原坐汽车去了，我们也只好出来在左近的鼓楼公园的花树下歇歇。在先还是默默的坐着，大家脸上的表情很不好看，各自在心里不知想着些什么。袁君的话终打破了一时的沉寂：“昨年这时候他在一师里还是选手去参加全省运会，那时是如何的活泼！谁知刚一年后就死了！”吉君接着说：“那时不正是本校招考吗？一方面要应付考试，一方面又要跑又要跳，一个人精力究竟有限，那能支持的住呢？”袁君又说：“其实他在那时没一点病的症状，投考本校时体格检验的结果不是很好吗？来京到校后又不是曾两度经医详细检查吗？也是好好的，胸中听说稍有不适，但据医生表示，那或是伏案写字时间过多的故，只要多运动就没事了，身体精神都好。这话说的真不错，很健康的人，一得病便不能起身！”

我心里不知在想些什么，他俩的谈话，像有些没听清楚，及至“很健康的人，一得病便不能起身"的话这才转过头来，慢腾腾的说："本来昨年到京的时候，天气已经凉爽了，又是刚离开家乡来，身心原很健壮，水土也能服得过，到现在天气这样热，因一点小病一引，所有的宿疾便马上发现了出来，所以一倒在床上便不能挣扎；这两天的这种热法，来自边疆的我们那能受得住，何况他又是病人，天一热饮食又不能照常吃，你不见身上是像柴火般的瘦，除了皮筋外不全是骨骼吗？有人以前说他脸上的那种红，就有些不大好，那就是肺病的表现云云，我还没信，谁知他竟以肺病而结束了他的人生，他没病的当儿，人见了，谁能料想到他这么快的死去。"

"他的病发现后就和毕了业的同乡们回青海去，这时不是到家了吗？到家后或也不至于死吧，以前两三个同乡也不是都得了肺病吗？他们发现的早，回家去的早，现在都完全没病了，身体还都很好的。""世上的一切事情，那能预料到呢，唐君能料到死在南京的，昨年用十八人大轿请他，他怕也不肯出门作漂泊的孤魂。""这也许就是死生有定吧！""那谁知道，人生究竟是空虚而无意味的。""还好，老唐虽然死了，还有多大的二个儿子呢，死神若光顾到我们的头上，那请你看看，我们的后面光得什么似的，只这一点唐君在世上总算没白来一趟，也可瞑目于九泉了！"三个人无聊的这么闲谈了一会，时间约过了一时多，"走吧！他们或许把东西买来了！"我站了起来说。

又回到医院后，不大的工夫他们三位都来了，买的一套衣服、被褥、枕头、鞋、小衣等，一副杉木棺材也用汽车载来放在死人房里。停了一会，雇的七八个杠夫也来了，我们眼睁睁看着他们把唐君装进了棺材，订上了柜盖，他自出生到现在八千二百九十余日的一段生命便算是从此告竣了。他的棺材载上了大汽车，我们也上去直驶中华门，卢队长向公安局去领送殡的执照。我们先到中华门上，因为送殡执照还没来，守门的宪警们不放行，只得等着。在一个警察的口里听说今天早上到现在已送出去了四十多具棺材，近来每日一个城门上总有上百的棺材出去云云。卢队长们来了，验过执照后，便出门上了雨花台，把棺材停在安隐寺里。一切都安置好了，队长和陈先生还带有一盒的纸锞，烧在他的棺前。我们倒忘了这些，只是虔诚的一鞠躬。这里的棺材有五百多，最久的听说有七八十年没人来问过，大概都是些离乡背井的游魂。时间已过午了，在寺旁的一个茶棚里吃过了饭，歇了好一会，喝了两壶茶。本来茶棚前还有一池的荷花，红白相间，再加以绿叶，煞是可爱，还有一阵阵的花香随风吹来，沁入心底。这在他日，该多么愉快啊！但今天谁还有心情呢！雨花台以前在我的脑子里是如何急于要去的地方，到京后才知道是一个行刑的场，在报纸上屡次可见到在这里执法的消息，我的理想便有了些转变；今天身临其境，更不愿多留在这里了，我不愿看见这些层层的棺材和密密的坟墓。"不早了，我们回去吧！"陈先生开销了用费和卢队长先乘汽车下台去了，我们四人慢慢的步下了雨花台。将近城门时一个车夫来迎，陈先生、卢队长上别处去了，车子留给我们坐回学校里来。一个朋友在生前，我们觉得很平常，感觉不到什么他的好处，以至他没了，再想像他般找一个人来作朋友，那真难的很，我是多么惭愧啊！在他的生前没尽到作朋友的心，尤其在他住医院的时候，想给他换一间稍凉的房子都没办到，与其说他是因肺病而死，毋宁说活活的把人热死。他的死固然是他的不幸，但何尝不是新青海建设前途的不幸。到校后把今日的详情报给学校当局，并写了封长信，把以往详情报告他的家里，最后乱写了这些，以纪念我那亲爱的亡友。

七月十三日于晓庄

《新青海》第二卷第九期，1934年9月，第57-59页。

哀恸

/ 韫香

父亲别我而长眠已经是整整的六年了。

今天又是他的忌辰，我的心上，一种像乱丝般的悲惨的回忆，无法遏止的又涌进了这脆弱的心坎。

大半是为了过着流浪生活，这许多惨病的回忆，爬进了我的心房，使我一向平静的情绪，特别感到了一种异样的激动，使我难过，难过得以至于哭了！

夜，是这样的寂静，天上除了许多显着苍白色的莹洁小星，在窥察着大地的每一个角落外，简直再也找不到一些骚动和响声，人们都已沉醉在甜美的梦乡中。黑暗包围了天地，一切都沉浸在夜色之中，虽然是秋夜，但是听不到一点的蝉或蛙声，静的，死寂得这样怕人。

我横卧在一张铁床的上面，思绪深深的陷在惨痛的回忆之中，连自己也没法去解脱，辗转的，总是不堪成寝。

六年前，我还过着初中生活，离开了可爱的家园，跟了三哥，跑到二百多里外的西宁去读书，那时我才是个仅仅十五岁的孩子，跟三哥住在一块。

暑假放了，一成是为了路远，一成是因了三哥的阻止，回家的热望，给打消了。假期大概有两礼拜多，一个炎热的下午，三哥从他的学校里回来了，脸上现着焦急又张惶的神色，拿着一封信递给我，一边给嫂嫂说："父亲病了，一睡倒就发着昏呢！"当时我还没有读二哥寄来的家信，一听到他的话，好像是一个晴天霹雳，我的心就震荡得那么厉害。一个紧急小会议后，三哥当晚立刻整装归省，我终于因家中乏人，就留守着了。

但，三哥回去后，就一连有两个礼拜没有音讯，我和嫂嫂就像待哺的孩子望着母亲般的在等着信，可是日子一天天的过去了，信总是得不到。我每天向各方探听，终究没有消息。就在这样不宁静的状态下，每天提着忧悸的心，勉强过了两礼拜的日子，"许好了点吧！"我老是这样的想着，来安慰自己不宁静的心弦。但是我没想到一个人间最大的不幸事，竟会悄然的来临到我的面前。这也许为了父亲平日的健壮吧！我相信，相信不会有这种意外，但是事实这样离奇的出现了，使我两礼拜来不安定的心身，此刻又受到这意外的刺激！是司命之神注定了的吧！我该是一个苦命的孩子！

照例是一个下午，但阳光被黯淡的愁云遮蔽着，一种灰白的色调，覆了这人间，使人们都感到一种不爽快似的。我心上正在感着意外的急躁的时候，校役送来了一封家信，我当时是怀了怎样的一种担惊的心，诚惶诚恐的去拆读那封家信。但！这信完全证实了我的揣想是归于失望了！嫂嫂哭了，我茫然的立着，我的心开始被一种莫名的悲痛袭击着，于是我也哭了，被难过威胁着哭了。呵！哭得那么沉痛，眼泪流着，无尽止的狂流着！没法自抑的悲哀伤痛，这才是第一次的和我接触，我竟然失去了自主，感到了无法应付。其实，我也绝没想到不该悲痛。我于是立刻雇了车，当晚返家！在途中，整个的脑海中所萦绕的，是"让这封信假了""父亲并没殁吧"或在是"能够复活了"。

在第三天的正午，我到了家中。

当我在父亲的灵前跪着烧纸钱的时候，悲痛纵横绞住了我的心弦，我难过，我是那么的难过，但我没有流出一点泪来。一直见到了姊姊，我的眼眶才像告溃了堤一般流着泪，使我越哭越感到了难过。姊姊一边擦着自己的眼泪，一边劝我不要哭，但是她的劝解，正像给我打进了痛心剂，我不但没有抑止眼泪的勇气，反因她的劝解而越感到悲痛难过，眼泪越加快速的狂流出眶。

啊！这已经是六年前的事了，但！这些，却像火印般的烙在我心的深处，使我永远不会有忘记的一天。

爹爹！我已经当了六年没有父亲的孩子。当我看到了人家的孩子叫爹爹的时候，我就立刻会感到羡慕和悲怆，我羡慕别的孩子有爹爹的愉快，悲怆自己已经当了被剥夺叫爹爹权的囚犯。多痛苦，一个失去父亲的孩子，这世界上，又有谁再会像爹爹般的来关心你。呵！爹爹！此生我已经永远的失去了有父亲的幸福。

在十一岁的时候，我就跟了三哥，去西宁读书，这是我小生命史上和爹爹远别的头一遭，他当然也极愿他的幼子为了前途和愿望。但究竟，为了惜别，他在我走后的头一早晨，竟因言别了的幼子而挥泪，这是我暑假归省时，嫂嫂们告诉给我的。爹爹！蕴有伟大慈祥母爱的爹爹，你痛苦的儿子，此生将永远的得不到你慈祥之心的爱护了！呵！这掉了的父亲，我将从什么地方去寻回呢？

呵！爹爹！最使我痛心的，是在你永诀我们的刹那，你不孝的儿子，还远在二百多里外的异乡。而在你与病魔的七天搏斗中，更未能一刻奉侍，这是一种多么大的抱憾。现在，想给你一秒钟的奉侍，已经是没由从愿了，我愧悔着放暑假为什么不马上回去看你呢？我时常这样谴责着自己，但，这又有什么用呢？每当母亲谈到你临终时，连问着"蕴儿回来了吗"的时候，我的心，像被一把利刃在狠心的切割着，一阵痛楚的悲哀，会立临泛上心头。呵！爹爹！这难忘的遗憾，将毕生没法从心头消失。

爹爹！每到节令，那就是我们为你悲痛的时光，记得是在你永诀了我们后的第一次元旦，母亲从早上起，整整哭了一天，我们虽然是强抑悲怀的去劝她，但她总是那么伤心的流着泪哭，这天她没有吃一口水。爹爹！距这元旦一年前的那天，你不是还很愉快的畅饮着我们敬给你的年酒，但是，仅仅只有一年之隔，你竟和我们永告诀别了！呵！爹爹！人事是这般的变幻不测！你健壮的体魄，竟给惨恶的瘟魔摧毁了！吞茹了！呵！该诅咒的瘟疫，我将要永远的诅咒它，我要祷告上帝，让它极刑，永远的让它和人间绝迹，假若这要是可能的话。

送殡的早上，让人们抬起了你的灵柩，要将你送葬到孤寂的坟园去的时候，我的心上，除了极度的悲痛外，反而掺进了一种眷恋依依的愁绪。这情景，好像是平日在送你远行，我不忍把你孤独的葬在辽阔的坟园里，我要你的灵柩，永远留放在你自己用苦力营造成的家中。但是，事实上这又怎能办得到呢？

灵柩下进了墓道，人们在用力的盖着土，我跪在坟头尽情的哭着，发狂的哭着，我几乎要疯了般的叫吼出来，我不愿这些人将你的灵柩埋葬了，我好像是将你被这些人们活坑了般的发急！我痛恨这些人们，他们为什么会这样残忍、凶恶、恨心。我很想跳进了墓道，抱住了你的灵柩，伴你共眠在那墓道里。

爹爹！在你长眠的前夕所生的孙儿福儿，现在已长成了准学龄儿童，明年就可以上学校念书，当我们见到他一天天长大的时候，我难受的心房中，又在想起你了。呵！爹爹！永诀了我们，已经是几年的工夫，我一见到福儿，就会惹起这种怅惘的情绪，泛上心头。可不是！时光老是这么可怕的消逝着。

爹爹！在一种很偶然的情况中，我遇到了一位面容像你的老者的时候，我痛苦的心田上，会荡起一些那么微小的欣悦之波。但，这微小的欣悦之波，在一个很急促的时间内，就会立刻变成了创痛。爹爹！这时我又在不期然想起了你，想起了你生前给我的种种不可泯灭的印象，是那么清晰的、悲痛的，一幕幕在我的脑中活动了起来。

六年前的天真，爹爹！已整个失去了，心头充塞着，只是些苦恼、辛酸之泪，童年时的憧憬，此刻已完全的踏碎了，留下的，全是些重重的怅惘和失望。爹爹！我已经作了环境的降服者，眼巴巴的印着光阴的消逝，在一种乏味的枯燥情景下，像被囚了的罪犯，等待着命运之神的安排和注定了。爹爹！我已看穿了这社会的底层，它是那样的凶恶，它惯会和一个未经世故、锐意求进的青年抬杠，一个满怀了一腔热望的青年，老是给他把这张热望纸撕碎了，才肯称心放手。爹爹！你无能的孩子，还会逃出了它的蹂躏吗？

我的心境是多么的杂堪！也正是为了这个缘故吧！我的心境，现在变得特别的沉默静寂，无论是一桩怎么样的事，我总是对它非常的冷静，六年前的热情，已经让我感不到一丝了！我也好像觉得只有沉默，才能减少给我的刺激似的。爹爹！人生是痛苦的，我已经是深切的感觉到了，我不知道歌颂人生的人们是基于什么地方去赞扬的。呵！爹爹！这些话你要是可以知道的话，我相信我是给你了一个很大的失望，因为你是期望我最殷的人啊！

爹爹！虽则是这样，但是我还想作持续的微弱挣扎，一直到了我毁灭为止。世界上会不会有那么一天真理出现的日子，但是，我总得期望着！

爹爹！我流浪到这大都市——南京来，已经是一年半了。明年的今夜，我决不知道飘向何方，我永诀了六年的爹爹！此生我已无法再睹你的容颜了！呵！爹爹！

一九三五年八月十九日于南京

《新青海》第三卷第八期，1935年8月，第43-47页。

寄给塞上永别了的母亲

/ 寒沙

妈！请睁开您永垂了的倦眼。妈！请答应我，只一次，看看天涯漂泊的人，是如何悲惨的奋斗在茫茫的人间。儿的往事涂满血迹，直到提笔的今日，热血照常不尽的流着。流吧！为了生，为了家庭及二弟，流出一个界限的究竟。

妈！你万料不到，在你辞世不久，儿只身跑到从不相识的南京来，这大概是造物者不可避的支配，也或是你冥冥中逼促所致。离开故乡的前夕（这是三年前的回忆了），踏上凄清的月色，除几处古战场的遗迹之外，仅留下无人管理陷下去的荒坟。墓田畔长着高高的圆形小黄花，海色的夜空、惨星，寒森的树林和夜中仅有的窸窸窣窣的碎响，不是诗意，更不楚幽韵。这是，这是人生线上凄怆的古战场。沿墓田小径穿来穿去，目击着历史的成绩，人间没落后的残余，走过每个坟头，都加长了深沉的叹息。一缕一缕的愁丝，抓住心头，脑中乱极了。妈，你猜，我在想什么？想的真荒谬，荒谬的会使你发笑。我想海阔天空的广宽一世，暴风雨夜伴着鬼声啾啾的荒冢的意味……在生死线上的你。我想到黑暗的阴影遮住了我的灵魂，荒冢中走着发抖。

妈！脱了战抖的灵魂，鼓起勇气，终于走到你面前。新坟长满深绿色的青草，墓地里开遍一朵朵鲜红色的杜鹃花，烟草凄迷的笼罩着周围的一切，寒蝉凄切，不绝于耳，青磷伴着垂杨，在那儿起灭。我拔起一掬杜鹃花，虔诚的插入坟头，清泪在脸上开了小泉流，一满滴透入新湿的泥土中。妈！怎能不使人流泪呢？念到我弟兄的长成，念到为儿子生活的寒苦。妈！我怎么不下泪呢？记得祖母去世后几天，你在灵柩前含着泪凄惨的对我说："明，上进读书吧！再没有疼爱你的人来抚摩你了。"你伤心祖母的逝，常说祖母生前轶事来鼓励我上进。唉！今日才真的失了慈爱，更有谁沉痛来一声"明！上进吧！"来鼓舞呢？妈！怎不叫人伤心下泪？

墓外蝉声静了，冷气加重它的寒威，从头顶凉到脚的末梢。我因单寒，极力忍住泪，断续的叫出"妈……别……了"时，几乎晕厥倒在墓地上。妈，我从一生俱来的寒影，和从你面前带来的决心，开始走进世界去。

我带了天真的笑容走入人间，秉着你生前留给我的意志，和一切极端势力宣战，我要洒尽血汗，创出你所欲望的楼台，我要拿意志的铁和血赐给社会及二弟的幸福。三年来不断的奋斗，三年来也做过多少毫不知究竟的事，才体验到文明较高社会的真面目——是怎样的狰狞。眼看许多人在铁轮底下呻吟，无救的，不断的，向灭亡路上走。麻木狂和丧心狂的气氛充塞十字街头，使人不敢深呼吸。我饱尝了物质的毒素，看厌了惯常欺人的白眼，只待恍然苦痛喊出一声"妈……"时，一切都完结了，再不会有真情的童年闪上眉梢，再不曾有慈母的爱来点缀人生的春色。

失去母爱，丢下单个生活，我并不退缩的活下去（我活是你生前禀赋的勇气）。为了二弟的长成，为了你生前寄给我的期望，为了人间应得和应尽的义务。此后的生活意义，我知道甚于前，此后罪恶和责任逐次增加，一直归结到最后的死。

妈！你还记得否？——八年前，湟河两岸深陷入暴乱中，土匪杀人白骨掀天的多么凶。生命随时都可以毁灭，随处都可以像死狗样抛弃在一旁。处在枪林弹雨的环境中，只好把生命交给不可知的上帝。不，不如说，给自己的意识信赖为妥些。全家战抖抖的在刀尖上偷活，每当清夜枪声击到巷口。妈！你总要沉郁的说几句："唉！乱世啊！要是在平安年成……"说到此处你便沉默了。因为这样的生活，提醒了童年的创伤，沉默到东方微明。

夜的流星闪过暴动的草原，初秋的爽气里，夹了些零落的落叶声，水声的苦诉。人同流星是一样，快要摇动到毁灭了。杂在逃难的一群人中，混出北城。月色凄惨刮白得怕人，没有麦穗的新香和芳草气，扑鼻的只是腐尸和血腥。妈！这时枪声和军号是如何的紧急，我们迅速穿过田垄，经过湟水上独木小桥和沙滩，隐没在寒气逼人的大豆地里，因为这些是较少危险性，阴森森人迹难到的地方。

眼中世界快爆炸了，山和一排排的深密树林，在眼线上倒下去。鸟的翅膀在秋中惊魂的飞旋，田中漆黑的，有时摆动豆秆，透下些微琐碎的月光。魔鬼的枪声、吼声、杀声，发威力，给野兽造食料。"儿啊！怕吗?""不!"我为使你安心，勉强说出这一个字，露水和潮气，使我的声音凉得发抖。我们在生死的微线上作孤注。

妈！就是这样的一晚啊！

谢谢，多感激神灵和上帝，暴力没有吞下我们，依然留在人世上。湟水两岸摆有不少断臂、切颈、剖腹的牺牲品，鲜血染红了原野，阳光映在青草上发出极刺人的碧绿色。我们都不忍俯视，深恐怕这景象会留入脑里。从这次起，故乡社会和家运像打了一个转，一天一天深陷入生命资料枯竭的沙漠里。妈！这时的生活剥蚀了你，开始掘自家的坟墓。儿子吸尽了你的血液，使你逐渐干枯下去，直到卧病不起。病中我弟兄轮流守候着，你怕光，你怕热，你的体虚弱到极度，你的感情变为动辄流泪和易怒。当你蹙紧眉头呷药的时候，你曾对我说："你不会死的，你死应该在变乱中死了，决不会活到现在。"你又说你开始感到死的恐怖。唉！谁说不能呢？当地许多名医，都给我寄来失望，无奈把生命交给信仰，希望宗教仪式能从病魔手内夺回你的命。妈！我弟兄是怎样殷切的望你活，你的面色支配了我每个时间哀乐的情感，任何失望都不曾减轻我对你活的热心。

多少天以后，你眼内放射出有力的光彩，环视屋内一切，我扶你坐起来，饱尝了各种时鲜的食物，脸上堆满委婉的笑容。我同弟弟感到极度快乐和惊奇，以为可减轻病容。当天晚上，院内秋风吹得落叶和纸到处縩縩直响，我从街上购物回来，轻脚步走到房门前，怕高声触动你的怒。房内二弟面孔苍白，他只说了一句："大哥！你来的正好。"我对此万料不到会有什么变动。并齐脚步，走到你床边，抓住你柴似的手，微微叫了一声："妈！"你半睁开半紧闭的双眼，断断续续，说出最后的一句，声音像游丝样每个字都带了哀音。

"儿啊！……记着……我们……都是劫后……的残……残余者，要挺……起……身子……做……人，……才不亏……"妈！你就此完结了，你的生命交给历史的深坑，结束了你的一生；单留我们孤零零的一群，没有爱，没有光，在饥饿线上挨着阴沉沉的日子，冷冰冰的生活。妈！尘世的饥苦，再不能烦扰你了，你可以无忧的听泉下风声，从容的领受祖母的笑容，放大宽心的恢复到童年天真的爱。妈！人死后真有灵魂的话，我怎样替你祝福？

妈！从此我们暂时分途了，你离开世界，我走入人间，在两极端的境地里，过不同色彩的生活。时间是多渺茫啊，过了三年漂流生活，经验告诉我，深入社会一步，就多增加一分的困难，几时能达到你对我的期望，几时能死了你泉水般的心？

妈！我不对世界做一句憾语，说的尽是现实。妈！放心！我要负起责任来生活，要历尽佛家所谓苦、集、灭、道的路。

月色同三年前一样。妈！往事真难堪回首啊！我缠绵的沉吟古人名句，伴住我的残烛孤影，笔尖在纸上嘶嘶作响。室内寂静得若没有钟摆走动，我真会疑心我是死去。唉！要是真的死了多么幸福啊！但是人生终不能像游魂一样缥缥缈缈的倚附草木。我的生命即涂上了血迹，来，我索性用血迹来充塞了生命。

我一边写，一边擦着那与生俱来的清泪。妈！恕我，再不写下去！

一九三六年春假中写于南京晓庄

《新青海》第四卷第四期，1936年4月，第39—42页。

泪思

/ 海

在一个黄昏的下午，大约是五点钟的时候吧，天空中朵朵的浓云，渐渐的隐蔽了阳光。一阵一阵的霹雳，惊人掠胆的轰鸣，烈火似穿的电光，不时的闪烁着。刹那间，天公震怒的容景越加厉害起来了，大地上演变成似夜的来临，室内的书案上，早已认不清了字迹。同学们都到饭厅里去了，于是我也信步出室，只见点点雨滴如注的下落。这时花间的蝴蝶和树梢的飞鸟们，它们因受了暴风雨的侵袭，静悄悄的不发一声，惟有悲感幽怨罢了。

人是富感情的动物，触景生情，我还能出乎例外吗？所以这时凄凉的情景，如怒潮一般的喷涌在心境上，我一面痴想，一面默默的走着，那时啊，马路上行人稀少，只有三四同学的皮鞋和淤泥接触而演奏出声调。猛抬头，原来已到号房的门首。"喂！今天我有信吗？"我急急的这样问，"好像有一封哩。"他向我这样的回答。暗想："我几月来未接一信，不知今天的信是谁来的？"我心里七上八下的乱想着，但我总希望得知很好的消息。呀！事实呢，正和我的理想成反比例。信上写着："福山外贤孙，今岁三月间，吾到汝府上，汝双亲安好，四弟读书务农，均各如意，惟有汝祖母正月间寿终正寝，已经奉葬，望吾孙万勿伤心，以免有误学业……"读到这里，我喉咙已呜咽了，不能再读下去。唉！一声晴天霹雳，将我震荡得魂不附体，我万想不到一个人间的大不幸，竟会这样莫明其妙的降落在我的头上，使我感到一种非语言形容的怅惘！我兀自站着，痴想着，发呆着，我柔弱的心弦是怎么样的苦痛呢！滚滚的泪珠，不击的垂流不止。唉！痛苦的人生！人生的痛苦！此时此地，惟有我感觉得最深刻了！自思，自伤，自叹，自哭……就这样孤立在道旁。

"喂！谁来的信？"他的声音是很洪亮的，我掉头一望，他笑嘻嘻的走来，不是谁，正是常和我接近的 V 同学。"你看信罢！"我极悲哀地回答，于是他的面容上也现出一阵的惊慌。这时呼呼的风凄凄的雨，突然又紧吹下起来。我和 V 同学走进饭厅，滴滴答答的号音，从窗外的急雨声中传来，同学们坐齐了，一阵吃饭的紧张，直有狼噬虎吞的趋势。唉！我呢？只是唉声叹气，勺饮不能入口，粒食不能下咽，只好等大家吃毕了饭，才慢慢的走到教室里去。

同学们奏着冷冷的乐音，唱着清清的歌调，随着这凄凉风雨，远远地坐在幽静室中，又引起了我心灵的悲酸，彷彿是失倚的小鸟，栖在凋零的枯枝上，只有滚滚情泪和着案上的来信。

两点钟的自修号响了，同学们都到寝室里就寝，我亦合衣而卧。夜是深了，同学们都沉醉在甜蜜的梦乡。而我呢？转辗床褥，难望睡魔的光临，当时焦急得百无聊赖之际，禁不住一幕一幕的往事，像画幅似的一片一片的展现在我的眼前。

记得我孩提五六龄时，大约在初夏的时节，乡村的田坂中充满着明媚和煦的风光。青青的麦垄，间着黄金的菜花，或是紫色的荞花，阡陌上徘徊着的都是翩翩的蜂蝶，山岭里盛长着碧油油的青草、浓密的树林。在此天然怀抱的美景里，你老人家携我到郊野尝尝大自然清鲜的美味！她们为着除草的忙碌，那里能够照顾到我呢？我正在玩耍得意的时候，忽抬头一看，在离我五六步的田地边，站着一只恶狠狠的凶兽，狰狞的面孔，多么可怕！炯炯的目光，直射定我的方向。忽听得你老人家，"呀！"的一声，从老远跑来，面上带着焦急张慌的神色，一把将我抱定，然后才喘气的减出"打狼！打狼！"的声音。于是我小小的心境，不禁咚咚的跳个不住。至今想起，还使我毛骨悚然哩！

唉！我的慈爱的祖母呀！不是你的营救，我早已葬身狼腹了！

又记得一个夏天的风光，在一面黑色土墙的舍后，李花桃花红白相间的盛开着，还有那葱茏的树木，垂挂着丝绦的柳叶，随风摆舞，黄鹂的婉转声委实清脆动听，小燕子在叶底掠过，更点缀的别有深意，这便是我和其他小朋友们玩耍的所在。某天下午，我和几个堂姊弟们，玩折树枝的游戏，她们的年龄比较大，但是大家都没有攀树的能力。所以转过一个后山的崖巅，恰好伸手可以接着树枝，她们将树梢拉过，做折枝的竞争，而我无力的小手也同样的勉强挣扎。结果呢，她们放开手，将我拉于三四丈悬崖之下，一跌真厉害呀！我气绝了。等到我明白的时候，你老人家将我背在床上，坐在我旁哭，后来见我未死，你才渐渐的止泪。我以后还是半活半死的数日昏迷不醒。父母亲为了生活奔忙，将我委托给你了，而你每天灌汤啦、服药啦，忙个不休。

唉！我的慈爱的祖母呀！不是你的营救疗养，我那里得生于今日呢？

我的命运，实在不幸，一次一次的厄障，继续不断的相接，自从跌崖稍好以后，无情的老天又降了一场大瘟。满庄的人家，几乎都闭起灶来，我家除你和父亲未病而外，其余全家大小，没一个幸免的！我瘦弱的身体，当然也在患病之列。所谓："好人待病人，待下一身忙。"何况如此多的病人呢？你老人家凭着身体的健康，东一把西一把的尽了你的心血，耗完了你的精神，那时的苦衷，只有你明白。父亲也为了一家的生活，"起鸡叫，睡半夜"的去收获禾麦。到底不幸的三叔，终归被恶魔陷害，使你老人家的热泪，在百忙里又不知流了多少。这时我家的环境，是如何的危险啊！病的病，亡的亡，正如一只漂流的孤舟，在茫茫的急流里飘荡着，水的巨浪，风的狂波，随时有覆沉的危险。在这不测的进程中，你鼓着十二分的勇气，保险着我们大小的生命，披风带月、栉风沐雨的不怕千恶万险，日夜不停的向着光明的大道上努力着，经过这样一度的困苦，总算脱离奇险，而转入一个平安的乐境。

唉！我的慈爱的祖母呀！不是你当日的含苦奋斗，我们的家庭早已不成其为家庭了！

我幼时未入学之前，每有惊怕生人的心理，如有他人来玩，则我系于你的怀抱，觉得非有我祖母慈爱悯怜的心，那能喜我的心、悦我的意呢？间或你老人家出外不使我知，则我啼哭号喊，非待你进门不止，常常食则分甘、行则携手，山岗之上，田野之间，步之所至，你将我背着引着，晚间又同样的背回引回。如此的年复一年，终不嫌麻烦而见弃。

啊！啊！现在我觉悟了，我知道世间的一切，都不值得我的爱慕，我的留恋，惟有我的祖母，才是我灵魂的寄托。为了我们的幸福，牺牲了我祖母的幸福；为了我们的前程，流尽了祖母的血汗。唉！慈爱的祖母呀！你真辛苦啊！你真爱我啊！我的年龄稍长，父亲令我在本乡的私塾里去读书，你老人家起初就对我说："西庄的祁先生十八岁考中了秀才，你看他是多么的荣庆，现在你好好的读书，将来……"

啊！我的慈爱的祖母呀！你的这几句话，真胜是教学法中的"引起动机"，使我求智的观念蓬蓬勃勃的发生了浓厚的兴趣。我自上学之后，给你老人家加上多少的麻烦呀，每日朝送于庄门之外，暮迎于闾巷之间，虽然家中的粗米淡饭，老早的预备下等候着，待我吃毕以后，复叮咛着："到学校去好好的用功，以免先生打骂。"

啊！慈爱的祖母呀！你的一片赤心，何处不给你的孙儿打算，何处不给你的孙儿着想！

时光过得真快，忽忽的经过了三四年，我离开了乡村私塾的生活，同时离开了可爱的家园，跑到百里以外的西宁去读书。你老人家又对我说："只要你去发展你的志愿，努力你的学业，将来完成责任，我们实在欢喜不尽了；至于家中的事情，都由我和你的父母料理，你分毫不要管；假若你想家的话，我就使你的父亲看来。"

啊！我的慈爱的祖母呀！你的这种慈爱心肠，处处表现在我的身上，到今朝，使我怎样的离怀呢?

到后来我求学青海师范学校，你老人家灰黑色的头发，渐渐的银白了，慈爱和平的面庞上，也显露出多少皱纹来。但是你那一种壮健的精神，硬干的意志，表现不出你一点儿老的气概，你不是常对我说，"八十老儿门前站，一日不死要吃饭"的话来鼓励你自己，安慰你自己；我每听了你的这种壮话，使我产生多少的兴奋。

一个暑假期间，我在家中和你谈着天，只见一片片的浓云，迅速的密布了天空，忽闻一阵雷声，鸡卵似的冰雹，霎时打得禾麦连根无存。于是全庄的老幼年少，啼哭号喊，鸡犬不宁，他们为着雹灾的严重，有服毒而行死的，有出门而做苦工的，还有流为乞丐的，真是"父母妻子离散"的现象。此时我非常的着急，"大约我这一生就是这样了吗？再没有求学的希望吗？老天爷为何这样的残忍呢?"我这样乱想的当儿，你和父亲很庄重的说："那怕我们赴汤蹈火，不让你半途而废学，假期已满了，明天就上学去罢!"

啊！我的慈爱的祖母呀！你给我的这种壮语，真使我悲喜交集、铭心刻骨，而永不会忘记。以后我每至回家，你老人家眼泪盈眶，伸着你慈爱的手，扶在我的肩上，叫声："海！你没有钱用了吗?"我听得你这话，是怎样的难受！所以我硬鼓着勇气，反装着很自然的态度，但暗地里我已泪下数滴。

到了青年，我抱着热烈的希望，做着迈进前程的准备，一定要乘长风破万里浪，旅行四方。正在这热火似的情愫焚燃时，恰好二十三年的八月，蒙中央在边疆招生，我即往应试，侥幸被收录了，遂达到我热望的目的。然而时间太匆匆了（只限三天），我当天跑到家里，已时灯火发光，你见我很张慌的跑来，惊讶得怎样似的！我就把赴京求学的种种详情，给你告诉了一遍，于是你才渐渐的说："哦！你既然考取，应该出外增广见识，若老住家中，也不过和我一样的老死罢了。"

啊！慈爱的祖母呀！你的这种金玉良言，又怎能使我忘记。

到次天的早上，我就如疯似的在戚友家探望了一番，回家时已是"金乌西堕"的时候了。唉！无情的驹光，真逼死人啊！在慈爱温和的你的身旁，未多得一点儿留恋，未多叙得一点儿衷肠，到了第三天的黎明，便是我蹅进征尘的日期。临行时，我曾向你深深地鞠个躬，你万分难受的说："海！你的求学，比不了他人，对于你父母养育的恩，千万不要忘记，你弟妹的情感，也要时时念着；同时保重你自己的身体，注重你自己的学业……"你这一边说，一边擦着眼泪，我听到这种教训，见到这种情状，我的灵魂，缈缈的飞到九霄云外去了。我满腔的千言万语，反而连半句也挣扎不出来，我不忍看你的泪涟的面容，赶快跑了出来。

唉！慈爱的祖母呀，你牵着天真的小弟弟，走近了大门的旁边，战战栗栗的声色，说不出的苦衷，终归我怀着"黯然销魂"的泪，与你告别了。但那一种深刻的印象，在我脑筋里一路的排演者，永久的排演着。

而今呢，你驾鹤西归，已有数月的天气，而天涯流落的我，犹作梦不知，病中既不能奉汤侍药，临终又不能跪草戴孝。唉！早知你有这不幸，我又何必飘落在天涯海角呢？

唉！唉！此恨此罪，这生实难再消再赎了！

回忆你老人家一生性志刚强、见义勇为，所以我每当和庄人谈天的时候，他们就对我说："你的祖母，勤俭贞温，不但你族内的许多的伯母、叔母、姊妹们不及，实在是我庄上妇女间的模范。"

啊！我的祖母呀！我每听到这种论调，是如何的高兴，是如何的畅快，但是你老人家的命运，是何等的不幸。二叔赌博成性，家业三番五次的输给旁人，并且你受了多少大人老爷们讨钱的闲气，田山地土输去一大半，他又和父亲另家。三叔一病不起，就在中年夭折了，使你老人家又流了多少的热泪，增加了多少的痛苦，后来我的父亲料理家业，又因我等姊妹们吃饭人口的日增，做工辄感乏人。同时天旱成灾，禾麦连年无收，还有账魔的纠缠，苦处实在难言。

唉！年迈的祖母呀！你陪我等受缺衣乏食的危险，言念及此，涕泣交流，我的罪恶，虽东海的水不能解洗，虽碎身万断也不能赎。

然而逝者已矣，哭也无意，悔也不及。我只有依照你老人家已往的教训，步着你老人家已往含辛茹苦的精神，加倍就学的坚心，努力前途的迈进，将来助养育我的父母，扶我亲爱的弟妹，尽国民责任的一份力量。这样，或许对起我慈爱的祖母吧！

时已十一点半了，愁丝万缕，身体惫倦。恍惚中，只见一落荒村中有一小山，后面阡陌毗连，前边绿柳荫浓，我飞也似的走进，但闻人声嘈杂，犬声汪汪，我仔细一瞧，是我的寒舍。于是长驱直入，小弟弟们见了我来，露着十二分的喜色，叫声"哥哥"，捉着了我的手。我走进中庭，见我慈爱的祖母，穿着旧日的蓝色棉袍，面上带着憔悴的苦容，倚在门上望着。我赶快趋前问候，她老人家含泪盈眶，凄然的说："生海！自从你前年离家以后，我每天把你默念着，呵！现在我老了，你以后再勿奔波他乡，以免我长久的怀念。"正在谆谆叙话间，忽闻一声鸣雷，我惊醒了，原来是黄粱一梦！听那雨声潇潇、风声凄凄，彷佛是天公也含悲！垂泪！

《新青海》第四卷第六期，1936年6月，第32-37页。

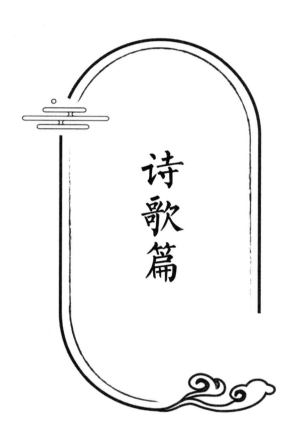

诗歌篇

荆棘道上

/ 宇民

在这崎岖丛杂的荆棘道上，

一切人们显示出种种形象：

有的正在捶胸顿足，

有的正在踟蹰彷徨，

有的正在哭泣，

更有些人们却在那里狂笑鼓掌。

在这崎岖丛杂的荆棘道上，

忽听得那捶胸顿足的人们发出了声响！

那里不是棘针！

那里不是刺芒！

这都能使我们胆战心寒，

这都能使我们身受创伤，

可惜我没生就个铜头铁臂，

可惜我没带着根钢铸刀枪，

我不能向里边猛钻强扑，

我不能把他们斩刈精光，

我只有捶胸顿足，

我只有心内着慌，

我只有假着顿足捶胸来把满腔的怨气发放！

在这崎岖丛杂的荆棘道上，

听见那彷徨的人们正在呻吟！

那里不是刺芒！

那里不是棘针！

那里才是我们旅客的归宿？

那里才是我们渴望的故乡？

可惜我没有生上双翼，

可惜我不能腾空飞翔，

我只有呻吟，

我只有彷徨，

我只有呻吟彷徨来慰暖我快要破裂的心肠！

在这崎岖丛杂的荆棘道上，

又听那被创的人们号泣！

那不是棘棵！

那不是荆条！

将我的身躯被它弄坏，

把我的胆儿被它赫破，

可惜我没有带来火柴，

我不能将它们尽量焚烧，

我只有哭泣，

我只有痛嚎，

我只有嚎啕哭泣出来的血和泪想将伊门溅倒！

在这崎岖丛杂的荆棘道上，

却听见鼓掌狂笑，

那不是刺针！

那不是棘条！

这些都是我现在的支配品，

这些都是我获得胜的根苗，

幸而我生就一条长韧的舌叶，

能把荆棘摧扫；

幸而我生就壮大双手，

能将刺身的棘针拍掉；

现在我要庆祝我的成功，

现在我要高呼我的胜利，

我现在对于我成功胜利的表现是——鼓掌，狂笑……

《新青海》第一卷创刊号，1932年10月，第61-62页。

"救急之神"来了——背上荷着两把镰刀，

捶胸者一见连忙前进向他苦诉哀告：

荆棘不知几时扫？捶胸不知几时了？

请你快给我们那把镰刀，让我来把闷气解剖！

"救急之神"来了——背上荷着两把镰刀，
彷徨着忙向前询问道：
那里可停泊？桨儿却向那里摇？
快给我那把利刀，去将障眼的荆棘砍倒，
让我来把人生的迷津重认重找！

"救急之神"来了——背上荷着两把镰刀，
那受创者见着连声动问：
不知创伤怎样好？不晓眼泪怎样干？
不如借与我你手里的镰刀，
让我来把所有的血和泪一齐喷掉！

"救急之神"来了——背上荷着两把镰刀，
狂笑者见着徐徐在唱：
我虽说已经得到立锥之地，
但我远没有充分的武力来和我的对象反抗，
请你赐给我这刀一把，
好作我一往直前的凭仗！

一切的人们异口同音的讲说了一遍，
"救急之神"不由的发出长叹：
您也不用捶胸顿足，
您也不必踟蹰彷徨，
您也不必哭泣——为着您身受创，
您又不要再狂笑鼓掌！

我的镰刀不是杀人的利器，

我的镰刀也不能把荆棘替你砍倒，

在这泪境血国荆棘丛杂的道上，

我的来，更不能被支配给那鼓掌狂笑！

您们内心发慌，

那将来您们的汗水，自是一碗定心汤！

您们想归宿，

那您们将来努力的结果，里边只能找出您们的故乡；

您们找不到火柴，

那您们迸出来的鲜血，将来自能把火柴来充当；

尤其是您们也不要热烈的狂笑鼓掌，

侯定心汤，火柴，故乡——能完全披露在荆棘道上时，

那您们也一同与荆棘埋葬！

到那时——

痛苦者反欢唱，

狂笑鼓掌却化为惆怅，

囚徒们——给了你们这一把镰刀，

只可以当作一支努力的目标；

罪恶者——给了你们这一把镰刀，

赶快将你们的罪恶砍掉！

"救急之神"说着就放下镰刀飘然去了。

一九三二年九月卅日写于晓庄

《新青海》第一卷第二期，1932年12月，第73-74页。

写给一位青年朋友

/ 寒

你是一个青年，
时代展开在你面前。
看！前途是黑漆一团！
听！哀号的声音，
是如何的悲惨！
你有灵敏的感觉，
你知道你的血在受人蹂躏！

你是一个青年，
你有纯洁的天真，
你有生命的源泉，
请挺起你的胸脯，
只向光明的所在，
迈步前进，
不要彷徨，
不要犹豫，

更不要向敌人屈膝求怜！

你是一个青年，
你有奔腾的热血，
炽燃着革命的情焰，
来！作我们阵线上的伴侣，
举起我们的火炬，
照遍这黑暗的人间！

《新青海》第一卷第三期，1933年1月，第88页。

浪花

/ 子勤

我有满腔底热血，

浪花一样的汹涌着；

我有奋斗底精神，

浪花一样的澎湃着；

我有伟大底思想，

浪花一样的浩荡着；

我有灵敏底手腕，

浪花一样的泛溢着；

浪花！浪花！

我愿和你永远奔腾着！

——写于游观金陵燕子矶头大江后

《新青海》第一卷第三期，1933年1月，第88页。

喜马拉雅上的讴歌

/ 竹筩

漫夜阴森，狂雨淋淋，

遐迩不闻雄鸡的啼声，

人间沦落地狱的鬼境。

呀！看！小鬼在跳梁，魍魉在横行，

群兽耀武旧的典型——

哼！卑劣的人生，污浊的世界呀！

大梦沉沉何时醒？

夜未央，黑溶溶，

呀！这被"漫魔"（mammon）的幽灵征服的人间，

浊如泼妇的心胸——

所以伊秘密地将伊的灵魂放在恋人的怀中，

而回首充然把咸肉卖给过路的商贩，

去，去，把粉服姝色卖给"漫魔"的奴隶去。

你未曾洗礼过的负情的小妇，

空中的星光把你的人格窥透，

媒婆俚妇在送你去做育人的工具。

俟夜尽，待天明，

人生的醉梦重苏醒，

一切的一切复光明。

喂！卢比（Rupee）之奴的妖美少年呀！

任凭你夜鬼似的在黑夜里横行，

且待明朝亚保罗从东方现形，

把你的命运宣判死刑。

哦！听！远处的雄鸡在啼鸣，

哦！看！东方的天空快黎明，

哈哈！夜鬼逃入了黑夜之门，

老贼窜入了死人之坟。

哦！新的曙光哟！新的世界哟！

快现形，快现形！

天已明，梦已醒，

太阳雄立东山顶，

夜雾消没如鬼影，

哦哦！新时代的帷幕已卷升，

人宇渐渐兴起了革命的工程，

哼！你，刽子手，大强盗，狼狈的狐精，

锄头镰刀快要成为你的十字铭。

《新青海》第一卷第六、七期合刊，1933年7月，第61-62页。

送同学北上救国

/ 袁应麟

国破家亡感飘零，

流转江南万里程。

男儿读书应效国，

壮丁投笔愿从戎。

血染白山心称快，

尸填黑水意方宁。

冲冠一怒驱倭寇，

振臂齐呼荡膻腥。

披荆斩棘惟今日，

拯家救国在此行。

义气勃勃冲霄汉，

豪风凛冽贯长虹。

舍生取义雄心壮，

杀身成仁忘今生。

金陵乐土无弃掛，

怒跨戎马返辽东。

《新青海》第一卷第八期，1933年8月，第84页。

重压下的呼声

/ 民

凄惨的愁云霾塞了宇宙，

英艳的碧血渲染了河流！

悲烈劫火毁灭了山丘！

将军百战沙场死，

空有肚气横九州。

仰天高啸，

向西风回首，

只有血泪迸流。

匆匆间，白发添到少年头！

说什么，"懊恼""颓丧"与"忧愁"，

把这些，掷出九霄云外！

何必硬与风月共优游？

独壤满腔热血，

登高呐喊，唤醒儿女沉梦！

齐赴边疆复国仇。

饥餐倭奴肉，渴饮倭奴血，

危亡只悬一发，

那有刹那逗留。

时代的青年啊！

踏着血迹前进吧！

杀尽强暴，挽救弱小，

创造光明圣境，

不达目的誓不休！

《新青海》第一卷第八期，1933年8月，第84-85页。

我的希望

/ 惠天

我希望变成一朵浮云，
荡漾在海空天际，
和一切的亲友离开，
将一切的哀乐抛弃，
借着温和的日光，
向世界看个仔细。

我希望化为万里花雨，
洒遍我中华领域，
刷新人心中的污浊，
洗净战场上的血迹，
将蛛网般的清泉，
去创造新人生的光焰。

我希望变作一只飞鸟，
自由的翱翔去云端，

大雨不能清洁我洁白的青羽，

嚣声不能扰乱我宁静的心渊。

我希望托身一支幽兰，

永远的滋长林荫山间，

浊海狂流的波声，

冲不着我创伤的心肝。

《新青海》第一卷第八期，1933年8月，第85页。

残途

/ 御

我们都是，

都是迷途的小羊，

朋友！你可曾知道，

我们的前途波谲云诡黑暗重重；

我们失去指路的灯火，

沉浮于汪洋无涯之海中。

我们似孤苦伶仃的飞雁，

翱翔于黄河白草之上，

无处，无处可留我们暂住，

空对着秋风哀泣，

向着荒墟落泪。

人世似茫茫的一片海涯，

是如此的不可捉摸，

愿提枪跨马驶向那荒凉的野郊，

拼命的狂歌！狂歌！

直将那薄的喉咙嘶破，

我们应当如此尽兴的把时光消磨！

朋友！我们的归宿是何？

何处是我们的归巢？

《新青海》第一卷第九期，1933年9月，第58页。

祝新青海周年

/ 愚民

昆仑山的伟峰峻峙，
星宿海的碧水茫茫，
巴颜喀拉山的南北麓，
产生中华民族生活的源泉——黄河长江。

城堞雄伟的那里是都市的模样，
草色青青布幂的那里是散牛羊的牧场，
这里具备了人类生活演进的阶段，
尚布置好了民族的展览会——汉蒙回藏。

这种形态环境里的新青海啊！
你是航海的指南针，
黑夜的灯光，
今是坠地的纪念，
祝你万寿无疆！
前途仍布满着荆棘，
尚需伟大的力——待你拓荒。

一九三三年十月于天涯

《新青海》第一卷第十期，1933年10月，第153页。

满江红

/ 铗

义愤填膺，

闻边地、胡儿猖獗。

红泪洒、举杯豪醉，

目皆欲裂。

百万敌骑真粪土，

一丸赤胆照明月。

决胜衰、帷幄定奇谋，奠功业。

半生志，凭谁说？

千载恨，终须雪！

率雄师，踏破劲敌壕缺。

悲啸惊醒杀虏梦，

高歌振奋英雄血。

逾关山、休辞路难行，真豪杰。

《新青海》第一卷第十期，1933年10月，第153页。

满庭芳·月夜感怀

/ 镆

夜静人稀，

风吹云过，

点缀几颗疏星。

玉阶芳径，

小仵怨戎英。

老干枯枝尚在，

空回首，

旧恨重重。

寒蜇暗泣，

唧唧断肠声。

良朋牵两地，

何时共聚，

异日相逢？

祇月光如雪，

疏影斜横，

慷慨悲歌起舞。

半生志，

碌碌无成，

长年恨，

胸襟集垒，

洒泪对青灯。

《新青海》第一卷第十期，1933年10月，第154页。

念奴娇

/ 镁

中庭夜雨，

又勾起满怀愁绪层垒。

继续檐流阶竹韵，

风送声鸣金跌。

屋小闻钟，

灯红似豆，

依衾吟未歇。

啜茗推敲，

添抄诗数页。

举目一片茫茫，

欲寻坦途，

苦忆长安月。

世事如潮非易测，

几回谈离话别。

杯酒难妄，

击情国辱,

莫咏芳菲节。

壮志酬时,

应将此情重说。

《新青海》第一卷第十期,1933年10月,第153页。

哭祭

/ 瑜

（一）

献一束黄花，

怀满腔热泪；

哭祭在天涯，

魂兮归来吧！

（二）

夕阳已收斜晖，

秋风仍自长吹，

您孤寂的幽灵啊！

却又向何处徘徊？

（三）

苍茫的荒野有古墓垒垒，

又添了新嫩的黄土一杯；

您已看够了人世的暴戾，

从今后不管天暗地黑。

（四）

才燃起青春的火焰，

又殡殓生命的花冠；

您从不留恋苦恶的人间，

又怎忍弃这残缺的河山！

（五）

苦雨常祭着您的幽灵，

蔓草永伴着您的孤茔；

您悄悄地归去满是一年，

知否我哭祭今又是一番！

（六）

献一束黄花，

洒满腔热泪；

您不醒的幽灵哟！

知否家已心碎?

顽石于亡友二周年纪念日作

《新青海》第一卷第十期，1933年10月，第153—154页。

怀思

/子益

团聚笑谈的余趣，

心灵上不时的旋转涌现；

往事朦胧恰似一场春梦。

如漆的深夜，

呈露了晶莹而沉静的新月，

你那恰然微笑的神容，

依旧盘旋在心的深处。

悠悠淡淡的鸿雁，

哀鸣了几声征途创痕，

仰首向天，禁不住心头的泪痕。

飒飒的秋风掀动了大地，

断续的落叶飘零，

在要求它最后的归宿，

朦胧的往事，

依然残留在负伤待医的心灵！

《新青海》第一卷第十一期，1933年11月，第73页。

诗九首

秋夜即事

杨润霖

万籁无声夜色条，
抛书伏几暗魂消。
更深窗友分眠去，
惟有孤灯伴寂寥。

偶成

白凤山

离家千里到京城，
自叹才疏腹内空。
多得同窗常指引，
攀龙附骥奔功名。

秋夜思家

许占魁

静坐书斋里，

无端感慨长。

当窗风彻骨，

把卷冷侵裳。

那管三更月，

谁怜半夜霜。

伏桌思故里，

合眼梦抵乡。

秋夜

杨润霖

萧瑟丹枫叶，

清宵冷画楹。

砧声缓且急，

渔火暗复明。

玉露千珠滴，

银河一带横。

客中秋夜色，

辄动故乡情！

咏菊

杨润霖

秋风到处百花残，
惟有幽菊笑倚栏。
不惧寒霜凌玉干，
亭亭劲空献奇观。

秋夜

袁应麟

霜凄露冷动离情，
独对孤灯梦不成。
彻骨金风寒偏重，
满天银汉淡复清。
星稀月朗白云敛，
水落山空画折横。
斜倚雕栏近午夜，
频鸣旅雁客心惊！

重九登高望长江下关有感

袁应麟

簌簌炊烟起，
浓浓暮气沉。
江帆逐白浪，
野鸟傍寒林。
落帽怀昔古，
登高话客心。
天涯同逆旅，
难免泪横淋！

九九忆家

张鹏

忆得登高事，
思来泪洒衣。
昔年留梓土，
今日客京师。
亡省离人恨，
失家游子啼！
江长鱼去远，
岭峻雁飞稀。

雪花膏

薛兴儒

雪片因何瓶内藏，

世人爱惜若红妆。

偷来梅蕊三分白，

借得兰花一枝香。

商贾用它引顾主，

窈窕以此恋情郎。

摩登世界摩登品，

巧样人儿巧样装。

《新青海》第一卷第十二期，1933年12月，第87-88页。

狂暴

/ 英

狂暴的风雨，

吼啸于冰天雪地，

凄惨的哭声，

激动了大地的哀怜。

鸟雀们，

眉着凄凉的面孔，

作哀歌惨挽。

狂暴的风雨，

吼啸呼喟，

促时光暗淡，

暮云细雨笼罩了中华大地。

时而奇风猛雨，

打通了黑水白山。

狂暴的风雨，

吼啸猛厉，

暴势力，

摧残了人性善绩，

杀断了人群的乐趣，

只留下不可消没的残痕于人隙。

《新青海》第二卷第三期，1934年3月，第90页。

春怀

/ 自御

那一切的一切都得了春的安慰，
只有我的心灵还在飘泊伤悲。
春神的柔指拨动了大地的生机，
慈和的太阳在酝酿着光明与甜蜜。
解冻后的池塘荡漾着粼粼的新碧，
看呵！草的芽、花的萼都渐渐的醒起。

那一切的一切都得了春的安慰，
只有我的心灵还在漂泊伤悲。
怎样了！繁荣，喜悦，已经浸透了大地，
怎样我的四周还紧迫着凉凄岑寂，
是什么无名的希望暗暗的相摧，
去啊！让我也乘着清风去寻觅！寻觅！

那一切的一切都得了春的安慰，
只有我的心灵还在飘泊伤悲。

我热烈的，凄迷的，紧随着希望前飞，
在途中遇见了许多的虫鸟、许多的花卉，
它们都选择着，跳舞在春的怀里，
掠着他的翅尖看着我，却不相认识。

那一切的一切都得了春的安慰，
只有我的心灵还在飘泊伤悲。
它们各有本能在暗暗的相招相媚，
鸟儿有它的清歌，花儿有它的艳丽，
光明的宇宙里，缠绕着无数的情丝，
但是我独自的飞寻，没有一丝牵系。

那一切的一切都得了春的安慰，
只有我的心灵还在飘泊伤悲。
许多蝉蝶抱着花儿亲密旋飞，
我啊，也没有人生的苦酒供它们陶醉，
但是没有一个蜂一个蝶敢来尝试，
尝试我愁郁的花儿所酿成的苦液。

那一切的一切都得了春的安慰，
只有我的心灵还在飘泊伤悲。
草都安定了，鸟儿在碧树里双栖，
蝶儿吻着花儿，花儿抱着蝶儿隐睡，
但是那还有一个花房让我去暂息，
暂息这凄凉岑寂里飞倦了的双翼。

那一切的一切都得了春的安慰，

只有我的心灵还在飘泊伤悲。

唉！许多的春光不是为着飘零的人，

你无名的希望呵！还不着的引吸！

享受罢！花儿！鸟儿！享受了你们的春晖。

一切的一切都得了春的安慰，

只有我的心啊！还是在飘泊伤悲！

一九三五年四月十日于晓庄

《新青海》第二卷第五期，1934年5月，第56—57页。

首都的春

/ 映川

深浓的云雾笼罩着大地，
一切都被浸没了，
十字街头的警台，
远山的白塔，
都被浸没了。

春雨罢！细微的，缠绵的，
无力的在南国大地滴漾着——
滴……滴……滴……
如泣，如诉，不息的滴漾着，
如要唤起南国人间的沉寂，
如要浸透南国的苦土，
只是悠悠的滴漾着。

路上的尘埃静静的沉眠，
河里水潺潺的缓流，

一切都在挣扎着——

沉闷的路灯争辉它的光芒，

柔绿树枝展向天空。

那五洲，莫愁，都得了春的安慰，

却格外显得美丽清幽，

一对对的摩登情侣，

享受如此良辰美景，

在他们之间，情语喁喁，

似乎说：

虽是国难当头，北国凄惨，

但我们的爱，不为它们而减少；

我们甜蜜的生活，不为它们而消沉，

我的爱……我总是为要……我的心灵，

只有为你而转移，为你而周旋，

我的……我们享受，我们尽量享受！

这般的情景更点缀了园景的清幽美丽。

他们谱出了许多爱情的歌曲，

向海鸥低声的歌唱，

它们的呼唤，歌曲引起了它们的注意，

海鸥的歌曲，引起一切的甜蜜迷朦，

他，她们的歌曲，只引起了凄凉岑寂。

远眺遥遥的金山，

都得了春雨的修润，

更现十分美丽清幽，

那巍然耸立的屋舍，

那灿烂微黄的宫阁，

独自浮荡于雾云中。

一九三四年四月十日于晓庄

《新青海》第二卷第五期，1934年5月，第58页。

救国歌

/ 佚名

泰山之阿声扰攘，

昆仑之巅云渺茫；

神州风浩荡，

祖国魂未亡。

唤醒四万万黄族之心，

整齐步骤上疆场。

破釜沉舟，

打到瀛洲，

复我祖国光。

黄河之北战云漫，

长江之南士激昂；

中原风云扰，

倭敌胆惊黄。

洒出碧殷殷青年之血，

裸体持刀赴战场。

背水列阵，

杀尽仇人，

争我民族光。

《新青海》第二卷第六期，1934年6月，第67页。

六朝松

/ 无已

中大所古松一株，苍老苍劲，节曲如盘龙，相传为六朝时所遗留，至今二千余年矣，因称之为六朝松云。予课余之暇，尝在其下，仰视俯思，悄然有感，遂为一吟。

古老苍郁不计年，

蠹耸如龙参青天。

枝盘茂承六代雨，

节间暗著五侯烟。

坚贞节高君子竹，

豪华春去大夫贤。

可怜人事如浮云，

湖山江城今独伴。

《新青海》第二卷第六期，1934年6月，第67页。

游紫霞洞

/ 孟夏

钟山雾云深，

密绿掩紫霞。

半空惊乳滴，

一望悬崖讶。

石泉壁上摸，

水月渠中斜。

通幽凝拾翠，

角木钟声聒。

绿树苍烟邃，

芳苔隋地葩。

灵壑仙人府，

间道有僧衙。

地本壶中气，

胡毡物外华。

人醉尘凡中，

丘壑是我家。

《新青海》第二卷第六期，1934年6月，第67页。

游半山亭

/ 孟夏

一山何云半，
半山乃非山。
高城环山接紫金，
上有碧亭秀古今。
游客爱雩荆公处，
荷净莺老燕新乳。
我是初来山中游，
坐享思古心难酬。
若临凉风想一赊，
六朝烟雨祛人愁。
高山耸自望秦淮，
豪华金粉仍见在。
游客不见古时人，
山亭巍巍如天盖。
日暑乘凉享中午，
数酣盹梦仙人呼。

此时似觉半未觉，

古刹钟声惊我苏。

苏起明媚见绿湖，

钟山崔巍枕全都。

我心平素爱荆公，

我今心又爱山亭。

世知山高能顶天，

不知亭建在山巅。

切缘半山有秀亭，

钟山遥对亦相羡。

自古诗人多凭怀，

我亦追维古来人。

天地钟灵爱育秀，

万古芳名几人才。

《新青海》第二卷第六期，1934年6月，第67-68页。

悼汉三　并序

/ 钟

　　唐君汉三（世杰），吾青大通人，体素健壮，尤娴运动，过去青省历届运会，咸以捷足优胜，殊为荣誉！方留白下，笃心向学，以期深造。不意月前以感冒致疾，引发肺炎，经医师诊察，始知疾乃宿构也。于是就治京市鼓楼医院，望其早占勿药，但病入膏肓，营救嫌晚，甫逾月，竟溘然而逝！该院以电话传凶耗来，时方午夜并小风雨，颇觉凄恻！比明，蒙学校当局料理身后，共厝棺于雨花台上。

闻者莫不惋悼矣！

南风夜雨凄京华，

噩耗鼓楼不胜嗟！

贞疾方迈英雄力，

何事遽然逝幽遐！

体育为君曾擅长，

省运几回声誉扬！

强身强种更强国，

那知构疾此生伤！

极目边峰斩棘荆，

八千里路负篚轻，

莫许壮志身竟死，

蜉蝣未必是人生！

萋萋江草绿参差，

雨花台上孤棺移，

诏魂关山越不得，

高堂深闺殒涕时！

《新青海》第二卷第七期，1934年7月，第55页。

为李君新民送别偶成

/ 连三

一为送别泛秦淮，
画舫明月任徘徊。
六朝金粉随波去，
桃花潭水情常在。

聚首都门计有年，
澹澹往游思茫然。
未共寒窗青灯苦，
言到别时方惜前。

有谓人生离别苦，
别时把酒且乐闲。
谁知错诸伧父意，
未到竟遗失送憾。

莫怨秋日多风云，

只悲弦音付暮烟。

望穿江南江北树，

征征归雁声惊寒。

我心空明一片月，

寄到关西瑶池边。

祝君树声边塞日，

清风明月共云山。

《新青海》第二卷第七期，1934年7月，第55页。

新青海词

/ 黎丹

　　西藏巡礼团某君，昨与编者来函中，附抄黎雨民先生在由青赴藏途中所作新青海词十二首，言简意赅，见地超人，玑玉而外，又俨然一篇新青海建设大纲也。

一

看山好到新青海，

绿草如茵，

白石嶙峋，

水色山光尽绝伦。

十三阿木尼环海，

雪净无尘，

月皎如银，

丘壑都成世外春。

二

观澜好到新青海，
明镜波微，
螺髻妍姿，
未信西湖独擅奇。
天光淡白涵深绿，
一片涟漪，
万顷琉璃，
欲得明珠好探骊。

三

避炎谁识新青海，
早晚衣裘，
午似凉秋，
何必匡山向牯牛。
海滨倘借经营力，
陆可高楼，
水亦扁舟，
徼外还增仙境游。

四

询问若到新青海，
万帐旃裘，
遍野羊牛，

游牧遗风珍尚遵。

海坂千里新辟省，

兰乍芽抽，

树待香稠，

移种滋苗好预筹。

五

学堂好起新青海，

输入环珍，

渐化狂獉，

蒙藏应多入校人。

国民自治非他治，

识贵知新，

力贵能振，

唤起声声莫厌频。

六

牧场好设新青海，

马有龙驹，

牛有兰株，

羊种宜求美利奴。

改良先贵因其势，

蒙也娱乐，

藏也争趋，

事半还有功倍诸。

七

兽医能到新青海，
牛也无痕，
马也能繁，
旃帐华情定感欢。
阿根廷擅全球名，
去害宜先，
兴利非难，
好把奇方起瘴边。

八

农村若辟新青海，
麦也宜仓，
豆也宜箱，
八宝都兰已坛场。
海滨山色都葱秀，
先树槐桑，
渐聚村庄，
不羡东南禾黍乡。

九

工场好建新青海，
革也坚精，
毛也充盈，

染制谁将大计营。

若将生货都成熟，

远贾欢迎，

近地销行，

商业还看胜四瀛。

十

交通若使新青海，

车道环巡，

汽笛时闻，

一日宁城往返频。

转瞬使成新世界，

阛阓缤纷，

士女如云，

不住西平海滨。

十一

轮舟小利新青海，

场有劳工，

校有黄童，

波面乘行快若风。

虽无远驶帆樯处，

驹岛青葱，

海角西东，

赏月看云兴不穷。

十二

文明灌澈新青海，

沙漠能滋，

沮洳成畦，

耕稼看同陇蜀齐。

穷边实业翔兴日，

商也投资，

矿也来机，

接济东南仗海西。

《新青海》第二卷第十期，1934年10月，第70—71页。

晓庄行

/ 愚

　　七月下浣，予因事赴晓庄，同学相见，欢然道故，盖隔别日久故也。此时时间尚早，晨曦初上，晓雾未开，湛露渥滋。不殊初夏之景，虽时节已移，而丛蔼和煦之象，自如也。予性喜爬山，渴登幕府，怀之久矣。遂将所事匆匆办过，乃要黄君谈君等数人，挥汗横袖，呼携而上，仰观俯察，谈笑指顾，极兴而还，遂以韵语记之，非诗也。

> 绿林森翳迎车驰，
> 鸟声啼到晓庄时。
> 曦光晨风飘四路，
> 翠微雾露湛我衣。
> 友迓书斋叙寒暄，
> 日从窗里射西璧。
> 青山一涧是书院，
> 屋连山石松迤逦。
> 窗前多树风好起，
> 池鱼淤韧颇有趣。

坐帐能瞩田野青，

卧寝静动不寥寂。

相携亲朋步曲径，

共观山景与校局。

欢笑纵谈十年事，

信步已上高山矣。

此时炎暑尚未已，

树静风停凉不至。

披衣袒褐炎日下，

忙煞游人怕崔诗。

遥瞻江域明白画，

学馆杂林似茵席。

新秋易雨片云黑，

挥拳横洒汗衫湿。

没避细雨洒云外，

但见长虹挂天际。

夕阳风帆极目远，

幕府山暝鸟西避。

游山未论古今势，

别山不赞学院誉。

黄昏含暝索造化，

乘日苍茫自归寓。

秋夜感怀

寂对青灯炯不眠，

秋凉怀古恨绵绵。

江东曾识桓司马，

沧海难追鲁仲连。

吴下月明吟木客，

汉宫露冷泣铜仙。

何时一酌桃源酒，

醉倒春风数百年。

《新青海》第二卷第十期，1934年10月，第71页。

柴达木河滨太平诗

黎丹

西荒千里无人境，
揽辔原头百威兴。
低草长时宜牧马，
乱云平处好呼鹰。
天笼四野晨张盖，
地涌孤蟾夜作灯。
一事东南偶相类，
蚊雷时向耳边腾。

《新青海》第二卷第十一期，1934年11月，第71页。

阿克塔齐钦大雪山诗

/ 黎丹

中原万山水，
五岳争崔巍。
避暑登匡庐，
方疑造物私。
诡兹西徼山，
夏崇冰雪姿。
翻如少壮中，
忽瞻园绮仪。
我问环海山，
十三阿木尼。
脉皆巴颜来，
干外成分支。
积石趋其东，
驱河曲以驰。
巴哈绕其西，
分成阿塔齐。

水多入柴达，
散作沙中泥。
流泉纷无绸，
或暂成深溪。
或暑雨而涨，
或雪融以滋。
山顶可见雪，
日暄犹力微。
海上诸山峰，
如冠终日危。
勿谓太古远，
彼曾亲见之。
勿诮彭鉴年，
彼视须臾期。
导河溯禹迹，
诛苗彰舜威。
仙槎浮汉年，
贵主婚唐时。
东来最雄武，
世推成吉思。
顾始来清初，
达赖还清衰。
万古熙攘倬，
彼时同去来。
百代战争史，

彼窥真是非。

伟兹海隅山，

入迹今胡稀。

盛夏裘犹寒，

隆冬将何衣。

往者虽不谏，

来兹宜直追。

山雪倘能言，

语我办途迷。

《新青海》第二卷第十一期，1934年11月，第71页。

旅次忆旧

/ 新民

长安旅次忆旧游，
秦淮明月台城柳。
问君能有几多愁，
一江春水向东流。

《新青海》第二卷第十一期，1934年11月，第71-72页。

中秋嘉峪关夜饮

/ 新民

中秋赏月嘉峪关，

风光凄惨别有天。

长城盘桓古塞上，

祁连积雪白云间。

边墙夜月照旌旗，

黄沙衰草伴客眠。

到此英雄方觉快，

谁说两眼泪不干。

《新青海》第二卷第十一期，1934年11月，第71-72页。

同王寒山王少夫祁子玉登土楼山放歌

/ 宅明

山入穷边不肯平，

突兀每似怒涛生。

不到千仞绝顶上，

安知人间万象呈？

我来土楼逢秋后，

青黄半老溪边柳。

山径似练势曲回，

攀登宛如龙蛇走。

怪石斗角形巉岏，

前人足接后人肩。

飞梯绝磴转不已，

登高渐识九折艰。

初入北禅寺，

古洞千百甚幽邃；

更至前山巅，

举袂凌空欲登仙；

野苔雨尚浓翠，

红日忽大心怖悸。

高吟不敢临晴昊，

松根恐有苍龙睡。

孤塔五级摩空起，

矗立高插白云里。

万里河山来眼中，

四望已尽川原美。

鸟鸣蝶飞山更幽，

却惜天上无酒瓯。

如斯佳景不知游，

随俗浮沉非远谋。

何若有遥此山头，

长啸一声万壑秋。

天荒地老不知愁，

烟光岚影共欲悠。

倏忽凉风吹远树，

飘飘我欲破空去。

东南一片白云生，

欣然疑是蓬莱路。

《新青海》第二卷第十二期，1934年12月，第51页。

夜读曲

/ 前人

晚凉庭院自徘徊，

浮云散尽明月来。

明月入门光若曙，

照我窗下读书处，

墙角草虫断续鸣。

欣然展卷对寒檠，

更长久坐未知怠。

灯光吐花放五彩，

不觉拔剑舞中宵。

窗外寒风树影摇，

半空霜落天欲晓。

农中吟诗闻啼鸟，

檐前铁马响玲玎，

斜月沉沉花冥冥。

《新青海》第二卷第十二期，1934年12月，第51页。

落叶

/ 云心

（一）

朝气氲氲，

弥了天空。

一夜北风，

实行了大地的号令。

一片片堕落如流星，

告终了它一载的生命！

（二）

昨夜听愁了秋声，

今朝又见了此凄清，

擦擦的悲音，

一点俱飞入了胸襟！

我弱的心灵，

起了异样的变征，

波起了无穷的印痕！

（三）

战栗的叶儿一律落完，

载将秋色过江南，

一度的年儿又要偷换。

因有黑色的小斑点，

寄生在草木之源，

虽有温柔的阳光，

也留不到晚。

（四）

当我拾着一叶时，

是如何的稀奇。

满落着寒霜，

几经过残弃，

我夹在书页里，

才悟生命是如此！

（五）

森严神秘的深林，

一能看个透明，

失去了美丽的颜色。

是如何的无勇，

你对于你的栽培者，

曾给了一种烦闷与惨凄。

在黑夜里商议着，

只等了个天明。

（六）

寒霄红叶满庭院，

被朔风卷起回旋飞舞，

却比以前轻几分！

为扫落叶儿掩着重门，

为学清高不怕冷，

赚得一身透汗，

衣裳也加重了几分。

（七）

堕地无声，

比风更轻，

但微听着暗诉的悲音！

不忍离开幽静的闺庭，

但时令之神频频催逼！

生命注定一时，

谁能留到残冬！

（八）

随风飘零，

不知西东，

无人能葬叶，

到何处寄身！

虽说是曾享过艳丽的盛夏，

至今日只留得伶仃，

时发出愁声！

以往人影幢幢，

如云团团，

夕阳里，

断定了快乐的，

流年片片。

人事变幻如云烟，

昙花一现，

逝者如斯，

摧弱了心田瓣瓣。

往事已成空，

天上人间，

愁对烛泪，

忍视秋月，

望天涯，

恨绵绵！

黄沙漫漫，

前途渺远。

系情丝，

难斩断，

整日里，

如醉如颠!

洒尽了,

清泪点点!

《新青海》第二卷第十二期,1934年12月,第51-54页。

遥祭

/ 陈学礼

寥落的长空，

遥远的天涯，

妈妈！现在你以何处为家？

妈呀！你怎么一言不语的去了？

你怎么一眼不瞥的去了？

妈呀！这是你的忍心吗？

你就此再不理你的儿女们了吗？

你不理你的儿女们，

你的儿女们还怎么活下？

怎么长大成人？

妈呀！你不是常说吗？

树不砍不成材，儿不打不成人。

现在，妈呀！你丢开一切而永别了我们，

我们今后又怎么成人呢？

谁是来打我们成人的人？

妈呀！你病了儿无从知道，

你既不往人间了，

一月后儿才知道这不幸的噩耗。

妈呀！生前既未能尽孝，

临终又未能侍侧。

这，还算什么人子呢？

吐血减食以至于卧病，

这不是为了你的儿女们么？

忧劳悲伤以至于死亡，

这不是为了你的儿女们么？

但，你的儿女们又如何报恩呢？

妈呀！儿若早知有这种的不祥，

现在又何漂流他乡。

妈！你的茹苦含辛，

深深的镌刻在儿的心上。

满想望成人后的尽心孝奉，

但，这就是所谓，

树欲静而风不止，子欲养而亲不在吧？

儿又想，

前年不离家来京，

也许能多侍奉你几春。

但，现在呢？

学未成，母先亡，

怎使又不哀伤？

妈！自从离开了你的怀抱，

儿才尝到了人生的滋味，

哦！人情：冷，暖？世态：炎，凉？

再跑回你的怀抱里来。

妈呀！你究竟在瑶池的宫吗？九天的上？

妈！儿毕竟成了终天抱恨大罪人，

只有如今的努力求学敦品做人，

也许能慰你的灵魂。

寥落的长空，

遥远的天涯，

妈妈！现在你以何处为家？

一九三五年五月二日哭于白门

《新青海》第三卷第六期，1935年6月，第65—66页。

关中名胜记游

/ 自发

（一）新丰除夕

去秋祁连云，
今春霸凌柳。
里路万三千，
仆仆风尘久。
阳春回大地，
劝君莫搔首。
细嚼豆芽菜，
痛饮高粱酒。

（二）蓝田竹林寺

经年征衣满尘埃，
驴蹄得得尽阡陌。
汉红嫩绿春初透，
王顺山头雪未开。

山中老翁八十二，

笑问客姓何处来。

此去山中多歧路，

竹林深处向南回。

半坡古刹名悟真，

万仞壁下水澎湃。

客人此去应留意，

归来莫嫌茶一杯。

（三）太华山

华山之胜，全在险峻二字。山有东西南北中五峰，峰峰奇峻，非笔可描。客夏偕李君凌楚，自华岳庙出发，至山麓玉兔院，换草鞋，入曲峡，清液激石，浪浪盈耳。途经毛女洞、青柯坪，萦回攀登，渐入佳境。自回心石以上，始见华岳真面目。履巉岩，渡悬崖，穿深林，攀枯藤，提心吊胆，无处不捏一把汗。千尺幢、百尺峡、老君犁沟、苍龙岭等处，险则险矣，总算有径可循。至如涅涅椽、鹞子翻身等处，鸟啼猿愁，堪称险绝。

玉泉涓涓除俗尘，

寻幽初至青柯坪。

千尺幢，百尺峡，

老君犁沟鸡上架。

北峰峻秀看未足，

草履又登上天梯。

高高渺渺云霄外，

多少楼台千嶂里。

扶摇直上苍龙岭，

穿林抚藤到西峰。

南天门外风似吼，

涅涅橡上谁敢行。

平地屹立千仞壁，

悬崖高插万千松。

林壑有雨自缥渺，

松涛遇风更淘涌。

造极已登仰太池，

凌楚狂歌我吹笛。

昂首只有天在上，

举目更无山与齐。

纵声一呼千谷响，

放眼四顾无边空。

滚滚黄河天上来，

澄澄渭水脚底横。

游遍南峰登东峰，

道出尼庵去问津。

陈赵游踪今何在，

鹞子翻身棋盘台。

冒风凛冽云带端，

太华奇峰未登攀。

倦鸟噪林日将暮，

借宿中峰听啼猿。

（四）渭滨莲花池（在临潼新丰附近）

池水潺潺渭水流，

遥忆咸阳古渡头。

渭北春天树森森，

江东夕暮云悠悠。

寂寞且咏诗百篇，

烟醉再饮酒一斗。

岁月何曾催人老，

一池荷花空自愁。

一九三六年五月于渭北

《新青海》第四卷第六期，1936年6月，第30-31页。

丑奴儿·晓庄傍晚

/俊民

（一）

夕阳炎炎挂树梢，
蚊蚋飞翾，
暮鸦回旋，
层层红霞亲碧天。
一阵清风凉似水，
抛扇消闲，
披编阅览，
胜却逛游世外仙。

（二）

登山纳凉神心爽，
苍松蟠虬，
绿草油油，
坐听牧笛声悠悠。
无人不说江南好，
云衔峰岫，

烟绕树头，

滔滔大江向东流。

（三）

池水漪涟荷正开，

蜻蜓遄遄，

游鱼遄遄，

清香熏陶肺腑鲜。

纤纤弱柳迎风舞，

蝉吟树巅，

蛙鸣草间，

一片合奏闹耳边。

（四）

闲游村中借观风，

男子耕田，

女子饲蚕，

机杼家声世相沿。

茅屋周围多修竹，

鸡鸭满院，

牛系门前，

猪栏粪坑臭难堪。

一九三六年暑假写

《新青海》第四卷第八期，1936年8月，第67页。

词四阕

/ 珠

菩萨蛮·冬雨

枝头明珠坠复结，

池上落环烂漫灭。

云烟锁林寒，

山舍隐约间。

飞鸟急东西，

觅侣不独栖。

濛胧迷牛羊，

愁对水云乡！

如梦令

锦衾初学同睡，

鸳枕芙蓉晕对。

红裳羞自解，

听他个人款施，

有意有意，

莲儿开成并蒂！

忆帝京·别怨

何曾识得愁滋味，

蓦地檀郎远离！

终朝罗绢湿，

鸳枕涔涔泪。

归朝知何年，

一夕争如岁！

关河迢迢寻梦鸡，

欲剪离苦苦无计。

怨他心忍，

不顾凄凉，

料道深秋寒天气！

风冷月明夜，

应是同无寐！

鹊桥仙·七夕

别来幽念，

见时欢情，

今夜怎生消散？

人间天上纵相逢，

算只合，

一梦了怨！

一夕佳会，

经年遥隔，

恼他迢迢银汉！

能否自今便无别，

也省得，

年年长盼！

《新青海》第五卷第二期，1937年2月，第46—47页。

后 记

2015年，我开始关注并断断续续收集整理《新青海》月刊，最早被期刊中的小说篇目所吸引。2018年至2019年，在骆桂花教授的大力支持和组织下，和崔永红老师、马忠老师、陈锦萍编辑一起校勘《新青海》月刊，2019年8月赶在青海民族大学70周年校庆之前出版，算是给校庆的献礼。距离《〈新青海〉校勘影印全本（九卷）》出版已经五年时间，弹指一挥，恍如昨日。2022年，《〈新青海〉校勘影印本（九卷）》的主编在她热爱的工作中永远离开我们，我们只有接过接力棒，在锻炼好身体的基础上继续奋力前行。

回想校勘过程，我们五人组成一个校勘群，各位先生都是学界资深前辈，主要方便于我有问题随时请教。前前后后几百万字的资料差不多通读了三遍，在众多的论述文章中，小说诗歌篇目因故事情节生动直观影响最深。又查看了民国时期青海文学的研究现状，少有研究文章，便想着把《新青海》月刊中的文学篇目辑录出来，以供作为研究民国青海文学的资料，所以就诞生了这本小册子。

一本学术成果能够顺利出版，得益于各方的努力。在这里，首先需要感谢青海民族大学马成俊副校长的学术关爱、支持与督促鼓励，并且为本书的出版四处筹措经费。感谢我的博士指导老师杨文炯教授每周提供的学术思想盛宴，这些资料也是学位论文收集过程中的副产品，一旦需要出版，花费的工夫远远超出我的预想，但仍然得到杨老师的鼓励和肯定。感谢张科教授、李建宗教授、关丙胜教授、张海云教授、贾伟教授、马伟教授、马海龙教授、王刚教授、姚勇副教授、王春桥副教授的随时鼓励和大力支持。感谢兰州大学出版社王曦莹编辑为此书的出版所给予的诸多帮助。还有很多人致谢没有一一提到名字，但一路相伴左右的挚友、亲朋，生命中的守望相助，在这一刻暖意满园。感谢我的家人，尤其是爱人樊燕玲女士的默默付出，一路走来有很多艰辛，所有的成果我都送给你们！

学术的呈现，终是要进行学术思想的对话与交流，书稿整理与校勘中的疏漏和错误在所难免，供有此研究趣向的学者共同探讨，望同仁不吝赐教、指正。

姚　鹏

2023 年 7 月 21 日